KB061253

담요와 책만 있다면

임성미 지음

나는 다시 책장을 펼쳤다
인생의 중반、

한겨레출판

나는 이 시기를 마음껏 사랑하기로 했다

중년이라는 인생의 오후에 접어들며…

Prologue

Chapter 1

비로소 삶의 물음에 답할 수 있게 되었다

: 내 마음속 그림자 이해하기

Chapter 2

모든 걸 능가하는 '나로도 충분한 마음'

: 흔들리지 않는 중년되기

Chapter 3

함께해야 할 때와 분리되어야 할 때를 알게 되다

: 타인과 나 사이에 필요한 '틈' 이해하기

Chapter 4

삶은 결국 좋은 사람들을 곁에 두는 것

: 외롭지 않은 연대하는 중년되기

Chapter 5

흠집이 난다 해도 멋스럽게 남기기로 했다

: 이제까지와 다른 새로운 삶 준비하기

Epilogue

중년,
책과 함께 나이 든다는 것

먼 옛날 아라비아에 왕비를 매우 사랑하던 왕이 있었습니다. 왕은 왕비도 자신을 깊이 사랑하고 있다고 굳게 믿었지요. 그런데 어느 날 사냥을 떠났다가 예정에 없이 일찍 궁궐로 돌아온 왕은 끔찍한 장면을 목격하고야 말았습니다. 그토록 사랑하던 왕비가 자기 동생과 한 몸이 되어 뒹굴고 있는 장면을 본 것이지요. 격노한 왕은 그 자리에서 왕비와 동생의 목을 베었습니다. 그러고도 왕은 분이 풀리지 않았습니다. 시간이 흐를수록 왕의 분노는 증오로 바뀌었고, 그 증오의 화살은 모든 여성에게 향하게 되었지요.

왕은 다시 결혼을 하지만, 첫날밤을 지낸 다음 날 신부는 주검으로 발견됩니다. 증오심에 불탄 왕이 신부를 죽이라고 명령했기 때문입니다. 결혼식을 올린 신부들이 계속해서 죽어나가자 혼기가 찬 딸을 둔 아버지들은 행여 자기 딸이 왕비로 뽑힐까 봐 전전긍긍했습니다. 심지어 외국으로 딸을 보내기도 했지요. 이제 나라 안에 신부가 될 만한 처녀는 총리의 딸밖에 없었습니다. 총리의 딸 셰에라자드는 매우 영리한 아가씨였습니다. 그녀는 아버지를 안심시키며 스스로 신부가 되겠다고 자청합니다. 그리고 첫날밤을 맞이했을 때 그녀는 왕에게 이야기를 들려주기 시작하지요. 이야기는 매우 흥미롭고 재미있어서 새벽이 될 무렵까지 계속되었습니다. 다음 이야기가 궁금해질 즈음 그녀는 "다음 이야기는 내일 밤이 되면 들려드리겠습니다"라고 말합니다. 왕은 다음 이야기가 너무 궁금해 둘째 날 밤까지 기다리기로 합니다. 그리고 다시 둘째 날 밤이 되었을 때 이야기가 이어졌고, 또 다시 그녀의 이야기는 절정 직전에 멈춥니다. 이리하여 왕은 다시 셋째 날을 기다리게 되고, 이렇게 천 하루 동안 이야기가 계속되었다고 합니다.

이 이야기는 누구나 어려서 한 번쯤은 읽었을 《천일야화》입니다. 셰에라자드는 천 일 동안 왕에게 어떤 이야기를 들려주었을까요? 《알리바바와 40명의 도둑》 같은 이야기도 그중 하나입니다. 《천일야화》는 처음부터 어른들을 위한 이야기였습니다. 짐작한 대로 천 일이 지난 후 왕은 셰에라자드를 진심으로 사랑하게 되었지요. 결국 이야기가 왕을 치유한 셈입니다. 이 책을 읽어본 분들은 알겠지만 셰에라자드가 들려준 이야기는 세상에 떠도는 온갖 사연들이었습니다. 복수와 배신으로 괴로워하는 사람, 억울하게 모든 것을 잃은 사람, 뜻밖의 행운을 얻은 사람, 사랑하는 사람을 잃은 사람 등 그야말로 온갖 인생사가 들어 있는 이야기였지요.

왕은 그녀의 이야기를 들으면서 시간이 흐를수록 마음속의 원망과 배신, 억압된 응어리가 풀리고 녹았을 것입니다. '이 세상에 상처받은 사람이 나 혼자만이 아니구나!' '인간이란 얼마나 여리고 나약하면서 또한 강인한가?'라고 생각하면서 말이지요. 무엇보다 셰에라자드와 함께였기 때문에 더욱 공감과 위로를 받았을 거라고 짐작할 수 있습니다. 역사학자 유발 하라리는 《호모 사피엔스》에서 인류는 이야기를 지어내고 뒷담화를 하면서 자신에게 닥친 시련을 이겨내고 집단의 결속을 다질 수 있었다고 썼습니다.

또 어떤 이는 우리 인류의 유전자에 이야기를 좋아하는 인자가 본능처럼 들어 있다고 말하기도 합니다. 그래서 그 옛날 원시인들이 모닥불을 피우고 둘러앉아 이야기를 나누었듯이 오늘날 사람들도 카페에 앉아서, 드라마를 보면서, 영화관에서, 도서관에서, 또 스마트폰을 보면서 이야기를 읽고 보고 듣습니다.

저는 《천일야화》가 중년기를 맞이한 사람들에게 두 가지 생각할 점을 준다고 생각합니다. 첫째는 우리 모두 셰에라자드처럼 유능한 이야기꾼이 되어야 한다는 점입니다. 이야기꾼은 이야기로 타인의 마음을 움직입니다. 여기서 가장 좋은 이야기의 자원은 자신이 살아오면서 경험한 것들일 것입니다. 이 시기에 우리는 자신의 경험을 성찰하고 인생에서 귀중한 것들을 찾아낼 줄 압니다. 또한 세상의 많은 이야기들을 적절한 순간에 적용할 줄 아는 지혜로운 이야기꾼이 되어야 합니다. 이는 마치 유능한 요리사가 그 요리를 먹을 사람의 입맛과 건강을 고려해 요리를 만들 줄 아는 것과 같습니다. 셰에라자드가 아무리 많은 이야기를 알고 있었어도 왕의 마음에 감동을 불러일으키는 이야기를 하지 않았다면 아무런 소용이 없었겠지요.

그런데 우리는 다른 사람들의 이야기를 들으면서 마음의 치유를 얻기도 하지만 한편으론 마음에 근심을 얻기도 합니다. 왜 그럴까요? 그건 바로 이야기를 이해하는 방식 때문입니다. 따라서 《천일야화》에서 얻을 수 있는 두 번째 지혜는, 왕이 그랬던 것처럼 잘 이해할 줄 아는 사람이 되어야 한다는 것입니다. 아무리 셰에라자드가 좋은 이야기를 들려주어도 그것을 잘 알아듣고 성찰하지 못한다면 우리의 아픈 마음이 변화되거나 치유되지 않습니다. 보통 중년쯤 되면 살아온 경험이나 신념이 '고집'이나 '편견'으로 굳어져서 타인의 이야기를 순수한 마음으로 듣기 힘들어집니다. 심지어 어떤 사람은 자신과 생각이 다른 사람의 말은 잘 듣지 않고, 들으려고 하지도 않습니다. 종종 강연장에서도 '나는 절대 변하고 싶지 않다' 또는 '감히 당신이 나를 변화시킬 수 있을 것 같아?'라는 눈빛을 보내는 사람들을 만나곤 합니다. 그런 사람일수록 '나는 잘하고 있는데 주변 사람들이 문제가 많다'고 생각합니다. 그러니 자기 자신에게 문제가 없다고 여기는 사람은 결코 자기를 개혁하거나 치유할 수 없습니다.

인생의 중반기에는 그 어느 때보다 이야기를 잘 헤아릴 줄 아는 지혜가 필요합니다. 여기서 헤아림이란 이야기를 통해 자신의 내면을 들여다볼 수 있는 힘을 말합니다. 즉 다른 사람의 말을 들을 때는 '이 이야기는 나에게 무엇을 말하고 있는가?'라는 질문을 던져야 하는 것이지요. 그러니 결국 읽기의 문제입니다. 잘 읽음으로써 우리는 더 현명해지고 너그러워질 수 있습니다. 그러니 지금부터 소개하는 많은 이야기들을 듣고 더 지혜로워지고 유연해져서 함께 아름다운 인생의 오후를 보냈으면 좋겠습니다.

비로소 삶의 물음에 답할 수 있게 되었다

: 내 마음속 그림자 이해하기

Chapter 1

내면의 진실을 마주하는 중년의 시간

최근에 펑펑 울었던 적이 있나요? 제가 아는 분이 그랬답니다. 그분은 올해 오십을 넘겼는데, 책을 읽다가 폭풍눈물을 쏟은 것이 태어나서 처음이었다고 했습니다. 그런데 그분을 울게 만든 책은 바로 어린이용 《레미제라블》이었습니다. 장발장은 딸 코제티의 연인을 지키려고 혁명 전선으로 나가기 전에 이런 말을 합니다. "하느님이 네 기도를 들어주지 않아도 원망해서는 안 된다." 바로 이 구절에서 왈칵 눈물이 솟구치더니 걷잡을 수 없이 흘러나왔다고 합니다.

다 알다시피 장발장은 빵 하나를 훔쳤다가 감옥에 가게 됩니다. 5년형을 선고받고 복역하다가 탈출을 거듭했고, 결국 19년 동안 감옥살이를 했습니다. 배고파서 빵을 훔친 것에 비해 너무 가혹한 벌이었지요. 그의 영혼이 분노와 증오로 가득 찼을 것이라 짐작이 갑니다. 그런 그가 미리엘 주교를 만나 새 삶을 살게 됩니다. 열심히 일을 하여 큰돈을 벌었고 선행도 베풀었습니다. 그리고 불쌍하게 죽어간 여인의 딸을 입양하여 키우게 됩니다.

"누구라도 어린애처럼 큰소리로 우는 내 모습을 봤더라면 놀라서 구급차를 불렀을 수도 있었을 겁니다." 그는 실컷 운 다음 생각해보았습니다. 무엇이 그렇게 마음속 울음을 끌어냈을까? 대체 무엇이 심연의 응어리를 끌어낸 것일까? 그는 마흔아홉의 나이에 평생 다니던 직장에서 쫓겨났다고 했습니다. 평생 살면서 누군가로부터 버림받았던 적이 없었기에 충격이 컸습니다. 어려서부터 성당에 다닌 그는 하느님은 정의롭고 공평하신 분이기 때문에 착하고 성실하게 살면 하느님이 자신을 보호해줄 거라고 믿었습니다. 그런데 '착한 사람은 은총을 받는다'는 삶의 공식이 깨져버리고 말았던 것입니다.

한참 후에 그는 눈물의 의미를 헤아려 보았습니다. "하느님이 네 기도를 들어주지 않아도 원망해서는 안 된다"에서 그가 눈물을 쏟은 이유는 장발장이 한 말에서 현재 자신이 받아들여야 하는 현실을 보았기 때문입니다. 인생에서 단 하나의 진리가 있다면 그것은 인생이 자신의 마음대로 안 된다는 진리입니다. 버림받을 수도 있고 불행한 일을 겪을 수도 있습니다. 그럴 수밖에 없는 게 인생입니다. 그러므로 하느님을 원망할 이유가 없습니다. 그게 엄연한 현실이니까요. 실직이라는 고통이 하느님의 뜻인지 아닌지는 모릅니다. 분명한 것은 실직이라는 고통은 자신이 겪어내야 할 피할 수 없는 현실이라는 것입니다. 받아들여야 하는 것, 그게 삶의 책임인 것이지요.

그래서 그는 눈물이 나고 말았습니다. 어린애처럼 기도한다고 해서 당장 하느님이 그걸 알아내서 실직 이전으로 돌려주지도, 새로운 직장을 얻어주시지도 않습니다. 실직에 대한 고통도 내가 겪어내야 하고, 새 직장을 구하는 일도 내가 해야 합니다. 하느님을 원망해봤자 아무런 소용이 없습니다. 인생이 뜻대로 안 된다는 걸 중년이 되어서 알았냐고 반문하고 싶을 것입니다. 살 만큼 살아봤으면서 뭐가 그리 힘들까 생각할 수도 있지만 그렇지가 않습니다. 문제를 해결할 능력이나 끈기, 의지력은 많을지 모르지만, 고통 앞에서 느끼는 감정은 사춘기 때나 크게 다르지 않기 때문입니다. 때로는 중년기에 더 강렬한 감정에 휩싸일 수도 있습니다. 젊어서는 실수를 해도 만회할 기회가 있고, 젊으니까 괜찮다고 스스로 위로를 합니다. 하지만 중년에는 잘못된 선택을 했다가 그동안 쌓아놓은 것들을 잃으면 어쩌지 하는 불안감이 보태져 더 힘들 수도 있습니다.

"하느님이 네 기도를 들어주지 않아도 원망해서는 안 된다"라는 말은 시련도 받아들이라는 뜻이겠지요. "항상 기뻐하고 감사하십시오." 이 말은 그리스도교 신자들이 아주 좋아하는 성경 문구입니다. 그런데 진짜 이 문구대로 인생을 살 수 있을까요? 좋을 때는 감사할 수 있는데 안 좋을 때에도 감사할 수 있을까요? 이게 얼마나 어려운 일인지는 인생을 조금만 살아봐도 알 수 있습니다.

실망하거나 원망하거나 자만하지 말고

살아 있는 한 항상 우리의 삶은 현재 진행형입니다. 저는 자주 《죽음의 수용소에서》를 쓴 빅터 프랭클이 말한 "삶에게 질문하지 말고 삶이 던지는 질문에 답하시오"라는 말을 떠올립니다. 그는 우리가 삶의 의미를 묻는 그 물음이 궁극적으로 잘못 설정된 것이라고 말합니다. 우리가 삶의 의미를 물어야 하는 게 아니라, 삶이 던지는 질문에 답을 해야 한다고 그는 말합니다. 인생이 시시각각 던져오는 물음에, 즉 '삶의 물음'에 답을 내놓아야 하는 것은 바로 우리인 것이지요. 그는 말합니다. 삶의 물음에 "예"라고 답하는 것은 바로 우리 인생을 책임지는 것이라고. 길 위에서 우리를 앞으로 나아가도록 이끌어주며 도와주는 것, 우리를 동반하며 인내해주는 것, 그것은 바로 '책임의 기쁨'이라고 말입니다.

아마 장발장은 파란만장한 삶을 살면서 깨달았던 것 같습니다. 인생은 달기도 하고 쓰기도 하다는 걸 말이지요. 앉았다 일어났다 하면서 근육이 강해지게 되듯이 성공과 실패의 파도타기를 하면서 삶은 단련되고 양성된다는 것을 말입니다. 그러니 원하는 대로 안 되어도 너무 실망하거나 원망하지 말고, 원하는 대로 일이 잘되어도 너무 자만하지 말라는 것이겠지요. 또 피할 수 없이 닥친 일이라면 "예! 알겠습니다"라는 마음으로 받아들이는 것이 인생이라고 장발장은 우리에게 말하고 있습니다.

책을 읽고 눈물을 흘렸다면 내면에 있는 무언가가 수면 위로 솟구쳐 올라왔다고 보아야 합니다. 그 순간에 울어야겠다고 마음먹고 운 게 아니니까요. 이것을 뇌의 생화학적 반응이라고 해야 할지, 무의식적 욕망의 발현이라고 해야 할지 진단할 순 없지만, 중요한 것은 외부의 자극이 내부의 숨은 욕망을 끌어내 자신의 내부를 보여준다는 것이지요. 흔히 몸으로 책을 읽는다는 말이 이것입니다. 몸이 말을 한다고 하지요.

아래의 글은 빅터 프랭클의 책《삶의 물음에 '예'라고 대답하라》의 끝부분입니다.

> 가장 하찮은 것이든 가장 중대한 것이든 각각의 결단은 '모든 영원을 위한' 결단입니다. 그래서 매순간 삶에 대해 "예"라고 말하는 것은 어떠한 경우에도 의미가 있습니다. 왜냐하면 삶 자체가 의미 있는 것이니까요. 인간은 고난과 죽음에도 불구하고, 육체적이거나 심리적인 질병에도 불구하고, 또는 강제수용소의 운명 속에서도, 이 모든 것에도 불구하고 삶에 대해 "예"라고 말할 수 있습니다.

마흔 넘어, 우리가 책을 읽는 이유는 책 속의 어떤 주제를 찾기 위해서가 아닙니다. 자신의 욕망을 통해 눈앞의 현실을 마주하고 진실해지기 위해서 책을 읽어야 합니다. 젊음의 독서가 성공을 위한 읽기였다면 중년의 독서는 내면의 욕망을 읽어내기 위한 독서, 진실을 마주하기 위한 독서입니다.

읽을 책

《죽음의 수용소에서》
빅터 프랭클 지음, 이시형 옮김, 청아출판사, 2005.

《삶의 물음에 '예'라고 대답하라》
빅터 프랭클 지음, 남기호 옮김, 산해, 2009.

책을 읽고 마침내 헤어질 수 있었다

"언니, 저 그 남자와 헤어졌어요."

"정말? 어떻게 그런 결심을 했어?"

"언니가 읽으라고 한 책을 읽고 헤어졌지요."

그러니까 1997년이었습니다. 아이엠에프가 터지기 직전, 제 나이 서른네 살 무렵입니다. 그때 저는 정신과 의사 스캇 펙 박사가 쓴 《끝나지 않은 길》을 읽었습니다. 소나무 출판사 편집자로부터 이 책을 직접 선물 받았지요. 그때만 해도 스캇 펙 박사는 국내에 많이 알려지지 않은 저자였습니다. 지금 이 책은 《아직도 가야 할 길》로 책 제목이 바뀌어 꾸준히 나오고 있습니다. 이 책은 제 정신 세계에 혁명을 일으켰습니다. 이 책을 읽고 그때까지 옳다고 굳게 믿었던 믿음의 체계가 흔들렸습니다. 그리고 종교에 관해, 사랑과 결혼에 관해 많은 깨우침을 얻게 되었지요.

"인생은 문제와 고통에 직면하는 것이다." 이 책은 첫 문장부터 강렬했습니다. 이 책은 우리가 신경증 노이로제에 시달리는 이유가 무엇인지, 삶을 수용하고 기쁘게 살아가려면 어떤 자세와 노력이 필요한지 등을 제게 성찰하게 해주었습니다. 저는 감명 깊게 읽은 이 책을 후배에게 소개했습니다. 당시 후배는 남자친구와의 갈등으로 괴로워하고 있었습니다. 사귀고 있는 남자친구와 만날 때마다 다툰다고 했습니다. 안 만나야지 하면서도 그 남자와 헤어지지 못하고 끌려다니는 자신이 한심하다고 하소연했습니다. 얘기를 들어보니 가부장적이고 독단적인 성향의 나쁜 남자 스타일이었습니다. 후배는 이 책을 읽고 크게 깨달은 바가 있어서 그 남자친구와 단호하게 헤어질 수 있었다고 말했습니다. 책을 읽어보니 자신은 남자친구와 사랑을 하고 있는 게 아니었다고 했습니다. 그것은 마치 자녀가 부모에게서 버려질까 봐 두려워하는 마음과 비슷한 것이였습니다. 폭력적이고 억압적인 부모에게 양육된 사람들이 또다시 그런 성향의 배우자에게 끌리는 것과 같은 것임을 알게 된 것이지요.

이 책으로 인해 삶의 전환점을 맞이한 사람이 또 있습니다. 바로 제 친구의 남편입니다. 그분은 마흔 중반에 갑자기 직장에서 해고를 당했습니다. 어려서부터 공부도 잘했고 유명 대학을 나와 좋은 직장을 얻고, 결혼 후 자녀를 키우며 무난하게 살아온 그분에게 직장에서의 해고는 청천벽력 같은 일이었습니다. 큰 좌절이나 실패를 겪어보지 않고 살아왔기에 그분은 그 일을 견디기 어려워했습니다. 결국 그분은 부인의 권유로 상담을 받기에 이르렀습니다. 그때 제가 친구에게 이 책을 권했습니다. 그 남편이 책을 다 읽은 후 조용히 부인을 불렀다고 합니다. 그리고 남편은 눈물을 흘리면서 가만히 부인을 껴안더니 연신 고맙다고 했습니다. 이렇게 좋은 책을 읽으라고 해줘서 고맙고, 자기랑 살아주어서 고맙다고 말이지요.

스캇 펙 박사가 "인생은 문제와 고통에 직면하는 것이다"라고 말했지만 이미 2500년 전에 붓다도 이런 말을 했습니다. "인생은 고해다"라고 말이지요. 모두가 알듯이 붓다는 왕자의 신분을 버리고 스스로 고행의 길을 떠난 사람입니다. 그는 사람은 왜 태어났으며 왜 늙고 병들어 죽는지 그 이유를 알고 싶었습니다. 세상을 떠돌면서 유명한 스승들을 찾아가서 물었지만 누구도 그 이유를 속 시원히 말해주지 않았습니다. 오랜 고행과 명상과 탐구 끝에 붓다는 결국 깨달음을 얻었습니다. 그것은 바로 인생에는 '고통이 있다'라는 것입니다. 그는 '고통을 겪는다'고 말하지 않았다고 합니다. '고통이 있다'고 말했을 뿐입니다. 이 말은 이런 뜻이 아닐까 생각해봅니다. 고통이 있다는 것을 인정하고 받아들이는 것이 인생의 진리라는 뜻이겠지요. 너무도 당연한 말씀이 아니냐고 반문할 수 있으나 그것은 생각만큼 간단하지 않습니다. 사람들은 고통을 결코 좋아하지 않습니다. 저 역시 살면서 고통이 일어나서는 안 된다고, 일어나지 않기를 간절히 바라는 사람입니다.

그런데 고통을 피하려고 하면 할수록 고통이 일어나서는 안 된다고 몸부림치면 칠수록, 고통이 일어날까 봐 불안해할수록, 나에게 왜 이런 고통이 일어났냐고 화를 낼수록 고통스러워집니다. 고통의 아픔과 분노를 계속 마음에 담아두게 됩니다. 붓다를 찾아온 한 여인도 그런 사람이었습니다. 여인은 사랑하는 아들을 잃고 슬픔에 빠져 살다가 붓다를 찾아옵니다. 왜 자신의 어린 자식이 죽어야만 하냐고 그녀는 붓다에게 묻습니다. 그러자 붓다는 조용히 여인에게 바가지를 건넵니다. 그리고 집집마다 방문해 죽은 사람이 한 명도 없는 집에서 곡식을 받아오라고 합니다. 그 여인은 온 마을을 돌며 집집마다 들러서 죽은 사람이 없는 집을 찾았지만 그런 집은 단 한 곳도 없었습니다. 결국 여인은 빈 바가지를 들고 돌아왔지요. 여인은 이를 통해 깨달음을 얻고 붓다의 제자가 되었다고 합니다.

다가오는 고통을 있는 그대로 받아들이는 일

고통은 대부분 어쩔 수 없이 일어납니다. 병이 나기를 원하는 사람, 사고가 나기를 바라는 사람은 아무도 없습니다. 무슨 일이 생길지 아무도 모르는 상태에서 살아갑니다. 아침에 멀쩡히 나간 사람이 교통사고가 나기도 합니다. 붓다가 '고통은 있다'고 말한 것은 아마도 고통을 왜 겪어야 하냐고, 왜 고통이 왔냐고 묻지 말고 고통이 저기 있구나 하고 바라보라는 뜻이 아니었을까 하고 생각해봅니다. 고통이 있다고 받아들이면 고통을 어떻게 헤쳐나갈지를 생각하게 됩니다. 왜 나에게 고통이 온 거냐고 따지고 울어도 고통은 도망가지 않습니다. 이제부터 할 일은 이 고통을 어떻게 이해하고 극복해나갈 것인지만 생각하는 일입니다.

스캇 펙 박사의 처방도 같습니다. 많은 신경증 환자들이 어렸을 때 부모의 잘못된 신념과 도덕, 폭력으로 인해 고통을 겪습니다. 하지만 붓다의 말처럼 이제는 더 이상 고통을 겪지 말고 고통이 있다는 것을 받아들이고 어떻게 해결할 것인지 생각하라고 그는 충고합니다. 예를 들어 사춘기 자녀가 또래들과 어울려 범죄에 연루되었을 때, 우리는 어떻게 해야 할까요? "내가 너를 어떻게 키웠는데 이럴 수 있어?" "나에게 이런 일이 일어나다니 말도 안 돼." "도대체 왜 이런 일이 일어난 거야? 내가 무얼 잘못했지?" "다른 애들은 말썽을 안 피우는데 왜 너만 그러니?" 이런 말을 자녀에게 한다고 해도 문제는 해결되지 않습니다. 이런 말을 하는 부모는 온몸으로 고통을 겪으면서 한탄을 하지만 그럴수록 고통만 가중될 뿐입니다. "우리 아이가 범죄를 저질렀어. 살다 보면 이런 일이 일어날 수도 있지. 이제 부모로서 어떻게 해야 할까?" 일이 일어난 현실을 직시하고 해결 방법을 찾는 것, 이것이 붓다가 우리에게 주는 지혜일 것입니다.

사실 큰 사고가 아니어도 우리는 매일 좌절과 실패, 불편함 등을 맞닥뜨리며 살아갑니다. 몇 년 전 유명한 영화배우 로버트 드니로가 뉴욕대에서 한 졸업 축사는 많은 사람들에게 회자되었습니다. 그는 졸업생들에게 "여러분은 이제부터 모두 엿 됐습니다"라는 말을 던져 좌중을 깜짝 놀라게 했습니다. 어리둥절해 하는 청중들을 향해 그는 곧 말합니다. "왜냐하면 여러분은 졸업한 순간부터 무수히 거절당할 일만 남아 있기 때문입니다." 로버트 드니로가 왜 이런 말을 했을까요? 세계적으로 유명한 배우인 그도 살아오면서 배우 캐스팅에서 무수히 거절당한 경험이 있었던 것이지요. 우리는 살면서 심리적 압박과 거절, 불행한 일들을 당합니다. 그럴 때 '고통이 있다'라는 말을 기억하면서 우리가 해결할 수 있는 문제들은 적극적으로 해결하고, 어쩔 수 없는 것들은 수용하고 견디면서 기다리면서 살아갑니다. 그러면서 우리는 점점 강해지고 단단해지겠지요. 흔히 황금은 불로 단련된다는 말은 고통이 우리를 성장시키고 그것을 우리가 극복하기 위해 노력했을 때 얻을 수 있는 삶의 열매입니다.

읽을 책

《아직도 가야 할 길》
M. 스캇 펙 지음, 최미양 옮김,
율리시즈, 2011.

어떤 일도 평온한 나를 흔들지 못하도록

결혼하지 않은 마흔 후반의 남녀 다섯 명이 모였습니다.

"아, 다 정리하고 절에나 들어갈까 진지하게 고민 중이야. 세상만사 힘들다."

"절에? 전화해봤어?"

"전화? 아니, 왜?"

"나도 절에나 들어갈까 해서 이미 전화로 알아봤지."

"그래? 절에서 뭐라고 했어?"

"내가 스님이 되려면 어떻게 해야 하냐고 자세히 물어봤거든. 어떤 준비가 필요한지, 학력은 어느 정도 필요한지, 재산은 어떻게 하는지 등 말이야."

"그래? 너 꽤 심각했구나! 들어갈 수 있대?"

"한창 상담을 하다가 갑자기 그쪽에서 묻는 거야."

"뭘?"

"그런데, 보살님 올해 나이가 어떻게 되나요? 하고 말이지. 그래서 올해 마흔일곱인데요, 했지."

"그랬더니?"

"죄송합니다. 저희는 마흔다섯 살까지만 받습니다, 그러잖아. 그래서 허무하게 전화가 끝났어."

"그래? 나이 들면 절에서도 안 받아주는구나! 서럽다 서러워."

제 주위에 마흔을 넘기고 수도승이 되고 싶다고 말하는 분들이 꽤 많습니다. 다 내려놓고 조용한 산사에 머물면서 수도 생활을 하는 것을 동경합니다. 꼭 수도승이 아니어도 템플스테이를 하는 직장인도 많습니다. 그런데 젊어서는 생각해본 적 없었던 수도생활을 마흔 넘어 꿈꾸는 이유가 무엇일까요? 세상사에 얽혀 있는 일들이 하도 복잡하고 스트레스를 받아서 조용한 곳으로 가 휴식을 취하고 싶어서일까요? 아니면 무언가 마음의 내부에서 격동이 일어나고 있기 때문일까요? 이런 현상은 왜 중년기에 두드러지게 나타나는 걸까요?

그렇다면 이미 수도생활을 하고 계신 분들은 어떨까요? 역설적이게도 절이나 수도원에 계신 분들 중에 마흔을 넘긴 후 옷을 벗고 나온 분들이 적지 않습니다. 《내 나이 마흔》이라는 책의 저자는 가톨릭 사제입니다. 안셀름 그린 신부님은 종교를 떠나 전 세계인에게 깊은 영감을 주는 세계적인 영성가이지요. 사제가 굳이 왜 마흔이라는 나이에 대해 책을 썼을까요? 저 역시 이 점이 궁금해 호기심을 갖고 책을 읽기 시작했습니다. 책은 100쪽도 채 안 될 정도로 얇습니다. 하지만 책이 품고 있는 의미의 깊이는 결코 가볍지 않습니다. 신부인 저자가 마흔에 관심을 갖게 된 것은 수도회에서 일어난 일련의 사건 때문이었습니다. 20년 동안 함께 수도 생활을 해온 형제들이 수도회를 떠나는 일이 빈번해진 것이지요. 수도회는 이 문제를 두고 오랜 고심 끝에 '중년의 위기'라는 현상에 주목하게 되었습니다. 그래서 저자는 대학원에 들어가 융 심리학을 공부했고, 융 심리학 이론을 바탕으로 이 책을 쓰게 되었습니다.

심리학자 칼 구스타프 융은 사람들이 중년기에 들어서면서 여러 위기에 봉착한다고 말합니다. 잘 다니던 회사를 그만두거나, 삶의 의미를 잃고 방황하고, 어느 날 훌쩍 히말라야로 떠나기도 하며, 이혼이나 파산을 겪기도 합니다. 융은 중년기에 유독 이런 문제가 많이 생기는 것은 중년이라는 특별한 시기에 풀어야 할 과제가 있기 때문이라고 말합니다. 한마디로 말하면 '나는 왜 사는가?'에 대한 삶 전체의 의미를 묻는 질문의 시기라는 것이지요. 이제까지는 "무엇을 할 것인가?"에 초점을 두고 살았다면 이제는 "왜 해야 하는가?" "어떻게 할 것인가?"를 묻는 시기가 된 것이죠.

저자가 보기에 중년의 위기는 결국 정신적인 극복이 관건이라고 말합니다. 오랫동안 수도생활을 해온 사십, 오십 대 수도사들도 중년이 되면 영적인 위기에 봉착합니다. 지금까지 해왔던 기도와 묵상 등이 갑자기 무미건조해지고 공허하고 지친 느낌을 받게 되는 것이지요. 지금까지 해온 방식들로는 참 기쁨을 얻기 힘들다고 느껴집니다. 모든 걸 놓아버리고 싶기도 합니다. 도저히 이렇게 살 수 없을 것 같아 막막해지고 절망에 빠지기도 합니다. 대체 어디서부터 무엇이 잘못된 것일까요?

불안이 내 손목을 붙잡을 때

위기가 오면 대부분의 사람들은 도피를 합니다. 먼저 자기 자신의 내면을 보려고 하지 않습니다. 자기 마음의 불안을 직시하지 않고 성급하게 외부 세계와 다른 사람들, 구조와 제도를 고치려고 하고 그 불안을 밖으로 떠넘긴다고 저자는 말합니다. "인간은 자기 자신을 개혁하려고 하지 않기 때문에 수도원을 개혁하려고 한다." 이 말은 자기 자신에 대한 불만족을 외부에 투사하고 외부의 개혁을 통해서 자기 영혼의 심연에 접근하려는 오류를 범한다는 뜻입니다. 이렇게 인간은 외부 세계와 싸움으로써 자기 자신과 싸워야 할 과제를 망각하고 맙니다.

또 마흔 즈음에 사람들은 정신없이 일에 매달려 내적인 분쟁을 회피하기도 하고 삶의 형식을 끊임없이 바꿔 내적 불안을 밖으로 해소한다고 저자는 말하고 있습니다. 예를 들어 쉴 새 없이 분주하게 살거나, 다른 곳으로 이사를 가거나 갑자기 가난한 사람이 되려고 하고, 독방에서 홀로 은둔 생활을 시도합니다. 또 어떤 사람은 수도원에 들어오고 싶어 합니다. 끊임없이 새로운 묵상법을 찾아다니고 새로운 스승을 찾아다닙니다. 더 바쁘게 일해 업적을 쌓는 것으로 내면의 불안을 이기려고 하거나 때로는 열성적인 봉사활동이나 신앙생활을 하며 위기를 회피하려고 합니다. 하지만 저자는 계속 외적 형식을 바꾸는 것으로는 자신의 불안을 끝까지 견뎌내지 못할 뿐 아니라 중년기에 얻을 수 있는 내면의 소리를 들을 수 없게 된다고 말합니다.

따라서 중년의 위기를 맞이한 사람들에게 저자가 말하고 싶은 것은 바로 '자기인식'입니다. 이 시기에 드러난 위기는 사실 내 안에서 부르짖는 소리입니다. '이것이 바로 네 문제이다' 라고 내면에서 솟구쳐 올라온 소리입니다. 지금까지의 사고의 틀과 삶의 틀을 거꾸로 뒤집어보라고 하는 소리입니다. 중년의 마음은 어느 날 내 안에 숨겨져 있는 어두움, 사악함, 치졸함과 오류를 적나라하게 드러내 보입니다. 이것들은 결코 기분 좋은 것들이 아니어서 솔직히 인정하기가 싫어집니다. 그래서 회피하고 싶어 하지요. 주변 사람들이 그에게 말해줍니다. 당신에게는 문제가 있다고. 하지만 그는 듣지 않습니다. 남의 약점은 금방 찾아내지만 자신의 문제는 잘 지각하지 못하고 말죠. 그러면 그럴수록 그는 자신으로부터 소외됩니다.

융은 진실한 자기가 되고자 하는 이러한 일련의 시련을 개성화 과정으로 설명합니다. 그는 성인들이 겪는 심리적 문제를 유아기의 억압과 충동 조절 실패에서만 찾지 않고 인간의 '발달'이라는 측면에서 찾으려고 했습니다. 그는 인생을 자기실현의 발달 과정으로 인식했습니다. 그에 따르면 삶의 전반기, 즉 청년기까지는 의식적인 자아를 만들어가는 과정입니다. 그래야 세상 속에서 자기 자신의 확고한 입지를 세우고 자기주장을 할 수 있습니다. 하지만 중년기 이후부터는 의식적인 자아가 아닌 진정한 자기로 향하는 관문을 통과해야 한다고 융은 주장합니다.

유쾌하지 못한 감정들이 나 자신을 해치려 한다면

결국 이 책에서 신부님이 말하는 중년의 위기는 위기가 아닙니다. 종교적 표현으로 말하자면 중년기는 구원으로 가는 여정입니다. 어떤 문제로 인해서 우리는 근본적인 것이 무엇인지 더 명확히 알게 됩니다. 그러므로 마흔 이후에는 삶에서 가장 중요한 것이 분명해집니다. 자신이 무엇 때문에 살고 있는지가 수면 위로 떠오르기 때문입니다. 생의 어느 시기에나 우리는 상실과 이별을 할 수 있지만, 유독 중년기에는 그것들이 더 강렬한 느낌으로 체험됩니다. 왜일까요? 중년은 철학의 시기요, 사유의 시기이기 때문입니다. 인생의 중간쯤 되는 이 시기에 우리는 자꾸 자신에게 물어야 합니다. '이 고통이 내게 말하는 건 무엇일까?' '나더러 어떻게 살라는 것이지?'라고 말입니다.

저는 안셀름 신부님이 쓴 《너 자신을 아프게 하지 마라》를 권하고 싶습니다. 이 책은 제게 많은 위로와 힘을 주었습니다. 책에서 저자는 우리 마음속의 어두운 것들, 죄책감이나 불안, 걱정, 시기, 질투, 미움, 증오 같은 것들은 인간이면 누구나 갖고 있는 것들로, 다만 그것들이 우리를 해치지 않도록 하는 것이 중요하다고 말합니다. 우리가 마음의 중심, 순수한 영성과의 끈을 놓치지 않는다면 그것들은 늘 우리 안에 있지만 우리의 내적 평화를 깨트리지 못한다는 것이지요. 이 말은 대단히 중요한 의미를 가지고 있습니다. 우리는 뭔가 불쾌한 것, 불편한 것, 미움이나 증오심을 하루빨리 없애야 할 악으로 여겨 싸워서 밖으로 내보낼 궁리를 합니다. 그것을 물리쳐서 없애야 한다는 생각 때문에 힘이 듭니다. 보기 싫은 것을 빨리 눈앞에서 제거하고 싶은 것이지요.

하지만 그것들은 결코 한순간에 내보낼 수 없습니다. 그것들이 사라졌다고 생각하는 순간 다시 내 안에 있음을 우리는 알게 됩니다. 인류가 살아오면서 만든 무수한 두려움들, 불안들, 말로 다 표현하기 힘든 어두운 요소들은 우리 무의식 속에 들어 있습니다. 이 고통이 부모에게서 물려받은 것인지, 혹은 어디서 비롯된 것인지는 정확히 알 수 없습니다. 그런데도 우리는 쉽게 인과론적 사고를 수용합니다. 부모를 닮았다고, 피는 못 속인다고 말이지요. 고통이 어디에서 시작되었는지 알 길이 없기 때문에 어떻게든 설명될 수 있는 것으로 그 원인을 이해하려고 합니다. 그래서 흔하게 하는 것이 조상 탓이고 부모 탓이지요. 하지만 누굴 탓하는 것으로 잠시 동안은 문제에서 벗어난 것처럼 느끼지만 어느 순간 다시 우리는 불안에 휩싸이게 됩니다. 불안의 원인을 파헤치려고 애쓸수록 우리는 더 미궁에 빠지고 혼란을 느낄 수 있습니다. 그럴 때는 그냥 모두 멈추고 고민을 내버려둔 채 다른 일을 해보는 것도 좋다고 합니다. 아니면 속이야기를 들어줄 만한 사람에게 고민을 털어놓아 지혜를 구하는 것도 좋겠지요. 책을 읽고 지혜를 구하는 방법도 있습니다. 어떤 것이든 인생의 중반기를 잘 건너는 비결은 저자의 말대로 사유와 성찰을 통해 자기 내면을 들여다보고 지혜를 찾기 위한 노력을 하는 것이겠지요.

읽을 책

《내 나이 마흔》
안셀름 그린 지음, 이성우 옮김, 성서와함께, 2009.

《너 자신을 아프게 하지 마라》
안셀름 그린 지음, 김선태 옮김, 성서와함께, 2017.

어디로든 떠나고 싶은 마음이 당연하다

한 남자가 오십이 된 후 꿈에 그리던 산티아고에 갔습니다. 얼마나 간절히 원했던 길이던가! 한 달 간의 귀한 휴가를 얻어 떠난 산티아고 순례길, 그런데 그의 묵상을 방해한 건 등에 진 무거운 배낭이었습니다. 무거운 배낭 때문에 걷기도 힘들고 몸 여기저기 통증이 몰려와서 순례길이 고행길이 될 판이었습니다. 결국 짐을 버리는 수밖에 없었습니다. 배낭을 열어 꼭 필요하지 않은 것들을 하나씩 버렸습니다. 처음에는 배낭에서 버려야 할 물건을 고를 때마다 망설이고 또 망설였습니다. 아깝지 않은 물건이 없었습니다. 고르고 골라서 산 물건들이었으니까요. 하지만 계속 길을 걸으려면 버려야만 했습니다. 그런데 놀라운 것은 아깝게 여겨서 버릴까 망설였던 물건들이 없어도 순례길에 전혀 지장이 없다는 것이었습니다. 순례길에는 약간의 먹을 것과 최소한의 옷만 있으면 되었으니까요.

그 남자는 깨달았습니다. 순례길이 바로 우리 인생길과 같다는 것을요. 꼭 필요한 것들만 갖고 살아도 되고, 필요한 것들은 살아가면서 그때그때 얻을 수 있다는 사실을, 그리고 실상 살아가는 데 필요한 것들은 그리 많지 않음을 말입니다. 버릴수록 짐은 가벼워졌고 더 잘 걸을 수 있었습니다. 잘 걸을수록 에너지는 내부로 향했고 순례길의 본래 목적인 '나'를 만나는 체험을 할 수 있었습니다.

《술 취한 코끼리 길들이기》는 제가 아주 좋아하는 책입니다. 침대 머리맡에 두고 가끔씩 읽으면 마음이 편안해지곤 합니다. 저자를 만나본 적은 없지만 저자의 기운과 미소가 바로 곁에 있는 듯 느껴지는 책입니다. 아무래도 제가 이 책의 저자를 좋은 아버지, 좋은 어른의 이미지로 인식하기 때문이겠지요. 실제로 저자를 만난다면 같은 느낌이 들지는 모르겠습니다. 이 책의 저자는 영국인입니다. 저자는 고등학교 때부터 불교에 관심을 갖고 있었는데 대학 졸업 후 학교에서 선생님을 하다가 태국의 밀림으로 들어가 스님이 되었다고 합니다.

책 속의 108가지 이야기 중 기억에 남은 이야기를 하나 소개하겠습니다. 한 수도자가 있었습니다. 그는 정체 모를 병에 걸려 몇 해 동안 병원에 누워 있었습니다. 수도원의 사람들은 그를 살리려고 백방으로 노력했지만 차도가 없었습니다. 어느 날 지혜로운 수도원장이 중병에 걸린 그를 찾아왔습니다. 수도원장이 입을 열었습니다. "나는 당신을 사랑하고 염려하는 모든 사람들을 대표하여 당신에게 죽음을 허락하기 위해 왔소. 이제 당신은 회복하지 않아도 좋소." 그 말을 듣고 수도자는 흐느껴 울었습니다. 그동안 그 자신은 물론 동료 수도자들도 그를 돕느라 많은 고생을 했기 때문에 그는 그들을 실망시키지 않으려고 무진 애를 썼습니다. 그런데도 병이 낫지 않자 그는 죄책감과 좌절감을 느꼈습니다. 그런데 수도원장이 한 말을 듣고 그는 그 병으로부터 자유로워졌음을 느꼈습니다. 심지어 마음 편하게 죽을 수도 있게 되었습니다. 더 이상 주위 사람들을 기쁘게 하기 위해 노력할 필요가 없었습니다. 그러자 그 다음에 무슨 일이 일어났을까요? 그날부터 그 수도자는 병에서 회복되기 시작했습니다.

우리가 진짜로 버려야 할 것들

버려야 할 것들은 반드시 물건만이 아닙니다. 다른 사람들에게 보답하기 위해서, 또 누군가를 실망시키지 않으려고 애쓰는 것도 우리를 힘들게 합니다. 사랑하는 가족의 염원과 기대에 부응하지 못하는 데서 오는 죄책감도 우리를 짓누르지요. 그런가 하면 온갖 건강 프로그램에서는 암에 잘 걸리는 유형이나 암을 예방하는 방법들이 나옵니다. 어떤 심리 전문가는 암에 걸린 사람은 평소 자기 관리를 소홀히 한 사람인 양 떠들어대기도 합니다.

하지만 이런 발언들 때문에 우리는 암 환자가 되면 죄책감에 시달립니다. 가장 먼저 자기 자신을 돌보지 못한 것에 대한 회한과 가족들에게 짐이 되었다는 부담감에 괴로움을 느끼지요. 그리고 주변에서 염려해주고 기도해준 것에 답하려고 건강해지기 위해 열심히 노력합니다. 그러다 아무리 노력해도 차도가 없으면 더 초조해지고 절망감을 느낍니다. 죽고 싶어도 죽지 못하는 심정이라고 할 수 있지요.

그러니 우리가 살아가면서 버릴 것은 쓸데없는 물건들만이 아닙니다. 주위 사람들의 기대에 부응하려는 것, 주위의 평판에 지나치게 신경을 쓰는 마음도 버릴 필요가 있습니다. '우리 엄마가 나를 위해 얼마나 고생을 했는데, 내가 이러면 안 되지'라든가 '나 때문에 애쓰는 그들에게 이런 모습을 보이면 안 되지' 같은 생각들로부터 이제 자유로워져야 합니다. 동시에 아픈 사람들을 대할 때에도 "내가 당신의 쾌유를 위해서 얼마나 애쓰는지 알지요? 그러니 빨리 나아야 해요"와 같은 말들은 삼가는 게 좋습니다. 자기 몸도 아픈데 타인의 감정까지 배려하다 보면 더 힘들 수 있기 때문이지요. 우리가 타인을 얼마나 염려하고 사랑하는지를 너무 열심히 전달하려는 열정 때문에 타인을 더 힘들게 하기도 한다는 걸 이제 알아야만 합니다.

내가 그은 선의 바깥까지 나아가려면

인생의 깨달음을 얻는다는 것, 구도의 길은 무엇일까요? 저는 반드시 스님이나 수도자가 되는 것이 구도의 길을 걷는 것이라고 생각하지 않습니다. 구도나 출가는 우리에게 너무 익숙해서 깨닫지 못하고 있는 것으로부터 나가는 것입니다. 자기 생각만이 옳다고 굳게 믿으며 자신과 다르게 말하는 사람을 배척하는 것이 아니라 다르다고 말하는 그 사람 쪽으로 가보는 것, 자기 확신에서 자기혁신으로 나아가는 것이 바로 깨달음을 얻는 거라고 생각합니다. 그러므로 구도의 길을 떠나려면 낯선 곳으로 가야 합니다. 여기서 낯선 곳이 반드시 낯선 장소를 의미하지는 않습니다. 그리스 여행을 간다고 해서 그리스 정신을 전부 배웠다고 말할 수 없고, 그리스 정신이 나를 바꾸지도 않듯이 말입니다. 낯선 곳이란 이제까지 만나지 않았던 사람이나 낯선 책, 낯선 사상을 의미합니다.

도를 좀 닦았다는 성인들, 공자는 물론 노자, 묵자, 한비자 같은 중국 도인들은 물론이고 예수님과 부처님도 모두 책을 많이 읽었을 거라고 생각합니다. 예로부터 전승된 지식들을 문자든 구술이든 그것들을 습득하지 않고는 그분들이 자신의 학문이나 사상을 세울 수 없었을 테니까요. 그러므로 중년이 되어 훌쩍 떠나고 싶은 사람은 책의 숲으로 발걸음을 옮겨 보면 어떨까요?

읽을 책

《술 취한 코끼리 길들이기》
아잔 브라흐마 지음, 류시화 옮김, 연금술사, 2013.

《시끄러운 원숭이 잠재우기》
아잔 브라흐마 지음, 각산 엮음, 나무옆의자, 2015.

내 것이지만 내 마음대로 되지 않을 때

'언제부터가 중년인가요?'

요즘 사람들은 중년이라고 하면 마흔 중반에서 육십 정도의 나이를 생각합니다. 어떤 분은 65세까지라고 말하기도 합니다. 왜냐하면 중년 이후를 노년이라고 생각하는데 육십 대를 노인이라고 부르기엔 너무 이른 느낌이기 때문입니다. 옛날에는 청소년이니 중년이니 하는 말은 없었다고 합니다. 아이 아니면 어른 그리고 노인이었지요.

사회학자들은 청소년, 중년이라는 단어가 18세기 산업혁명 이후 자본주의가 발달하면서 생겨난 단어라고 말합니다. 자본주의는 돈이 된다 싶으면 곧바로 상품화하는 특성이 있지요. '인생에는 때가 있다' '인생 주기별로 공통적인 특성이 있다' 등과 같은 관념이 심리학이 발달하기 전부터 인류가 전수해온 것인지, 아니면 심리학자들이 만든 이론이 일반화된 것인지 정확히는 알 수 없습니다.

저는 서른 살 중반에 융 심리학 이론을 만나면서 중년기에 관심을 갖게 되었습니다. 또 발달심리학자들이 말하는 생애주기에 대한 이론들이 매우 흥미롭게 느껴졌습니다. 그런 책들을 읽으면서 새삼 서른다섯이라는 나이를 인식하게 되었습니다. 미처 깨닫지 못하고 있던 제 행동에 대해서 통찰할 수 있었던 시간이어서 참 좋았습니다. 주변 사람들의 이해하기 힘든 행동들도 그 내면의 동기나 심리 역동을 통해 어느 정도 이해할 수 있었습니다.

인생 주기 이론 중 가장 많이 알려진 것은 에릭슨의 심리사회적 8단계 이론입니다. 에릭슨은 평생 자아정체성을 연구주제로 삼았던 사람입니다. 유대인이었던 어머니는 덴마크인 아버지와 사랑을 해 에릭슨을 낳았지만 결혼은 하지 않았습니다. 그 후 어머니와 에릭슨은 미국으로 건너갔고, 어머니는 유대계 남자와 다시 결혼을 했습니다. 에릭슨은 덴마크인을 닮은 외모 때문에 유대인 사회에서 늘 이방인 같은 느낌을 받으며 성장했습니다. 그의 이런 경험이 심리학 중에서도 특히 자아정체성에 관심을 갖게 하였다고 합니다.

에릭슨은 중년기의 과제를 '생산성'이라고 말합니다. 여기서 생산성이란 다음 세대를 돌보고 길러 자신의 존재가치를 확장하고자 하는 것입니다. 생산성은 크게 부모역할을 통한 생산성과 과업 생산성이 있습니다. 부모역할을 통한 생산성은 부모가 되어 자녀를 낳아 기르고 교육하는 희생적인 과정을 통해 획득되는 것이고, 과업 생산성은 자신이 지닌 기술과 능력을 과업을 통해 다음 세대에 전수하여 획득되는 것입니다. 생산성은 단순히 자녀를 낳아 기르는 것만을 의미하지 않고 그 과정 속에서 자신이 얼마나 많은 열정과 희생으로 기쁨의 결실을 맺었는지가 중요합니다.

세상에 태어나 자신의 영향력으로 후손을 키워낸다면 정말 보람되고 성취감도 느끼겠지만, 반대로 후손에게 남겨줄 게 하나도 없다는 생각이 들면 정체감과 침체감에 빠져 우울할 수도 있습니다. 침체감에 빠져든 성인들은 부모역할을 제대로 수행하지 못하며 자신이 속한 집단의 지도자 역할이나 지역사회에서 전반적인 어른의 역할을 원만하게 수행하지 못하게 됩니다. 침체감은 자신의 필요성과 요구에서 헤어나오지 못해 다음 세대나 사회 전반의 요구에 응할 수 있는 여유를 찾지 못할 때 나타나는 특징입니다. 따라서 이 시기의 중요한 질문은 '나는 후세를 위해 무엇을 할 수 있는가?'라는 고민이라고 에릭슨은 말합니다.

무엇보다 먼저 우리의 내면이 충만해지는 길

에릭슨 이론에 비추어 생산성이 있는 중년을 보내려면 어떻게 해야 할까요? 성인기에는 가정을 꾸리고 사회 속에서 인정을 받기 위해 열심히 살았다면 이제 중년기에는 자신의 존재 가치와 소명을 실현하며 살아야 하는 게 아닐까요. 돈벌이만을 위한 직업이 아닌 후손과 사회에서 자신의 영향력을 발휘해 기쁨을 창조할 수 있는 일이라면 더욱 좋을 것입니다. 그런데 타인을 돌볼 줄 아는 좋은 어른이 되려면 내적 에너지를 충전해야 합니다. 그러려면 명상이나 종교, 심리요법에 관한 책을 읽으면서 여유를 갖고 자신의 내면을 들여다보는 시간을 가져야 합니다. 일기쓰기나 글쓰기, 여행도 좋고 독서모임에 나가 책을 읽는 것도 좋은 방법입니다.

좋은 어른, 좋은 지도자는 삶의 여러 문제들을 유연하게 대처하고 견뎌내며 후손들에게 버팀목이 되어주는 사람입니다. 중년이 되었는데도 대인 관계를 맺는 능력이 부족하면 집단의 어른 역할을 해내기가 어려워집니다. 따라서 그 어느 때보다 이 시기에는 '힘'을 지혜롭게 쓸 줄 알아야 합니다. 청년기 때 권력에 눌려 소외감을 느꼈던 사람들 중에 중년이 되어 권력을 잡은 후 아랫사람을 힘으로 누르고 무시하는 사람이 종종 있습니다. 높은 자리에서 호령하다 보면 자칫 자아도취에 빠져서 이제까지 만들어온 체면과 명예를 무너뜨릴 수도 있습니다. 공든 탑이 무너져버리는 것이죠. 어른이라는 자리는 권력을 누리기 위한 자리가 아니라 후손을 잘 양성해 보람을 얻는 역할임을 잊어서는 안 됩니다.

중년은 왜 중요한가? 이런 질문을 던질 때 빼놓을 수 없는 사람이 있습니다. 앞에서도 언급했던 칼 구스타프 융입니다. 융은 정신과 의사이자 심리학자였습니다. 융에 따르면 아동기와 청년기, 성인 초기만 해도 에너지는 밖으로 향하고 외향적이라고 합니다. 의식이 지배적이어서 성취와 지위 확보를 향해 매진합니다. 외부의 자극을 적극적으로 수용하고 그것들을 통해 외적 성장을 이루는 시기이지요. 하지만 사람이 중년이 되면 급격한 성격 변화를 보이기도 한다고 그는 말합니다. 우울감에 빠지기도 하고 절망과 비참함, 무가치함에 사로잡히기도 합니다. 인생의 의미를 잃은 듯 공허하고 허무해 방황을 합니다. 융은 이를 극복하기 위해 이제까지 인생 전반기에 소홀히 해왔던 내면의 세계로 눈을 돌려야 한다고 말합니다. 외향성에서 내향성으로, 의식에서 무의식으로, 육체적이고 물질적인 관심에서 종교적, 철학적, 직관적인 세계로 관심의 방향을 돌려야 한다는 것이지요.

융이 말하기를 진정으로 마음이 건강한 사람들은 중년기 혹은 그 이후에 중요한 특징이 나타난다고 합니다. 이들은 이 시기를 겪으면서 성격 본성의 변화로부터 생겨나는 냉혹한 위기를 견디어 낸 사람들입니다. 그들은 자신의 무의식이 나타나도록 허용했기 때문에 이전에 억압되었던 본성의 측면을 인식하게 됩니다. 그 결과 건강한 사람들은 높은 수준의 자각을 성취하게 됩니다. 즉 그들은 의식과 무의식 수준에서 모두 자기 자신을 알게 됩니다. 동시에 자기를 수용하는 힘도 발달하게 됩니다. 자신의 장점과 약점까지도 자신의 것으로 받아들이는 자세를 갖게 되고, 사회적 가면을 쓰고는 있지만 그것을 자기와 동일시하지 않습니다.

또한, 건강한 사람들은 성격의 여러 측면들을 통합하고 조화시켜 자연스럽게 표출할 수 있게 됩니다. 지금까지 어느 하나의 성격에 편중되었던 모습을 과감히 버리는 것이지요. 이제 더 이상 어느 하나의 성격이 지배적이기 않기 때문에 그 사람이 어떤 특정한 심리적 유형에 속한다고 설명할 수가 없습니다. 건강한 사람들은 융 자신이 그랬던 것처럼 미지와 신비를 수용할 힘이 있습니다. 그들은 꿈과 환상에 주의하며, 한편으로는 이성과 논리를 사용하면서 무의식의 힘으로 그러한 의식의 과정을 조정합니다. 더 이상 이성에만 집착하는 것이 아니라 보다 넓은 우주적 세계인 무의식, 비이성적인 세계를 받아들이는 것입니다. 이러한 사람들은 집단 무의식에 개방적이기 때문에 인간의 여러 가지 상황을 훨씬 잘 인식하며 다른 사람들의 행동을 더 깊이 통찰할 수 있게 됩니다.

나의 그림자는 무엇일까

융은 생전에 수천 회에 달하는 꿈을 분석했다고 합니다. 하루는 어떤 중년 여성이 그에게 꿈 상담을 해왔습니다. "선생님, 저는 어젯밤 매우 불쾌한 꿈을 꾸었답니다. 제가 평소 아주 싫어하는 옆집 여자가 제 꿈에 나타났어요. 놀랍게도 제가 그 여자랑 즐겁게 차를 마시며 이야기를 나누는 거예요. 어떻게 이럴 수가 있을까요?" 융은 그녀가 옆집 여자를 왜 싫어했는지 물었습니다. "그 여자는 사치스럽고 허영이 심해요. 교회 봉사활동에 한 번도 나온 적이 없어요. 놀고먹는 일에만 신경 쓰는 것 같아요. 저는 그렇게 속된 여자는 안 좋아해요."

그러자 융이 조용히 말했습니다. “당신이 그렇게 싫어한 여자와 함께 차를 마신 이유는 그 여자가 당신의 그림자이기 때문입니다.” 여기서 융이 말하는 ‘그림자’는 의식의 심층에 있는 어두움 또는 열등함을 말하는데, 우리나라 융 학회 회장이었던 이부영 선생님은 이 그림자를 ‘우리 마음의 어두운 반려자’라고 했습니다. 의식 차원에서는 빛이지만 빛 아래에 있는 그림자는 어두운 법이지요.

즉 그 여성의 꿈에 나온 이웃집 여성의 모습은 자신이 혐오하고 싫어하는 자신의 그림자인 것이죠. 자신은 사치스럽고 허영심 많은 이웃집 여자와 달리 검소하고 소박한 사람이라고 굳게 믿고 있지만 진짜 그럴까요? 이웃집 여성의 그런 모습은 자신의 내부에 감추어진, 혹은 드러나지 않은 일부입니다. 따라서 꿈이 그녀에게 말하는 것은 자신이 무시하고 억압하는 그림자를 인식하고 그것들을 의식화하라는 것이지요. 왜냐하면 그림자를 계속 억누르기만 하면 어느 순간 튕겨 나오거나 혐오증이 될 수도 있기 때문이죠.

융이 말하는 자기실현의 과정, 즉 개성화는 자아가 무의식의 여러 측면을 발견하고 통합하는 과정입니다. 우리가 정신적으로 건강해지려면 의식과 무의식이 조화를 이루어야 하지만 그게 쉽지만은 않습니다. 왜냐하면 우리는 사회 속에서 살아가기 위해 의식을 발달시켰고, 사회화되는 과정에서 가면(페르조나)을 쓰고 살아가기 때문입니다. 아기가 성장하는 과정을 보면 이 말이 무슨 말인지 금방 이해할 수 있습니다. 울고 싶을 때 울고, 떼쓰던 아이가 부모나 주변의 반응에 따라 자기 행동을 교정하고 점점 커가면서 싫어도 싫은 내색을 하지 않고 참는가 하면 좋아하는 척 가면을 쓰기도 합니다. 그렇게 해야 자신이 사랑받을 수 있다고 여기고 생존에 유리하다고 생각하기 때문입니다. 이 세상에 페르조나를 사용하지 않는 인간은 한 명도 없습니다. 페르조나는 생존을 위해 꼭 길러야 하는 기능이기도 하니까요.

그런데 문제는 사회가 원하는 이런 페르조나를 쓰다 보면 우리의 다른 인격적 측면이 무의식 속에 억압될 수 있습니다. 이렇게 되면 억압된 만큼 보상을 치러야 한다는 게 융의 견해입니다. 의식과 무의식 간에 균형이 깨지면 히스테리나 정신질환에 시달리기도 합니다. 앞에서 융이 만난 그 여인처럼 꿈이 우리에게 이런 상황을 말해주기도 합니다. 꿈은 평소에 몰랐던 무의식의 여러 측면을 알려주니까요. 앞에서 융이 만난 그 여인은 자신의 그림자를 이웃집 여인에게서 발견합니다. 따라서 어떤 사람의 행동이 지나치게 못마땅하고 보기 싫었다면 그것은 자기 안의 그림자가 그 사람에게 투사된 것이라고 이해하면 됩니다.

이부영의 《그림자》는 융이 말하는 그림자에 대해 자세히 알려주는 책입니다. 저자는 우리가 자신의 그림자를 인식하는 것이 매우 중요한 일이라고 말합니다. 그림자는 주로 미숙하거나 낯선 것으로 다가옵니다. 예를 들어 외향성이 매우 강한 사람의 그림자는 내향성일 수 있습니다. 외향성은 깊이 사색하거나 헤아리는 것이 미숙할 수 있습니다. 미숙하고 낯설기 때문에 불편함을 느낍니다. 그래서 외향적인 사람은 말이 없고 속을 드러내지 않는 사람을 만나면 당황하고 쩔쩔매기도 합니다. 이럴 때 자신의 그림자를 인식한다면 당황스러운 상황을 예측할 수 있고 스스로 조율할 수 있습니다. 내향적인 성격의 사람을 만날 때는 그 사람을 충분히 이해시킬 만한 읽기 자료를 준비해가거나, 그가 말을 할 때까지 참을성 있게 기다려주고, 직접 말로 답변을 받기보다 문자나 편지로 받는 게 편하고 좋은 일입니다.

뭔가 불편하고 찜찜한 기분이 들 때, 혹은 갈등이 일어났을 때 우리는 자신의 그림자를 인식할 수 있습니다. 예를 들어 회의 시간에 상사로부터 지적을 받으면 당연히 지적받을 수 있음을 알고 있지만 속이 부글거리고 화가 납니다. 그럴 때 주변 사람들에게 화풀이를 할 게 아니라, 찬찬히 자신의 마음속을 들여다보는 시간이 필요합니다. 왜 화가 났을까요? 아마도 상사가 꼼꼼하지 않은 나의 그림자를 건드렸기 때문에 화가 난 게 아닐까요. 누구든지 자신의 그림자를 건드리면 부끄러움을 느끼고 기분이 안 좋아집니다. 특히 자존감이 낮은 경우엔 더 예민하게 반응할 수 있습니다.

자존감이 낮은 상태에서 다른 사람으로부터 자신의 약점을 지적받으면 마치 자신의 존재를 무시당하는 것 같은 감정을 느끼게 됩니다. 상대방은 단지 작은 문제 하나를 들추었을 뿐인데 말이지요. 사실 상대방이 나의 약점을 말했다고 해서 내가 무시당하는 감정을 느낄 이유는 없습니다. 상대방이 내 인격을 모독한 것도 아니니까요. 그러므로 자신의 그림자를 인식할 때는 속으로 '알았어. 그 부분이 약하다는 걸 나도 알고 있어. 인정할게. 앞으로는 주의할게.' 이렇게 속삭이면 됩니다. 또 다른 사람과 이야기를 나눌 때 상대가 지나친 반응을 보이거나 예민하게 군다면 '아, 내가 이 사람의 그림자를 건드렸구나' 이렇게 생각하면서 가만히 그 사람의 폭풍이 지나가기를 기다려보는 건 어떨까요.

읽을 책

《그림자》
이부영 지음,
한길사, 1999.

《내 그림자에게 말걸기》
로버트 A. 존슨, 제리 룰 지음, 이종도 옮김,
Y브릭로드, 2009.

우리의 마음을 불안하게 만드는 것들

이 이야기는 상담을 하는 분으로부터 들은 이야기입니다. 중년의 여성이 상담실을 찾았습니다. 그 여성은 남편과 이혼하고 싶다고 했습니다. 그 이유를 물어보니 아주 사소한 것들이었습니다. 예를 들어 남편이 술 마시고 늦게 들어와서 그분의 잠을 깨운다거나 딸에게 잔소리가 너무 심해서 못 참겠다거나, 자기 몰래 시어머니에게 용돈을 드렸다는 등의 사연입니다. 남들이 보기엔 시시콜콜한 일들인데 본인은 참을 수 없이 화가 치밀어 오른다고 했습니다. 싸움을 거는 쪽은 늘 부인이랍니다. 한바탕 집안을 들었다 놓았다 하면서 고래고래 소리를 지르고 부부싸움을 하고 나면 뭔가 풀린 듯 오히려 편안함을 느낀다고 했습니다. 이게 무슨 조화일까요? 싸우고 나면 속이 시원한 느낌이라니.

그 여성은 시골의 가난한 가정에서 폭력적인 아버지 때문에 늘 불안에 떨며 어린 시절을 보냈습니다. 아버지는 술을 마시면 폭군이 되어 가재도구를 부수고 어머니를 때렸습니다. 어머니는 딸에게 "엄마는 어쩔 수 없어서 이렇게 살지만 너는 꾹 참고 공부해서 서울에 있는 대학에 가라. 가서 죽도록 공부해서 좋은 직장에 들어가고 착한 남자 만나서 살아야 한다"라고 말하곤 했습니다. 바라던 대로 서울 소재 대학에 입학한 그녀는 어렵사리 대학을 졸업하고 무사히 직장에 들어간 뒤 지금의 남편을 만나 결혼을 했습니다. 엄마의 소원대로 남편은 평범한 가정에서 무난하게 성장한 사람으로 온순하고 착한 사람이었습니다. 그 여성은 어떻게든 좋은 가정을 만들고자 애쓰며 정성으로 자녀들을 키웠습니다. 그리고 이제 자녀들도 모두 대학에 들어갔습니다.

그런데 어느 날부터 만사 짜증이 나고 부글부글 부아가 치밀어 오르기 시작했습니다. 딱히 화가 날 상황이 아닌데도 참기가 어려웠습니다. 갱년기가 빨리 찾아온 게 아닌가 생각이 들어 보약도 지어 먹고 취미활동도 하면서 마음을 달래보려고 애썼지만 이상하게도 저녁 무렵만 되면 분노의 요괴가 영혼 속으로 들어와 조화를 부리고야 말았습니다. 그렇게 가족들에게 짜증을 내고 나면 그녀의 마음도 편하지 않아서 대체 내가 왜 그랬을까 하고 후회를 하면서 잠을 설친다고 했습니다. 상담사는 그 여성에게 친정 가족과 어떻게 지내는지 물어보았습니다. 친정아버지는 몇 년 전 돌아가셨고 어머니 혼자 고향에 사신다고 했습니다. 여동생이 한 명 있는데 그리 친하지 않아서 자주 안 만난다고 했습니다. 여동생은 마흔이 넘었지만 결혼하지 않고 혼자 산다고 합니다.

상담사는 그녀에게 어린 시절 익숙했던 가정의 분위기를 떠올려보게 한 뒤, 자녀 입장에서 지금의 가정 분위기를 어떻게 느낄지 생각해보라고 했습니다. 그랬더니 "아이고, 똑같네요. 제가 그때의 아버지처럼 굴고 있어요" 하면서 울먹입니다. 그녀는 그동안 언제 아버지가 술을 먹고 들어와 폭력을 휘두를지 몰라서 불안감에 떨어야 했던 어린 시절이 떠오를 때마다 잊어버리려고 애쓰며 살았습니다. 괜찮다고, 다 지난 일이라고 중얼거리면서 살아왔습니다. 그렇게 별 탈 없이 살아왔는데 왜 중년이 되어 어린 시절 그토록 싫어했던 가정 분위기를 자신이 앞장서서 만들고 있는 것일까요?

분노의 방을 잠재우는 법

착하고 온순한 남편, 건강하게 잘 자라준 아이들, 큰 풍파 없이 지낼 때는 그녀도 자신 안의 분노 에너지를 잠재우고 달랠 수 있었습니다. 그래서 가족이나 사회 속에서도 좋은 사람의 역할을 해낼 수 있었습니다. 그런데 중년을 맞이한 남편이 이제 예전 같지 않습니다. 자유를 찾겠다고 가정보다는 친구 모임에 더 자주 나가고 여행도 자주 갑니다. 가정이란 늘 그 자리에서 안정적으로 각자 역할에 충실해야 하는데 아이들도 남편도 뭔지 모르게 흔들립니다. 그러자 그녀는 불안해졌습니다. 혹시 자신의 가정도 친정처럼 될까 봐 무서운 생각이 들었지요. 어떻게든 그렇게 만들지 말아야 한다는 생각으로 남편과 아이들의 행동에 예민하게 신경을 쓰다 보니 점점 힘이 듭니다. 오로지 이런 일에만 힘을 쓰다 보니 자신을 돌보고 타인의 감정을 헤아릴 힘이 없습니다. 밖에서 그녀는 좋은 사람으로 평판을 얻지만 집에서는 그게 잘 안 됩니다.

이 여성은 나이는 중년이지만 심리적으로는 어린아이가 되어 싸우는 중입니다. 폭력을 휘두르는 아버지에게 소리를 지르고 싶고, 나약한 어머니에게 이혼하고 새롭게 살라고 소리치고 있습니다. 어릴 때는 힘이 없어서 그런 말을 하지 못했지요. 이럴 때는 먼저 어린 자아를 달래고 위로해주어야 합니다. '얼마나 무섭고 두려웠니? 아버지가 밉고 화도 났지만 한편으로는 아버지에게 사랑도 받고 싶었지. 또 아버지에게 버림받을까 봐 두렵기도 했을 거야. 하지만 너에게는 아무런 잘못이 없어.' 왼쪽 심장을 오른손으로 다독거리면서 말해주어야 합니다. 그 후 할 일은 어린 시절 부모님과 화해하는 것입니다. 부모님도 부모로서 미숙했던 존재였습니다. 사는 게 고달프고 힘들어서 가족을 사랑할 능력도 역량도 없었습니다. 자신의 감정을 어떻게 다루어야 할지 몰랐습니다.

다음으로 할 일은 어린 시절의 부모로부터 벗어나는 노력을 하는 것입니다. 화가 날 때마다 타인이나 가족에게 퍼붓기 전에 먼저 혼자만의 방으로 가서 자신에게 말을 겁니다.

'부모님, 저는 더 이상 당신들의 영향을 받지 않을 거예요. 당신들이 나를 해치지 않도록 나를 지킬 겁니다.' 이렇게 중얼거려 봅니다. 더 현명한 것은 화를 낼 상황을 만들지 않는 것입니다. 남편과 아이들과 싸울 만한 상황을 만들지 말고 되도록 그들을 내버려두어야 합니다. 사람은 누구나 변합니다. 늘 내가 바라는 대로 그 자리에 있는 사람은 아무도 없습니다. 남편 마음이 변하면 어떻게 하나 두려운 마음 때문에 남편의 행동을 제어하려고 하지만 그것은 결코 성공할 수 없는 일입니다.

세상에 타인의 마음을 제 맘대로 할 수 있는 사람은 아무도 없습니다. 아주 잠시 그럴 수 있는 것처럼 착각할 뿐이지요. 타인을 제어하려고 하면 할수록 자신의 에너지만 고갈되고 마음은 분노의 방이 되어버립니다.

내면의 분노 에너지를 인식하고 그것을 기쁨의 에너지로 바꿔나가려면 어떻게 해야 할까요? 답은 간단합니다. 두려운 마음과 불안을 해소하느라 에너지를 쓸 게 아니라 사랑하는 데 쓰면 됩니다. 꼭 사랑의 대상이 사람이 아니어도 됩니다. 동물을 사랑하고 꽃을 사랑하고 등산을 사랑하고 책을 사랑하면 됩니다. 남을 아프게 하거나 죄 짓는 일만 아니면 됩니다. 세상에는 우리가 사랑해야 하는 게 많습니다. 사랑을 하면 우리 마음도 사랑으로 채워지고 그 사랑으로 타인을 보살필 수 있습니다.

읽을 책

《화해》
틱낫한 지음, 진우기 옮김, 불광출판사, 2011.

《치유》
루이스 L. 헤이 지음, 박정길 옮김, 나들목, 2012.

기도밖에 할 수 없는 순간이 오기도 하지만

오래전에 어느 잡지에서 읽은 이야기입니다. 어느 수도원의 수련 수사들이 일주일에 한 번씩 시립병원에 가서 행려환자들을 돌보았습니다. 한 번은 한 수사님이 시립병원에 가서 동상으로 두 다리가 잘리고 썩은 냄새를 피우는 환자들, 배가 하늘처럼 불러서 숨도 제대로 못 쉬는 행려환자들을 돌보았습니다. 그 수사님은 그들을 돌보면서 몹시 마음이 아팠던 모양입니다. 그날 저녁, 공동체 나눔을 하는 시간이 되었습니다. 그 수사님이 갑자기 벌떡 일어나더니 십자가를 향해 삿대질을 하면서 소리를 질렀습니다.

"야, 십자가에만 있지 말고 내려와서 어떻게 좀 해봐! 정말 그리스도라면." 그러고 나서 수사님이 자리에 주저앉더니 엉엉 울었다는 것입니다.

정도의 차이는 있지만 지금 이 시간에도 전 세계 수많은 사람들이 고통 중에 있습니다. 아침 뉴스에는 지구 한쪽에서 전쟁과 기아, 폭력, 재해로 고통받고 죽어가는 사람들에 대한 이야기가 나옵니다. 어제까지 말짱하던 사람이 갑자기 교통사고로 목숨을 잃기도 합니다. 그것도 자신의 부주의 때문이 아니라 전혀 알지도 못하는 사람이 몰던 차에 치여서 죽기도 합니다. 누구는 암에 걸려 시한부 선고를 받고, 누구는 직장을 잃고, 누구는 시험에 떨어져 좌절하고 있습니다. 고통 없는 곳, 고통 없는 인생은 없는 듯합니다.

한 남자가 있었습니다. 사랑하는 여인을 만나 결혼을 했고 아들을 낳았습니다. 3년이 지나 둘째아이가 태어났습니다. 그런데 둘째아이가 태어난 바로 그날, 병원의 의사로부터 충격적인 말을 듣게 됩니다. 그의 세 살 아들이 조로증이라는 것입니다. 그 병은 빨리 늙어서 죽는 병입니다. 아들은 작은 노인이 되었다가 청소년기에 사망할 것이라고 의사가 말했습니다. 만약 당신이 그 자리에 있었던 그 남자라면 어떤 심정일까요? 처음엔 멍하니 있다가 이건 말도 안 된다고 소리치며 크게 화를 낼 것입니다. 어느 누가 이런 상황을 이해할 수 있을까요? 신이 존재한다면 생명을 태어나게 해놓고 이렇게 빨리 데려간다는 게 말이 될까요. 아마 '그분'에게 삿대질이라도 하고 싶을 것입니다.

이건 분명히 불공평합니다. 이제까지 착하고 바르게 살아온 사람이라면 더욱 불공평하다고 생각할 것입니다. 이 남자는 유대교 회당에서 일하는 랍비입니다. 그는 누구보다 착하게 살았습니다. 다른 사람들에 비해 하느님 일에 충실해왔고 경건하게 살아왔다고 자부할 수 있습니다. 그런데 그분이 정말로 계신다면 어떻게 이런 일이 일어날 수 있을까요? 어느 누가 이 물음에 대답해줄 수 있을까요? 예수님? 부처님? 노자? 공자? 신만이 그 답을 알 것이라고들 하지만, 우리가 이해할 수 없는 신이라면 그 신을 어떻게 믿을 수 있을까요?

섣부른 위로가 아닌 고통의 진정한 의미 찾기

《왜 착한 사람에게 나쁜 일이 일어날까》를 지은 저자의 아들은 세 살 때 조로증이라는 진단을 받게 됩니다. 이 사람도 신에게 물었겠지요. 그는 충실하게 신을 섬기던 사람이었으니까요. 책에서 말했듯이 대부분의 사람들은 갑자기 생긴, 이해할 수 없는 충격적인 고통에 대해 신이 무언가 목적을 갖고 그런 시련을 주었다고 생각합니다. 오랫동안 시간과 몸을 아껴가며 돈을 모으고 준비한 끝에 가게를 열었는데 갑자기 화재가 나서 모든 게 타버렸다고 생각해봅시다. 망연자실해 있는 그 사람에게 친구가 와서 위로한다며 이런 말을 합니다. "아마도 신이 너에게 무언가 교훈을 주시려고 이러셨을 거야. 어쩌면 신은 네가 부자가 되는 것을 원하지 않았는지도 모르지"라고.

하지만 이런 식의 위로는 결코 위로가 되지 못합니다. 이런 말도 안 되는 계획을 세운 신이 과연 있을까요? 인간을 괴롭혀가며 뒤에서 수수께끼처럼 교묘하게 메시지를 전달하는 분이 신이라니. "고난은 인간을 품위 있게 하고 교만과 천박성을 정화하며 그의 지평을 확대해준다. 한마디로 고난의 목적은 인간성의 그릇된 부분을 고쳐주는 데 있는 것이다." 이 말은 유대교의 위대한 랍비가 한 말이라고 합니다. 이 말 덕분에 사람들은 지금의 고난과 시련에는 신의 의미심장한 목적이 숨어 있을 거라고 믿으며 고난을 받아들이려고 합니다.

다음 이야기는 책 속의 사연입니다. 젊은 약사가 약국에서 근무하던 중 강도가 쏜 총에 맞아 다리를 잃었습니다. 그는 평생 두 발로 걸을 수 없게 되었습니다. 친구들은 그를 위로하려고 했습니다. 어떤 이는 그의 손을 잡고 동정을 표시했고, 어떤 이는 어디선가 읽은 하반신 마비 환자를 대상으로 한 임상

실험이나 기적적으로 치유된 사례 등을 소개했습니다. 어떤 사람은 그에게 이런 말을 했습니다.

"나는 우리 삶에 일어나는 모든 일에 목적이 있다고 믿네. 우리에게 일어나는 일은 결과적으로 우리를 위한 일이라고. 자네는 항상 건방진 녀석이었어. 늘 자신감이 넘쳤지. 자넨 자신보다 못한 사람들에 대해 걱정이라곤 해본 적이 없었지. 아마 이번 일은 하느님이 자네에게 보다 사려 깊어지고 남의 처지에 민감해지라고 교훈을 주려고 행한 방법이었을 걸세. 자네의 교만함과 거만함을 정화시키고 그런 식으로 성공하면 어떻게 될 것인지 깊이 생각하게 만들려는 하느님의 방식이란 말이지."

이 글을 읽는 독자인 당신이 젊은 약사라면 친구가 찾아와 당신에게 이런 말을 했을 때 과연 어떻게 했을까요? 책 속에서 나온 대로 전하면, 그 젊은 약사는 자신이 누워 있는 처지만 아니었다면 그 친구의 얼굴을 한 대 갈겨주고 싶었다고 회상했습니다. 그러니 이딴 식의 말은 누구에게도 전혀 위로가 되지 않습니다. 어떤 사람들은 또 이런 말을 합니다. "신은 당신이 충분히 감당해낼 정도로 강하다는 것을 알고 딱 그만큼의 고통을 주신다. 신은 사람에게 견딜 수 있을 만큼의 시련을 주시기 때문이다"라고. 자식을 잃은 사람에게 이런 말을 한다면 그 부모는 어떤 심정이 들까요? "만약 내가 지금보다 약한 사람이었더라면 우리 아이가 아직 살아 있을 텐데…." 이런 생각이 들지 않을까요.

심지어 어떤 성직자는 자식을 잃은 부모를 위로한답시고 "순수한 영혼이 죄와 고통에 물든 이 세상을 떠났으니 축하할 일입니다. 아이는 더 이상 고통도 비탄도 없는 행복한 곳에 있습니다. 그것을 신에게 감사드립시다"라고 말하기도 합니다. 이런 말이 자식을 잃은 부모에게 위로가 될까요?

저자의 아들은 열네 살 생일을 치르고 세상을 떠났습니다. 저자는 아들을 떠나보내면서 자신이 고민하고 사유했던 것들을 사람들과 나누고자 책을 썼습니다. 아들을 잃게 되기까지 그는 얼마나 많이 묻고 또 물었을까요? 더구나 그는 유대교 교리를 가르치는 랍비입니다. 저자가 우리에게 들려주는 이야기를 정리하면 크게 두 가지 내용으로 나뉩니다. 하나는 고통을 당한 사람에게 위로의 말을 할 때에는 신중해야 한다는 점입니다. 고통은 누구의 탓도 아닙니다. 신이 준 벌도 아닙니다. 신이 우리를 더 강하게 훈련시키려고 시련을 주는 것도 아닙니다. 고통이 더 나은 미래를 위한 과정이라고 단언할 수도 없습니다. 사실 고통의 이유와 의미를 우리는 파악할 수 없을지도 모릅니다. 고통을 당하고 겪은 사람이 스스로 그것의 의미를 찾을 수밖에 없겠지요.

두 번째로 생각할 점은 고통의 이유를 찾는 일에 집중할 것이 아니라 고통을 당했을 때 이제부터 어떻게 할 것인가에 집중해야 합니다. 우리가 할 수 있는 것은 "왜 이런 일이 일어났는가?"라는 질문을 넘어서 "이제 어떻게 해야 할 것인가?"라는 질문을 던지는 일뿐이라고 저자는 말합니다. 누구 때문에 이런 일이 벌어졌다느니, 그때 그런 일을 하지 않았으면 이런 고통도 없었을 거라는 식으로 고통이 벌어진 이유를 추적해봤자 뚜렷한 답을 찾기가 어렵습니다. 물론 그 일이 범죄와 연관된 일일 경우에는 범죄를 저지른 사람을 찾아서 죄를 묻고 벌을 내려야 할 것입니다. 그렇다면 우리는 무엇을 할 수 있을까요? 우리는 그저 최선을 다해 우리가 할 수 있는 일을 해야 할 것입니다.

마지막으로 《왜 착한 사람에게 나쁜 일이 일어날까》에 나온 아름다운 기도문을 여기에 옮겨봅니다.

> 오 하느님, 우리는 전쟁이 끝나게 해달라고
> 당신에게 기도만 할 수는 없습니다.
> 왜냐하면 당신이 이미 인간 스스로 자신과 이웃 가운데에서
> 평화의 길을 찾아야만 하도록 이 세상을 창조하셨음을

우리가 알기 때문입니다.

오 하느님, 우리는 굶주림이 끝나게 해달라고
당신에게 기도만 할 수는 없습니다.
왜냐하면 당신께선 우리가 현명하게만 이용한다면
전 세계를 먹일 수 있는 충분한 자원을
이미 주셨기 때문입니다.

오 하느님, 우리의 편견을 뿌리 뽑아달라고
당신에게 기도만 할 수는 없습니다.
왜냐하면 당신께선 우리가 바르게만 사용한다면
모든 사람으로부터 선을 발견할 수 있는 눈을
이미 주셨기 때문입니다.

오 하느님, 우리는 절망이 끝나게 해달라고
당신에게 기도만 할 수는 없습니다.
왜냐하면 당신께선 이미 우리가 스스로의 힘을
의롭게만 사용한다면 빈민가를 청소하고 희망을 줄 수 있는
힘을 우리에게 허락하셨기 때문입니다.

오 하느님, 우리는 질병이 끝나게 해달라고
당신에게 기도만 할 수는 없습니다.
왜냐하면 당신께선 이미 우리에게 건설적으로만 사용한다면
치유와 회복을 추구할 수 있는 위대한 정신을
주셨기 때문입니다.

오 하느님, 그리하여 우리는 대신 이렇게 기도합니다.
단지 기도하는 것이 아니라 행동할 수 있는,
단지 바라고만 있는 것이 아니라 그렇게 될 수 있는
힘과 결단력과 의지를 허락하소서

잭 라이머의 기도 <리크랏 사밧> 중

읽을 책

《왜 착한 사람에게 나쁜 일이 일어날까》
해롤드 쿠쉬너 지음, 김하범 옮김,
창, 2000.

모든 걸 능가하는 '나로도 충분한 마음'

: 흔들리지 않는 중년되기

Chapter 2

마음이 시끄러울 때 소중한 것 돌아보기

살다 보면 마음이 시끄럽고 불편할 때가 있습니다. 그럴 때마다 제가 떠올리는 이야기가 있습니다.

어느 미국인이 휴가를 맞아 한적한 멕시코 바닷가를 걷고 있었습니다. 오후 세 시쯤 되었는데 어부 한 명이 배에서 내립니다. 통에는 물고기 몇 마리가 들어 있었습니다. 미국인이 묻습니다.

"이것이 오늘 잡은 고기 전부인가요?"

"오늘은 이만하면 됩니다."

미국인이 "당신은 이제부터 남은 시간에 무엇을 할 예정인가요?"라고 묻습니다.

"집에 가서 낮잠을 자고 나서 아내와 아이들이랑 놀고 저녁을 먹은 후에는 동네 친구들과 이야기를 나누다 잠자리에 든답니다."

그러자 미국인이 이해할 수 없다는 표정으로 어부에게 묻습니다.

"바다에서 더 오래 일하면 물고기를 더 많이 잡을 텐데 왜 그렇게 하지 않나요?"

어부가 되묻습니다.

"그래요? 고기를 더 많이 잡아서 무엇을 하나요?"

미국인이 답합니다.

"그거야 물고기를 더 많이 잡아 시장에 팔아 돈을 벌지요. 그리고 그 돈으로 배를 한 척 더 살 수 있겠지요."

어부가 묻습니다.

"그래서요? 배를 사고 나서는 무엇을 합니까?"

미국인이 조금 흥분하여 말합니다.

"고기를 더 많이 잡아서 돈을 많이 벌고, 또 배를 삽니다. 그리고 가공 공장을 차릴 수 있습니다."

어부가 계속 묻습니다.

"그렇게 되려면 몇 년쯤 걸릴까요?"

"아마 빠르면 5년, 늦어도 10년쯤 걸릴 것입니다."

"그런 다음에는 무엇을 합니까?" 어부가 흥미롭게 묻습니다.

"돈을 많이 번 후에는 당연히 뉴욕 증권가에 진출해야지요."

"그렇게 되려면 몇 년이 걸리지요?"

"아마 20년쯤 걸릴 것입니다."

"그런 다음에는 무엇을 하지요?"

"주가가 오르고 회사가 잘 돌아가면 이제 전문경영인에게 회사를 맡기고 교외에 별장을 지어 놓고 가족들과 여가를 즐기는 것입니다. 직접 유기농 채소를 기르고 산책을 하며 한가하게 여생을 즐기는 것이지요."

이제까지 미국인의 말을 열심히 듣고 있던 어부가 환하게 웃으며 말합니다.

"그래요? 제가 매일 그렇게 살고 있는걸요."

생각할수록 멋지고 지혜로운 이야기입니다. 저는 미래에 대한 불안과 걱정이 떠오를 때면 '아! 내가 바로 어리석은 미국인 같구나' 하면서 얼른 미래로 가려는 생각을 붙잡아 현재라는 방석에 끌어 앉힙니다. 어부는 삶에서 가장 소중한 것이 무엇이고 어떻게 살아가야 하는지를 잘 알고 있는 현자입니다. 행복하게 살기 위해서 고기를 더 많이 잡아 배를 더 사고 공장을 만들고 주식시장에 상장을 하며 대기업을 운영해야만 하는 것은 아닙니다. 부자가 되고 기업의 회장이 되고 유명해지더라도 결국 인간이 가장 행복한 순간은 사랑하는 이들과 함께 맛있는 식사를 하고 이야기를 나누며 웃는 것이니까요. 행복은 열심히 일한 후 그 대가로 얻어지는 게 아니고 지금 이 순간에 일하고 존재하는 기쁨을 누리는 것입니다.

진짜 행복은 무엇일까

어느 광고 회사에서 돈 많은 상류층 부자들이 무엇을 선호하는지 세밀하게 조사한 적이 있었습니다. 조사 결과 부자들은 무채색의 단순한 디자인의 옷을 주로 즐겨 입는 것으로 나타났습니다. 왜 흰색이나 검은색 회색 계통의 옷을 즐기는지는 잘 모르겠지만, 언젠가 미술사학자 오주석 선생님이 쓴 《오주석의 한국의 미 특강》에서 읽은 내용이 생각납니다. 우리나라 선비들이 수묵화를 즐겨 그린 이유는 무채색이 내면의 세계를 가장 잘 드러내는 색이기 때문이라는 것이지요. 물리학자들도 회색이 가장 편안한 색이라고 말합니다. 혹시 스님이나 수녀님을 비롯한 수도생활을 하시는 분들이 회색 옷을 입는 것도 그런 이유가 아닐까요? 이렇게 생각하니 갑자기 회색이 아주 멋져 보이기 시작합니다.

그렇다면 상류층 사람들이 즐겨 먹는 음식은 무엇이었을까요? 조사 결과 그들이 즐기는 음식은 잡곡밥에 된장국, 유기농 채소로 만든 음식이었습니다. 몸에 좋은 발효 식품인 된장과 섬유질이 풍부한 곡식, 유기농 채소로 요리한 무침과 나물이 최고의 밥상인 것입니다. 여가 생활은 어떨까요? 상류층 사람들은 도시가 아닌 숲 속에 전원주택을 갖고 시간이 날 때마다 그곳에서 시간을 보냅니다. 직접 장작을 패서 불을 지피고 정원을 가꿉니다. 조용히 산책을 하거나 책을 읽고 가족들과 담소를 나누며 여가를 보내지요.

상류층 사람들은 명품관을 드나들며 비싼 물건을 사고 돈을 많이 쓰는 여행을 다닐 거라고 상상하는 사람들에게 이것은 의외의 조사 결과일 수 있습니다. 아마도 영화나 드라마에서 보여주는 상류층 모습에 익숙해져서 그렇겠지요. 이런 결과를 보면 사람들이 바라는 행복은 정말 단순합니다. 아름다운 자연 속에서 맑은 공기를 마시며 사랑하는 사람들과 맛있는 음식을 먹고 이야기를 나누는 것, 그것이 바로 행복입니다.

'행복에 대한 하버드대 연구', 누구나 한 번쯤 들어보았을 유명한 연구가 있습니다. 하버드대에서는 지난 1940년대부터 700여 명의 사람들을 75년 동안 추적 연구했습니다. "무엇이 행복인가?"에 대한 물음에 해답을 찾기 위해서였지요. 연구 결과, 답은 간단했습니다. 행복의 최대 조건은 바로 '좋은 인간 관계'였습니다.

흔히 인생은 시간 여행이라고 합니다. 과거는 이미 지나갔고 미래는 아직 오지 않았으니 우린 항상 현재에 삽니다. 이탈리아 작가 미하엘 엔데가 쓴 《모모》는 시간에 대한 통찰을 하게 되는 소설입니다. 모모는 이탈리아어로 '지금'이라고 하지요. 책에서도 나왔듯이 모모가 얼마든지 가지고 있는 유일한 재산, 그것은 바로 시간입니다. 모모는 마을 사람들이 하는 말을 조용히 들어주었을 뿐인데 단지 그것만으로도 마을 사람들의 마음은 편안해졌습니다.

어느 날 이발사 푸지 씨는 공연히 인생이 서글퍼졌습니다. "가위질 소리, 잡담, 비누 거품과 함께 내 인생도 흘러가는구나. 대체 이제까지 살면서 이룬 게 뭐지?" 하면서 말이지요. 푸지 씨는 "내 인생은 실패작이야. 난 누구지? 고작 보잘것없는 이발사일 뿐이지. 제대로 된 인생을 다시 살 수 있다면 전혀 다른 사람이 될 수 있을 텐데!"라고 하면서 푸념을 합니다. 물론 그는 제대로 된 인생이 어떤 것인지 알지 못했습니다. 막연히 중요한 것, 화려한 것이 멋진 인생일 거라고 생각했습니다. "일을 하다 보면 제대로 된 인생을 누릴 시간이 없어. 제대로 된 인생을 살려면 시간이 있어야 하거든. 자유로워져야 하는 거야. 하지만 나는 평생을 철컥거리는 가위질과 쓸데없는 잡담과 비누 거품에 매여 살고 있으니."

이발사가 우울해하면서 이렇게 말하는 순간, 회색 신사가 잿빛 고급 승용차에서 내려 가게로 들어옵니다. 그리고 모두가 다 알듯이 회색 신사의 홍보 마케팅 전략에 넘어간 이발사 푸지 씨는 그날부터 시간을 저축하려고 시간을 아껴 씁니다. 시간을 저축한 만큼 이자도 받을 수 있으니까요. 시간 저축 은행에 시간을 저축하려면 친구를 만나 이야기 나누는 시간을 줄여야 하고, 나이 드신 어머니 곁에서 보내는 시간을 줄여야 합니다. 또 노래를 하고 책을 읽고 명상을 하는 시간도 포기해야만 합니다.

그는 언젠가 다른 인생을 새로 살기 위해서 시간을 철저히 아끼리라 결심을 합니다. 하지만 그가 시간을 아끼려고 애쓸수록 놀랍게도 그의 시간은 수수께끼처럼 그냥 사라져버렸습니다. 그의 하루하루는 점점 짧아졌지요. 하루, 일주일, 한 달, 한 해가 후딱 지나가버렸습니다. 시간이 빨리 지나간다는 생각을 하면 할수록 그는 편집증에 걸린 사람처럼 시간을 아끼겠다는 생각에 사로잡혀 이를 악물고 더욱 더 시간을 아꼈습니다. 점점 많은 사람들이 시간 저축 은행의 고객이 되었습니다. 이제 사람들은 시간을 아껴서 벌게 된 돈으로 예쁜 옷을 사 입고 화려해졌지만, 그들의 얼굴에 기쁨의 빛은 사라져갔습니다. 자신이 하고 있는 일의 기쁨을 느낄 수 없으니까요.

《모모》의 저자가 들려주는 지혜는 앞에서 말한 어부 이야기와 그 의미가 닿아 있습니다. 먼 미래에 얻을 수 있다는 '행복'을 얻으려고 지금 내게 소중한 것을 하지 않는 것은 어리석은 일입니다. 그것은 아직 오지도 않은 미래를 위해 현재의 기쁨을 누리지 못하는 일이니까요. 과거는 지나갔고 미래는 아직 오지 않았습니다. 우리는 오직 이 순간을 느낄 뿐입니다.

어느 책에서 보니 천국에 가기 위한 두 가지 질문이 있다고 합니다. 하나는 "인생에서 기쁨을 발견했는가?"이고 다른 하나는 "너의 인생이 다른 사람에게 기쁨을 주었는가?"이지요.

읽을 책

《모모》
미하엘 엔데 지음, 한미희 옮김,
비룡소, 1999.

모든 걸 능가하는 ‘나로도 충분한 마음’

〈요정과 구두장이〉는 널리 알려진 독일의 옛이야기입니다. 중년이 된 구두장이 부부는 그동안 열심히 살아왔지만 가난합니다. 이젠 마지막 구두를 만들 가죽만 남아 있습니다. 그래도 그 부부는 하느님을 원망하지 않고 감사기도를 드리고 잠자리에 듭니다. 다음 날 아침에 일어나 보니 놀랍게도 구두가 완성되어 있었습니다. 그것도 아주 멋진 구두였습니다. 그 구두는 금방 팔렸고 부부는 그날 밤 다시 가죽을 손질해놓고 잠자리에 들었습니다. 역시 다음 날 멋진 구두가 있었습니다. 부부는 누가 밤마다 구두를 만들어주는지 궁금했지요. 그래서 밤에 몰래 지켜봤습니다. 멋진 구두를 만든 예술가는 바로 두 명의 요정이었습니다. 아무런 옷도 걸치지 않은 두 요정은 노래를 부르며 즐겁게 구두를 만들고 있었습니다. 부부는 요정에게 보답을 하고 싶었습니다. 그래서 부부는 요정에게 옷을 선물합니다. 요정들은 부부가 만든 옷을 입고 기뻐하며 떠났고 다시는 나타나지 않았습니다. 그 후 부부는 요정 덕분에 구둣방이 잘 되어 행복하게 살았다고 합니다.

대부분의 옛이야기는 처녀 총각이 시련 끝에 결혼에 골인하고 그 후로도 오랫동안 행복하게 살았다는 이야기로 끝납니다. 그런데 이 이야기의 주인공은 결혼 생활을 할 만큼 한 중년 부부입니다. 이들이 열심히 살았는데도 여전히 가난한 이유는 무엇을 뜻할까요? 결혼 생활을 하는 동안 사업에 실패를 했거나 사기를 당했을 수도 있습니다. 자식을 기르고 부모를 부양하느라 번 돈을 다 써서 가난할 수도 있지요. 어쩌면 열심히 일만 했지 재테크를 할 줄 몰라서 재산을 불리지 못했을 수도 있습니다. 어쨌든 가난이 의미하는 것은 이들 부부에게 여전히 현실적인 문제가 놓여 있음을 말해줍니다.

그런데 가난해도 이들 중년 부부는 신을 원망하거나 신세타령을 하지 않습니다. 부부는 신에게 구두를 만들 가죽을 달라거나 가난에서 벗어날 방법을 알려달라는 식의 기도는 하지 않습니다. 이 점이 매우 궁금한 점입니다. 종교를 갖고 있는 사람치고 신에게 소원을 빌지 않는 사람이 있을까요? 어쩌면 이들은 주어진 삶을 긍정하고 그대로 수용하며 살아온 사람들일지도 모릅니다. 혹은 자기 삶에 마법 같은 건 일어나지 않을 거라고 포기하며 살았을 수도 있고요. 이만큼이 내 복이라고 받아들이면서 말이지요.

그렇지만 마법처럼 부부의 문제가 해결되었습니다. 부부는 가난에서 벗어났습니다. 열심히 살아온 부부에게 신이 내린 보답일까요? 부부가 잠들기 전에 기도를 드렸고 그 보답으로 신이 요정들을 보내 멋진 구두를 만들게 한 게 아니냐고 대답할지도 모릅니다. 왜냐하면 요정들은 이 세상 사람들이 아니기 때문입니다. 많은 옛이야기에서 요정들은 인간들을 도와주는 존재로 등장합니다. 그들 덕분에 마법이 이루어지지요. 그렇다면 이 이야기가 독자에게 말하고 싶은 건 열심히 살고 기도하면 소원은 이루어진다, 그런 것일까요? 하지만 이런 교훈은 어린 독자들에게는 통할지 모르지만 중년 독자에게는 감동을 줄 수 없습니다. 너무 흔하게 들어온 이야기이기도 하고 중년이 된 지금에 와서 생각해볼 때 열심히 기도만 한다고 현실의 문제가 바로 해결되지 않는다는 걸 이미 알고 있으니까요. 어디 신에게 속은 게 한두 번이던가요. 노력 없이 문제가 저절로 해결되는 경우는 없습니다.

과연 이 이야기 속 중년 부부는 행운을 거저 얻은 것일까요? 우리는 마법이 밤에 이루어졌다는 것, 또 요정이 나타난 것, 그리고 요정이 벌거벗었다는 것, 요정이 일을 했다는 내용의 의미들을 생각해보아야 합니다. 수많은 옛이야기에서 밤은 인간의 내면과 무의식을 의미합니다. 그러니까 중년 부부가 잠든 후에 벌어진 이 이야기는 부부의 마음속 이야기인 것이지요. 내면은 우리의 감추어진 욕망이나 걱정, 불안감을 드러내고, 때로는 해결책을 제시해주기도 합니다. 우리가 꾸는 꿈들이 그런 역할을 하기도 합니다. 그러니까 밤이 되어 나타난 두 명의 요정들은 바로 부부 자신들이라고 볼 수 있습니다. 옛이야기에 나오는 요정들의 나이는 분명하지 않습니다만, 대부분 어린이의 모습을 하고 있습니다. 따라서 어린 요정은 내면의 순수한 자아를 상징한다고 볼 수 있겠지요.

역할에 매몰되지 않은 진짜 나를 찾아서

부부의 순수한 자아를 상징하는 요정들은 신나게 구두를 만듭니다. 노래를 부르고 춤을 추면서 말이지요. 낮에 구두를 만들던 부부는 이렇게 신나게 일을 했을까요? 어쩌면 반복되는 일상에 지쳐서 습관적으로 일을 했을지도 모릅니다. 이들 부부는 기쁘게 사는 삶의 에너지를 잃어버리고 살았습니다. 그런 의미에서 부부는 가난한 것입니다. 옷을 입지 않고 노래하고 춤을 추며 일하는 요정들은 이들 부부의 내면에 감추어진 삶의 활력, 혹은 순수한 자아의 회복을 의미한다고 볼 수 있습니다. 우리가 일을 할 때 노래하며 춤을 추면서 할 수 있다면 얼마나 신나고 행복할까요? 우리는 매일 그렇게 살아야 합니다. 삶의 기쁨을 즐기면서 말이지요.

중년 부부가 그들 내면의 순수성을 들여다보고 그것을 회복하자 일이 잘 풀렸습니다. 그러니까 현실의 어두운 문제들, 갈등을 해결하기 위해 정신없이 사느라 잊고 살았던 내면의 순수한 욕망과 마주해야 한다는 지혜를 이 이야기는 말하고 있습니다. 요정들이 옷을 벗고 있었다는 것이 그걸 의미합니다. 우리는 세상을 살아오면서 타인에게 보여주기 위해 옷을 입습니다. 우리는 엄마, 아빠, 부인, 남편, 며느리, 사위, 상사, 직원, 친구, 직업인 등 살아오면서 형성한 역할이라는 옷을 입고 있습니다. 물론 우리는 세상 안에서 살면서 역할의 옷을 입지 않으면 살 수 없습니다. 역할을 잘할수록 인정을 받고 성공한 삶이라고 칭찬을 받습니다. 그런데 역할에 충실하며 살다 보니 어느새 그 역할의 옷이 자신의 정체성이 되어버리고 말았습니다.

엄밀하게 생각해보면 엄마나 아내, 딸이 나 자신은 아닙니다. 나를 말할 때 누군가의 엄마인 나, 누군가의 아내인 나, 누군가의 딸인 나를 떼어놓고 생각하긴 힘들지만, 그렇다고 그런 역할로 사는 내가 순수한 '나'와 일치하지는 않습니다. 어떤 역할을 제대로 하려면 그 역할에 맞는 요구 사항에 따라야만 합니다. 그 요구사항은 사회가 정한 기준이나 문화, 관습에 따릅니다. 그런데 이런저런 역할을 기쁘게 수용하고 살아가면 다행이지만 이로 인해 갈등이 생기고 지치고 피곤해질 수 있습니다. '노릇'을 하며 사느라 삶에 활기를 잃어버리기도 쉽습니다. 이야기 속 중년 부부도 아마 그랬을 것입니다. 역할에 맞춰 충실하게 사느라 자신들이 왜 일을 하고 있는지 일의 참다운 기쁨이 무엇인지도 잊어버렸을 것입니다. 그러므로 이 이야기가 중년에게 주는 지혜는 이제 내면으로 돌아가 자신의 진정한 순수성을 찾아보라는 것이지요. 그동안은 사회적으로, 주어진 역할로 세상이 정한 기준에 따라서만 살아왔지만 이젠 '나'를 생각하라고 말하는 게 아닐까요. '나'를 느끼지 않은 채 계속 역할에만 묻혀 살면 삶은 메마르고 건조해질 수 있으니까요. 그렇게 되면 지치고 의미 없는 날이 계속됩니다. 무엇보다 생산적이지 못합니다. 여기서 생산적이란 의미와 가치를 생산할 줄 아는 것을 말합니다. 매일 구두를 만들며 사는 일의 기쁨, 타인을 즐겁게 하는 즐거움 같은 가치를 생산할 수 있어야 합니다.

그런데 이 이야기에서 요정들이 사라진 이유는 무엇일까요? 부부가 발가벗은 요정들을 불쌍히 여겨 옷을 만들어 선물하자 요정들은 그 옷을 입고 사라졌습니다. 이는 부부가 자신에게 새로운 역할을 부여했음을 의미하는 것 같습니다. 부부는 다시 세상 속에서 여러 역할을 수행하면서 살아갈 것입니다. 이것이 이들 부부에게 긍정적인 것인지, 부정적인 것인지는 알 수 없습니다. 그것은 앞으로 남은 생을 살아갈 그 부부에게 달렸겠지요.

저는 요정에게 옷을 입혀주는 행동을 긍정적으로 생각하고 싶습니다. 의식의 자아가 무의식의 자아와 소통하는 것으로 해석하고 싶습니다. 새로운 옷을 보고 매우 좋아하는 요정들이 그것을 말해줍니다. 순수성을 회복하고 새롭게 얻은 역할이 부부에게 기쁨을 가져다준 것이지요. 혹시 부자가 된 부부는 이제부터 다른 인생을 살아가지 않을까요? 이것이 바로 마법입니다. 별 볼 일 없을 거라고 생각하고 습관적으로 살아가던 중년의 부부에게 마법이 일어난 것입니다. 흔히 말하는 위기가 기회가 되었고 삶의 전환점이 되었습니다.

'나'라고 믿고 있는 것들에 맞서서

《인생으로의 두 번째 여행》은 전 세계에 퍼져 있는 수만 개의 옛이야기를 인간의 발달 심리에 맞추어 분류한 뒤 그 가운데 중년기에 해당하는 이야기를 골라서 소개하는 책입니다. 저자 알랜 B. 치넨은 정신과 의사입니다. 그는 옛이야기 속에는 인류가 살아오면서 겪은 지혜와 통찰이 응축되어 있다고 강조합니다. 그는 〈요정과 구두장이〉는 전형적인 중년기에 해당하는 이야기로, 중년기에는 "진짜 나는 누구인가?"라고 물어야 하는 시기라고 강조합니다. 자신의 내면에서 들려오는 소리에 귀를 기울여야 하고, 진실해야 한다는 말입니다. 지금 하고 있는 일은 나에게 기쁨을 주는가? 내가 지금 만나는 사람들을 진심으로 대하고 있는가? 그 일을 매우 싫어하고 괴로운데도 습관적으로 일을 계속하고 있지는 않은가? 좋지 않은 관계를 개선할 필요가 있다고 느끼면서도 진실을 말할 용기를 못내 주저하고 있는 건 아닌가? 무엇보다 지금까지 인생에서 반복되어온 문제들을 해결하기 위해서 나는 무엇을 하고 있는가? 이런 질문을 던지고 답을 구해야 한다는 것이지요.

결국 이 이야기가 주는 메시지는 이것입니다. 이야기 속 중년 부부가 무의식의 내면으로 들어가 순수성을 회복하였듯이 우리도 조용히 마음속을 들여다보는 시간을 가져야 한다는 것이지요. 그러면 어떻게 순수한 자아를 발견하거나 느낄 수 있을까요? 아주 간단한 방법은 "지금 내가 나라고 믿고 있는 내가 진짜 나라고 할 수 있는가?"라고 자신에게 질문해보는 것입니다. 《성격이란 무엇인가》를 쓴 하버드 대학의 브리이언 리틀 교수는 하버드 대학의 남학생들에게 이런 실험을 해보았습니다. 자신이 하버드 대학의 학생이 아니고 미국인이 아니고 뉴욕에 살지 않으며, 백인이 아니라고 상상해보았을 때 어떤 기분이 드는가 하고 말이지요. 그랬더니 대부분의 학생들이 우울하고 살맛이 나지 않는다고 대답했습니다.

그러니까 우리가 나라고 믿고 있는 것들, 예를 들어 재산이나 권력, 지위, 신분, 외모, 학벌 등은 순수한 의미의 내가 아닙니다. 그것들은 사회 속에서 나라고 불리는 것들이지만 언제든지 잃을 수 있다는 점에서 '나'라고 할 수 없습니다. 순수한 '나'는 어떤 외부적인 기준에 의해 평가될 수 없는 순수 그 자체, 빛이라고 할 수 있습니다. 소유하거나 소유될 수 있는 물건이 아니므로 '존재'하는 것 그 자체입니다. 물론 우리는 살아 있는 한, 사회적 평가에서 벗어날 수 없습니다. 세상 사람들은 자꾸 그동안 모아둔 돈은 얼마나 있는지, 자녀가 어느 학교에 들어갔는지, 직업이 무엇인지 등으로 사람을 판단하고 사회적 지위로 그를 대우합니다. 경쟁적이고 권력지향적인 세상 속에서 살다 보니 어느 순간 우리도 자신과 가족들, 친구들을 그런 잣대로 재고 있음을 발견합니다. 얼굴에 주름이 생겼다고, 직장이 없다고, 자녀가 공부를 못한다고, 누가 제일 우리를 무시할까요? 바로 자신입니다. 우리가 존재의 순수성에서 멀어질수록 인간성에서 소외된다는 것을 잊어서는 안 됩니다. 치유는 멀리 있지 않습니다. 누가 뭐라고 해도 '나는 나다'라고 생각할 줄 아는 것, 나는 존엄하다는 것을 믿어야 합니다.

읽을 책

≪인생으로의 두 번째 여행≫
알렌 B. 치넨 지음, 이나미 옮김,
황금가지, 1999.

나라고 믿고 있는 '나'가 진짜 나일까?

지금은 세계적인 영성가로 이름을 알린 에크하르트 톨레는 젊어서 심한 우울증을 겪었습니다. 자주 무력해지고 자살을 생각하기도 했습니다. 런던 대학교에 다닐 때 그는 지하철을 타고 다녔는데, 어느 날 지하철에서 한 여성을 발견합니다. 서른 중반의 그 여성은 모든 사람들의 눈길을 받고 있었습니다. 지하철은 만원이었지만 그 여성의 옆자리에는 아무도 앉지 않았습니다. 이유는 그 여성이 어딘가 정상으로 보이지 않았기 때문이지요. 그 여성은 무엇에 화가 난 듯 쉴 새 없이 혼잣말을 하고 있었습니다. 자기 머릿속 생각에 몰두한 나머지 사람들이나 주변 상황을 전혀 의식하지 못하고 있는 것 같았습니다.

그 여성은 지하철에서 내려서도 계속 혼잣말을 했습니다. 그 여성이 가는 방향이 톨레의 학교 쪽이어서 그도 계속 따라가게 되었지요. 그 여성은 톨레가 다니는 학교 안으로 들어갔고, 놀랍게도 그 여성이 들어간 곳은 교수들이 많이 모여 있는 회관이었습니다. 그녀가 교수인지 학생인지는 알 수 없었지만, 스물다섯 살이었던 톨레는 충격을 받았습니다. 그때만 해도 그는 교수들은 세상의 모든 대답을 알고 있는 현자로 우러러보았고 대학은 지식의 전당이라고 믿었기 때문입니다. 그런데 제정신이라고는 볼 수 없는 사람이 어떻게 대학에서 일할 수 있는 것일까요?

충격을 받은 톨레는 화장실에서 손을 씻으면서 '난 저 여자처럼 되지 말아야지' 하고 생각했답니다. 그러자 옆에 있던 남자가 흘낏 자기 쪽을 바라보았습니다. 톨레는 그것을 생각만 한 것이 아니라 소리 내어 중얼거렸던 것입니다. 그것을 깨닫자 톨레는 또 다시 충격에 빠졌습니다. '아! 이런! 난 이미 그 여자가 되었군!' 하면서 말이지요. 그 여성과 자신은 아주 작은 차이밖에 없었던 것입니다. 그 여성의 배후에 자리 잡고 있는 지배적인 감정이 분노였다면 톨레 자신의 경우에는 대부분 불안이었습니다. 만약 그 여성이 미친 것이라면 우리도 역시 미친 것이겠지요. 단지 정도의 차이만 있을 뿐이고요.

1948년 독일에서 태어난 에크하르트 톨레는 유년 시절을 매우 불행하게 보냈습니다. 부모의 불화와 이혼으로 집안은 적대적인 분위기였고 학교에서 그는 늘 아웃사이더였습니다. 그는 열세 살 때 스페인으로 건너가 살았고, 열아홉 살에는 영국으로 건너가 독일어와 스페인어를 가르치며 생계를 해결하면서 대학에 다녔습니다. 하지만 어린 시절의 어두운 그림자로 인해 그는 심각한 우울증과 불안감 같은 고통을 겪었으며, 이를 해결하기 위해 철학, 심리학, 문학 등의 방대한 책들을 읽었다고 합니다. 런던 대학을 수석으로 졸업하고 케임브리지 대학원에 장학생으로 입학해 연구원으로 활동하던 그는 독일의 중세 철학자이자 신비가인 마이스터 에크하르트에게 깊은 감명을 받았고, 이때 자신의 이름을 울리히에서 에크하르트로 바꾸었습니다.

어느 날 밤 그는 한밤중에 일어났습니다. 그리고 견딜 수 없을 정도의 우울증 때문에 괴로웠다고 합니다. 삶에 깊은 회의와 공허를 느낀 나머지 "더 이상 나 자신과 함께 살 수 없어"라고 외치는 자신을 발견했습니다. 그리고 그 순간, "나 자신과 살 수 없는 그 '나'는 누구인가? 나라는 존재가 둘이란 말인가?"라는 의문에 휩싸였습니다. 그리고 잠시 후 그는 놀랍고 신비로운 체험을 합니다. 그리고 그 체험 이후 그의 삶은 바뀌었습니다. 그가 어떤 놀라운 체험을 했는지는 여기서 다 말하지 않겠습니다. 직접 그의 책을 읽어보면 더 좋을 테니까요.

그동안 나를 지배해왔던 것

톨레가 말하기를, 내가 나라고 믿고 있는 나는 진짜가 아닐 수 있습니다. 그것은 에고라는 것으로, 에고의 지배를 받는 마음은 과거에 의해 완전히 조건 지어져 있습니다. 에고가 존재하게 만드는 가장 기본적인 마음 구조들 중 하나가 '동일화'입니다. 내가 어떤 것과 동일시하면 나는 그것을 '같게 만드는' 것이 됩니다. 바로 '나'와 같게 만드는 것입니다. 그러면 나는 그것에게 나의 자아의식을 부여하고, 따라서 그것은 나의 '정체성'의 일부가 됩니다.

가장 기본적인 차원에서 정체성의 대상은 물건입니다. 아이가 장난감을 빼앗길 때 우는 것을 보면 알 수 있습니다. 어른이 되어서는 자동차나 집, 옷 등이 그 사람의 정체성을 대체합니다. 비싼 자동차를 탄 사람이 값이 저렴한 자동차를 탄 사람을 무시하는 것은 자동차를 그 사람의 자아로 보기 때문입니다. 오늘날 모든 광고는 '이 물건이 여러분의 정체성을 높여주는 물건입니다'라고 말하기만 하면 됩니다. 그렇게 하면 모두들 앞다투어 그 물건을 살 테니까요.

상품이나 물건만이 아닙니다. 이름과 성별, 국적, 직업, 외모, 능력, 이념, 역할, 지식, 명예, 신앙, 질병까지도 에고로 대체됩니다. 에고는 소유와 존재를 동등하게 여깁니다. 더 많이 소유할수록 우리는 더 많이 존재한다고 믿습니다. 또한 에고는 비교를 먹고 삽니다. 다른 사람에게 어떻게 보이는가가 자신이 스스로를 어떻게 보는가를 결정합니다. 그러나 톨레가 책에서 계속 말했듯이 외부의 대상에서 자신을 찾는 것은 언제나 실패로 끝납니다. 에고의 수명은 짧다 보니 우리는 계속 더 많이 찾고 더 소비하게 되는 것이지요.

에고는 오랫동안 조건 지어진 마음의 방식입니다. 에고가 지배하는 이 무의식적인 행동 양식의 한쪽 끝에는 강박적인 습관이 놓여 있습니다. '이것이 옳아' '내 말이 맞아' '당연한 거야' '그래야 하는 거 아니야' 같은 말들에 우리는 갇힙니다. 자신이 우월하다, 정당하다는 것을 계속 주장하고 싶어 합니다. 심지어 어떤 이는 '악을 뿌리 뽑는 것'을 자신의 사명으로 삼기도 합니다. 그리하여 어디에 있든 눈을 부라리며 잘못한 사람을 찾습니다.

유난히 식당이나 공공장소에 가면 화를 잘 내는 사람이

있습니다. 물론 일부러 무례하게 행동하는 종업원이 있기는 하지만 대개는 그날의 컨디션이 좋지 않아서 짜증을 내거나 실수를 하는 경우가 많습니다. 그런데 화를 잘 내는 에고를 가진 사람, 아니 화를 낼 기회를 노리던 사람은 어떻게든 종업원의 잘못을 찾아냅니다. 그리고는 "손님한테 저 따위로 하다니, 대체 서비스 교육을 어떻게 받은 거야?"라고 하면서 벌컥 화를 냅니다. 그는 식당에 식사를 하러 온 게 아니라 종업원을 훈계하러 온 것 같다는 생각이 들기도 합니다. 이런 일이 반복되면 그와 식당에 갈 때마다 긴장을 하게 되고 같이 가는 것을 꺼리게 되겠지요. 사람들은 너무 예민한 사람, 불평을 터뜨리는 사람 곁에 함께 있고 싶어 하지 않으니까요.

그러니까 지금까지 나의 삶을 지배해온 것은 나 자신이 아니라, 내가 추측해서 만든 나의 자의식, 에고, 생각인 것입니다. 그러니 지금부터라도 에고가 만들어 놓은 허상에서 벗어나 거짓된 '나'에 가려져 있는 진짜 순수한 나를 만나는 것이 중요합니다. 그리고 그것은 과거나 미래가 아닌 지금, 이 순간에만 할 수 있습니다.

톨레는 우리를 괴롭히는 에고로부터 자유로워지려면 자신의 에고를 알아차리면 된다고 말합니다. 알아차리는 순간 에고는 힘을 잃고 소멸합니다. 에고가 사라지면 그 자리에 무한한 공간이 생기는데 그것을 그는 순수 존재, 순수한 있음이라고 불렀습니다.

고통에는 두 가지가 있다고 합니다. 첫째는 자연적으로 생기는 고통입니다. 어떤 원인인지도 모른 채 당하는 고통이 그것입니다. 둘째로 생각이 지어내는 고통이 있습니다. 이것을 스스로 창조한 고통이라고 하지요. 상황을 읽어내는 우리 자신의 해석에 의해 생기는 고통이라고 할 수 있습니다. 때로는 두려움 그 자체보다 두려움에 대한 두려움이 더 우리를 괴롭힙니다. 그러니 "삶은 내 마음이 만들어내는 것만큼 그렇게 심각하지 않다"는 톨레의 말을 자주 떠올려보면 어떨까요?

읽을 책

《삶으로 다시 떠오르기》
에크하르트 톨레 지음, 류시화 옮김, 연금술사, 2013.

《지금 이 순간을 살아라》
에크하르트 톨레 지음, 노혜숙, 유영일 옮김, 양문, 2008.

충분히 슬퍼해야만 하는 시간도 있다

5월 어느 늦은 밤 혼자 바람 부는 거리를 걷고 있었습니다. 오가는 사람이 별로 없는 한적한 거리였습니다. 몸이 땅으로 꺼질 듯 피곤이 몰려왔습니다. 캄캄한 세상에 홀로 내던져진 것 같은 외로움이 느껴졌습니다. 뭐 하러 이렇게 죽을 둥 말 둥 열심히 사는 걸까라는 회의감도 들었고요. 그러면서 순간 머릿속에선지 가슴에선지 모르지만 번개처럼 생각이 튀어나왔습니다. "확 바람이나 피워버릴까?" 왜 그랬는지 모르겠습니다. 그때 만약 제 눈앞에 남자가 지나갔다면 아마 먼저 말을 걸고 수작을 부릴 수도 있었을 겁니다. 모르는 누군가의 품에 안기고 싶다는 생각이 간절했습니다. '대체 내가 왜 그럴까? 미친 게 아닐까?' 이런 생각이 들었습니다.

그 후에도 몇 번 그런 순간이 있었습니다. 힘들게 일하고 녹초가 되었을 때, 하루 일과를 마치고 돌아오는 버스 안에서 창밖으로 붉은 노을을 보았을 때, 갑자기 약속이 깨져서 할 일이 없어졌을 때, 그럴 때 문득 그런 생각이 폭풍처럼 몰려왔습니다. 그때는 눈에 뵈는 게 없는지 남편에게 과감하게 물어보기까지 했습니다. "여보, 당신은 바람피우고 싶은 생각 없어?" 그랬더니 "이쁜 마누라 두고 그런 생각을 왜 해?" 하면서 웃어 넘깁니다. "아니, 피우고 싶으면 피워보라고, 덕분에 나도 한번 피워보게." 이 말을 들은 남편은 눈이 동그래지면서 '이 여자가 안 하던 농담을 다 하네'라는 표정을 지었습니다.

물론 그렇게 불같이 치솟던 감정도 시간이 지나자 점차 시들해졌습니다. 그땐 왜 그런 감정이 휘몰아쳤는지 믿어지지 않았지요. 굳게 지켰던 어떤 신념의 벽이 허물어지는 느낌이었습니다. 누구에게도 말 못하고 혼자 죄의식에 시달리기도 했습니다. 그러던 중 어느 분이 《좋은 이별》이라는 책을 읽어보라고 제게 권했습니다. 이 책은 소설가 김형경 씨가 쓴 상실과 이별에 대처하는 심리치유 에세이입니다. 문학 작품이나 자신의 경험을 예로 들어 사별의 아픔을 어떻게 다루어야 하고, 어떻게 애도해야 하는지 안내해주는 책이지요. 그 책을 읽다가 저는 깜짝 놀랐습니다. 중년기에 부모를 잃은 사람들 중에 바람을 피우게 되는 경우가 종종 있다는 이야기 때문이었습니다.

이 점에 대해서 저자는 부모의 죽음으로 인해 내면 아기가 드러나기 때문이라고 말합니다. 우리 안에는 부모에게 의존하고 인정받고 싶어 하는 내면 아기가 있는데, 부모의 죽음으로 유아적 생존 방식이 되살아나면서 부모 대신 의존할 대상을 찾다가 불륜과 같은 문제가 발생하기도 한다고 했습니다. 하지만 저자는 이별이든 사별이든 한 사람을 잃는 일이 자신의 존재 자체를 잃는 일은 아니며, 그 사람과 관계에 투자하던 내면의 일부분을 잃는 일임을 강조합니다. 즉 누군가를 우리의 삶에서 상실한다고 해도 우리가 본래 가지고 있던 존엄성이나 용기, 지혜, 공감 능력 등은 여전히 우리 안에 있으므로 시간이 지나면 다시 힘을 얻어 살아갈 수 있는 것이지요.

이 책을 읽기 두 달 전에 저는 엄마를 잃었습니다. 책을 읽는데 저자가 들려주는 이야기가 모두 제 마음을 대신 말해주는 것처럼 공감이 되었습니다. 또 엄마를 보내고 난 후 한동안 불쑥불쑥 화가 치밀어 올라 누구라도 한 대 갈겨주고 싶었던 마음도 사별 후 겪게 되는 일이었습니다. 왜 그리 화가 났을까요? 이것은 어린아이가 엄마가 사라졌을 때 엉엉 울다가 나중엔 슬픔이 분노로 바뀌는 것과 같다는 생각이 듭니다. 엄마에게 잘못한 것, 더 잘해주지 못한 것 때문에 회한이 몰려오고 이제는 돌이킬 수 없다는 생각에 제 자신에게 화가 났겠지요.

친정 엄마가 돌아가신 지 한 달쯤 지나서 시어머니가 디스크 치료를 하러 서울에 오셨는데 그때도 별 일 아닌 일에도 화가 났습니다. 몸도 마음도 지쳐 있는 상황에서 도저히 누구를 돌볼 마음이 생기지 않았지요. '울 엄마는 이 세상에 없는데 이게 다 무슨 소용이야!' 저는 뭔가를 열심히 하고 싶지 않았습니다. '엄마가 없는데 누가 기뻐해줄까?' 이런 마음이었습니다. 남편하고도 자주 싸웠습니다. 엄마 잃은 내 마음을 다독여주지 않은 채 제 엄마만 챙기는 남편이 왜 그리 밉던지. 그 책에 나온 것처럼 그때 저는 그렇게 자주 유치한 감정에 빠졌습니다.

우리가 보내지 못한 슬픔

《좋은 이별》에는 프랑스 작가 에밀 아자르의 소설 《자기 앞의 생》의 마지막 장면이 나옵니다. 이 소설의 주인공 열네 살 모모는 전직 창녀인 로자 아줌마의 손에서 자랐습니다. 모모는 부모가 누군지도 모르고 딱 한 번 아버지의 얼굴을 보았을 뿐입니다. 자신을 키워준 로자 아줌마는 치매에 걸려 점점 기억을 잃어갔습니다. 그리고 너무 살이 쪄서 나중에는 자기 손으로 밑을 닦지 못할 정도가 되고 맙니다. 열네 살 모모는 그런 로자 아줌마의 밑을 닦아줍니다. 그 정도로 모모는 로자 아줌마를 사랑했습니다.

그런데 로자 아줌마가 죽은 후 모모는 시신에 향수를 뿌려가며 지하실에서 혼자 아줌마를 지킵니다. 일주일이 지나서야 사람들은 로자 아줌마의 시신을 발견하고 장례식을 치릅니다. 모모는 사랑하는 로자 아줌마를 도저히 보낼 수 없었던 것이지요. 사랑하는 사람을 잃는다는 것, '상실'은 이렇게 치명적인 아픔입니다. 그리하여 어떤 사람은 상실을 견딜 수 없어서 이상한 행동을 하고, 심지어 죽기까지 합니다.

이 부분에서 저는 알베르 카뮈의 《이방인》 주인공 뫼르소가 떠오릅니다. "오늘 엄마가 죽었다"로 시작하는 이 소설은 엄마의 죽음을 맞닥뜨린 뫼르소의 심리를 다루고 있습니다. 사람들은 엄마가 죽었는데도 울지 않고, 심지어 장례식을 마친 후 바로 애인과 잠자리를 하는 뫼르소를 이해하지 못하지요. 상식적이고 관습화된 사고로 보면 그럴 것입니다. "엄마가 돌아가셨는데 어떻게 안 울어?"라는 의문이 들지요.

하지만 제가 보기에 뫼르소는 너무 슬퍼서 멍한 상태였던

걸로 생각됩니다. 상갓집에 조문을 가보면 상주들이 아주 의연하게 문상객들을 맞이하곤 합니다. 가족을 잃었다는 게 실감이 나지 않거나 미처 자신의 감정을 들여다볼 준비가 안 되었기 때문일 것입니다. 주인공 뫼르소도 아마 그랬을 것입니다. 그가 총을 쏴서 사람을 죽인 것도 본인은 인식하지 못했지만, 어머니를 데려간 '지금의 현실'에 너무 화가 났기 때문이라고 볼 수 있지 않을까요. 어느 누구도 엄마를 잃은 뫼르소의 깊은 상실감을 다 이해할 수는 없었을 것입니다. 그런 면에서 타인은 모두들 이방인이겠지요.

우리가 타인을 잘 모른다는 면에서 이방인들이기도 하지만, 한편으로 자기 자신에 대해서도 스스로 이방인이 아닌가 하는 생각이 듭니다. 뫼르소 자신도 자신이 느끼고 있는 상실의 슬픔을 아마 모르고 있었을 것입니다. 뫼르소는 재판을 받을 때 판사가 왜 그랬냐고 묻지만 모르겠다, 뜨거운 태양 때문이었을 거라고 이해할 수 없는 말을 합니다. 이렇듯 자신도 자신이 왜 그렇게 했는지 모른다는 면에서 뫼르소는 자기로부터 이방인입니다. 재판정에서 사형을 선고받을 때에도 뫼르소는 그 일을 타인의 일처럼 바라보는 것 같습니다. 죽음의 순간이 되어야 그는 알게 될까요?

충분히 쉬고 충분히 애도하기

사랑하는 사람을 잃은 상실의 아픔을 어떻게 해야 극복해 갈 수 있을까요? 이 물음에 대한 답은 한 가지가 아니겠지만, 분명한 것은 "지금 나는 슬프다" "분노가 인다"와 같은 자신의 감정을 인식해야 한다는 것입니다. 자신이 왜 분노하고 있는지는 오직 자신만이 알 수 있습니다. 뫼르소처럼 멍한 상태로 슬픔에만 빠져 있다가는 때로 자신도 이해하지 못하는 행동을 할 수도 있습니다. 결국 우리는 자신의 감정과 행동에 책임을 져야 합니다.

제 경험에 의하면 사별 후에 오는 분노의 감정은 죄책감에서 비롯되기도 합니다. 어머니를 더 사랑하지 못한 후회의 감정이 그것입니다. 그러니까 자신에 대한 분노이지요. 이제는 더 이상 어쩌지 못한다는 절망감 때문에 화가 납니다. 하지만 상실의 아픔을 푸는 것은 용서와 화해입니다. 남은 이가 상실을 극복해가는 방법은 떠난 자와 그 사이에 얽힌 감정의 매듭을 푸는 것입니다. 그것을 풀어가는 과정이 바로 애도입니다. 어떻게 애도하는가에 따라서 산 자와 떠난 자는 다시 사랑의 관계가 될 수 있습니다. 비록 육신은 곁을 떠났지만 둘 사이에 나눴던 사랑은 영원불멸이니까요.

《좋은 이별》의 저자가 알려주는 애도의 한 방법은 홀로 조용히 쉬는 시간을 갖는 것입니다.

> 소중한 것을 잃거나 깊은 상실을 경험하면 우리는 조용한 곳, 아무도 방해하지 않는 곳으로 찾아가 혼자 머물고 싶어 한다. 그런 장소에서 무슨 일을 하려는 게 아니라 아무 일도 하지 않기 위해 그렇게 한다. 죽음처럼 멈춰 정지하기 위해, 상실처럼 텅 비우기 위해 그런 곳을 찾아간다.

저도 책에서 알려준 애도 방법을 써가면서 그럭저럭 세월을 보냈습니다. 정신없이 일에 빠져 지내다가도 해가 지는 저녁 무렵이 되면 영락없이 엄마가 그립고 보고 싶었습니다. 십 년이 지난 지금도 엄마가 보고 싶습니다. 시간이 지나면 다 잊힐 줄 알았는데 그렇지도 않은 것 같습니다. 아마 죽을 때까지 엄마가 그립고 보고 싶을 것입니다. 사람마다 애도하는 방법이 다르고 그리움을 달래는 방법이 다르겠지만, 저는 책으로 마음을 달랩니다. 책이 때로는 사람보다 더 깊은 위로를 주기도 합니다.

읽을 책

《좋은 이별》
김형경 지음,
사람풍경, 2012.

《내 마음을 만지다》
이봉희 지음,
생각속의집, 2011.

'어디에서'가 아닌 '누구와'의 프레임으로

작년에 일본에 갔다가 호텔 로비에서 《세계의 도서관》이라는 두꺼운 책을 보았습니다. 무심코 들어 책장을 넘기다가 깜짝 놀라고 말았습니다. 첫 장에 세계에서 가장 오래된 도서관이라고 소개된 사진이 있었는데 놀랍게도 우리나라에 있는 문화재였습니다. 800년이 된 도서관, 그곳은 바로 '해인사 팔만대장경판전'이었어요. 아하! 하면서 절로 탄성이 나왔습니다. 왜 한 번도 팔만대장경을 책이라고 생각한 적이 없었을까? 아마도 제 머릿속에 책은 당연히 종이책으로 고정화되어 있었기 때문이겠지요. 팔만대장경판전을 도서관으로 보기 시작하자 그곳이 더 멋져 보입니다.

세상을 어떤 시각과 관점으로 바라보는가. 이것을 프레임

frame이라고 합니다. 《프레임》의 저자 최인철 교수는 프레임을 세상을 바라보는 창이라고 말합니다. 무엇을 중요하게 여기는가는 어떤 프레임으로 세상을 바라보는가에 달려 있다고도 볼 수 있습니다. 우리가 무언가를 결정할 때 돈을 우선순위로 여기고 있다면 돈 중심의 프레임을 갖고 있다고 볼 수 있겠지요. 책 속에는 이런 내용이 나옵니다. 어떤 거리 청소부가 있습니다. 그는 더러운 길을 쓸고 쓰레기를 치우면서도 늘 웃으며 즐겁게 청소를 합니다. 어느 날 그에게 한 청년이 물었습니다.

"아저씨는 청소하는 게 힘들지 않으세요? 항상 웃고 계셔서요." 그러자 청소부가 대답합니다. "나는 지구의 한 구석을 깨끗하게 쓸고 있는 거라네. 어찌 즐겁지 않겠는가?"

청소부라는 직업을 좋지 않게 여기는 직업 프레임을 갖고 있다면 청소부를 원하지도 않고 심지어 무시할 것입니다. 하지만 청소부 자신이 자기가 하는 일에 의미를 부여하면 그 청소부는 자부심을 갖고 일할 것입니다. 그는 의미 중심의 프레임을 갖고 있으니까요. 명품으로 자신의 존재를 과시하는 것이 익숙한 사람들은 같은 프레임을 가진 사람들을 만나기를 좋아합니다. 그래야 신이 나니까요. 그런데 그런 사람이 수천만 원짜리 명품으로 치장하고 마더 테레사 수녀님 앞에 나타나봤자 아무 의미가 없을 겁니다. 수녀님은 그 사람에게 "비싼 옷들을 팔아서 가난한 사람을 도울 의향은 없나요?"라고 물어 볼지도 모릅니다.

실제로 있었던 일입니다. 제가 아는 분이 오랜만에 고향 친구를 만나러 갔습니다. 그 친구는 사업이 잘 되어 큰돈을 벌었습니다. 그런데 그 친구가 대뜸 화를 냈습니다. "아니 너는 내가 들고 있는 가방이 안 보이니? 이게 얼마짜리인 줄 알아? 명품도 모르다니" 하면서 말입니다. 자기 프레임이 옳다고 굳게 믿고 있으면, 다른 사람에게도 자신의 프레임을 강요하게 됩니다. 자기가 돈이 많거나 권력을 가진 사람일수록 자기 프레임을 더욱 더 다른 이에게 강요하게 되는 것이지요.

힘이나 권력이 가장 중요하다는 프레임을 갖고 있는 사람들은 어디서나 힘의 프레임으로 다가갑니다. 우리나라 사람들이 명함을 서로 나눌 때 모습을 보면 그걸 알 수 있습니다. 일단 명함에 적힌 직함을 이해하려고 애씁니다. 그리고 상대방이 자기보다 더 높은 지위인지 아닌지, 나이가 많은지 적은지 등을 따져봅니다. 누가 더 힘을 가졌는지에 따라 처신이 달라집니다. 물론 힘이 더 약한 쪽의 사람이 힘이 강한 쪽의 사람에게 수그리는 것은 이해할 수도 있습니다. 그렇게 해야 자신에게 유리하니까요. 약자의 처지이니까요. 그렇지만 힘이 약한 처지의 사람들이 모두 착한 사람이라고는 할 수 없습니다. 어떤 이는 약자라는 처지를 이용하여 이득을 취하기도 합니다. 심지어 힘을 가진 사람의 약점을 이용합니다. 명예를 훼손할 만한 헛소문이나 지위에 타격을 줄 내용을 매체에 흘려서 협박하고 괴롭히기도 합니다. "약자는 옳다"는 프레임을 갖고 사는 사람은 늘 강자 처지에 있는 사람을 적대적인 태도로 대합니다. 강자가 무조건 양보해야 한다, 강자는 늘 이기적이라고 생각하며 공격하곤 합니다.

당연한 말이지만, 우리는 어릴 때부터 보아온 대로, 교육받은 대로 세상을 바라봅니다. "부자는 원래 그렇더라" "가난한 사람은 원래 다 그래" 같은 고정 프레임은 인생을 살면서 자신이 경험한 것에 의해 생겼겠지요. 드라마나 영화를 본 후 형성될 수도 있고요. 30년간 교사로 재직한 어느 선생님이 이런 말을 하였습니다. "내가 겪어보니까 가난한 학생들이 더 안 착해. 선생님을 더 무시하고 약 올리고 못됐어. 그래서 가난한 동네에 있는 학교에서 근무할 때가 제일 힘들었어."

그분은 가난한 학생들에 대한 고정 프레임 때문에 가난한 애들은 어쩔 수 없다는 식으로 말합니다. 가난한 아이들이 반드시 그렇지 않다고 말하면 "겪어보지 않은 사람은 말을 마라"고 항변하지요.

가난한 동네에 사는 아이들이 그렇게 행동하게 된 것은

학교 선생님에게 사랑을 받고 싶어서가 아닐까 하는 생각이 듭니다. 가끔 가난하다는 이유로 비교당하고 무시당하다 보니 사람을 대하는 태도가 거칠고 비뚤어졌을 수 있습니다. 하지만 집안이 가난해도 누구를 만나느냐에 따라 사람은 달라질 수도 있습니다. 물질적으로 가난해도 자신감을 갖고 있다면, 또 도움을 줄 인맥이 있다면 그 아이는 잘 성장할 수 있습니다. 가난하지만 잘 살아갈 수 있다고 자신감을 심어주고 용기를 주어야 하는 사람이 바로 부모이고 교사입니다. 그런데 교사가 가난한 학생들은 어쩔 수 없다는 고정된 프레임으로 학생들을 대하면 아이들도 금방 그것을 눈치 챕니다. 그러니 그 아이들도 선생님을 존경하지 않게 되지요. 우리가 상대방에게 희망을 갖고 대해야 비로소 희망이 보입니다.

나를 둘러싸고 있는 프레임에서 유연해지기

《프레임》의 저자는 지금 대한민국 사람들은 '어디서'의 프레임에 갇혀 있다고 말합니다. 어느 대학에 다니는가, 강남에 사는가, 대기업에 다니는가를 중요하게 여긴다는 것이지요. 하지만 인생에서 중요한 것은 장소가 아니라 '누구와'라고 저자는 말하고 있습니다. 누구와 일하는가, 누구와 식사를 하는가, 누구와 여행을 하는가, 이것이 더 중요하다는 것이지요. 그러니 저자가 말한 대로 물질이나 장소 중심이 아니라 사람 중심의 프레임으로 방향을 돌려야 합니다.

흔히 나이가 들면 완고해진다고 합니다. 그러다 보니 사람들은 때때로 나이 든 분을 꼰대라고 하면서 비웃습니다. 자기와 프레임이 같은 사람만 만나다 보면 계속 그 프레임이 옳다고 굳게 믿게 됩니다. 그러니 다른 관점을 가진 사람들도 만나야 합니다. 가장 쉬운 방법은 독서모임에 나가는 것입니다. 책을 읽고 이야기를 나누는 동안 우리는 자연스럽게 다른 사람들의 다른 관점을 마주하게 됩니다. 평생 《조선일보》만 읽었던 어떤 60대 여성은 독서모임에 나와서 좌파 지식인이라고 알려진 저자의 책을 읽고 토론을 하다가 큰 충격을 받았다고 합니다. 자신이 이제까지 살면서 전혀 모르던 세계관을 만나게 되었으니까요.

그런데 독서모임에 나가고 책을 많이 읽으면 고정 프레임에 갇히지 않고 더 유연해야 할 것 같은데 반드시 그렇지도 않은 것 같습니다. 왜 그럴까요? 자기가 해왔던 것, 옳다고 굳게 믿어왔던 것을 마치 물건처럼 소유하게 되어 그걸 잃을까 봐 두려워하기 때문일 것입니다. 그것도 역시 상실감에 대한 두려움 때문이지요. 자신이 믿었던 신념을 자아로 인식하기 때문에 그런 신념이 무너지면 자신의 삶이 헛되었다고 생각하게 되는 것이지요.

사회적으로 명망이 높은 교수가 우연히 사이비교의 집회에 참여하여 신자가 되었습니다. 사람들이 그 교수를 이상한 눈으로 쳐다보고 수군댑니다. 그러자 그 교수는 앞장서서 사이비교의 교리를 정당화하는 발언을 하면서 옹호합니다. 어떻게 이런 비상식적인 일을 할 수 있을까요? 심리학에서는 이런 행위를 인지 부조화라고 일컫습니다. 말이 안 되는 일을 말이 된다고 굳게 믿는 심리이지요. 이것 또한 교수의 권위를 잃을까 봐 두려워하는 데서 나오는 행동입니다.

이런 행동은 쉽게 말해 자신이 지녀온 과거의 신념, 혹은 사회가 심어놓은 가치관과 자존심 경쟁을 하는 것입니다. 그래서 독일 대학에서 철학을 가르치고 있는 한병철 교수는 《피로사회》라는 책에서 '현대인은 내면화된 전쟁에서 부상을 입은 우울증 환자'라고 말하고 있습니다. 우리가 책을 읽는 이유도 이 내면화된 전쟁에 휩쓸리지 않기 위해서입니다. 왜 내부에서 전쟁을 벌여야 할까요? 나를 죽게 만드는 것인데 말이에요. 우리가 죽으면서까지 지켜야 할 신념이나 가치는 무엇일까요? 그런 것들이 가치가 있는 거라고, 꼭 지키라고 누가 속

삭였을까요? 어쩌다가 사람들은 자신이 믿는 것에 의해 걸려 넘어져 죽는 어리석음을 되풀이하고 있을까요?

누구든지 자기가 살아온 삶의 시간들과 신념들, 의미와 가치를 스토리로 갖고 살아갑니다. 어머니로서, 아내로서, 선생님으로서 살아온 소중한 추억과 자부심이 있겠지요. 하지만 추억과 자부심이 진짜 '나'는 아닙니다. 그것은 어디까지나 내가 만든 스토리이고 프레임이므로, 그것으로 타인을 재단하고 미워해서는 안 됩니다. 또한 누군가 나의 추억과 자부심을 비난하거나 우습게 여긴다고 해도 그것들은 손상되지도 않고, 사라지지도 않습니다. 그러니 죽자사자 그것들을 지키려고 파수꾼이 될 필요도 없습니다.

우리가 더 자유로워지려면 책 읽기는 하나의 경험입니다. 그러니 책을 읽으면서 새로운 시각을 발견했을 때 우리는 쾌성을 지르며 기뻐하고 감탄해야 합니다. 책 덕분에 고정된 생각에서 벗어났으니 얼마나 고마운 일인가요. 새로운 생각을 만나는 것은 마치 낯선 여행지에 와서 생전 처음 보는 것들을 볼 때처럼 흥분되는 순간입니다. 나와 다른 생각을 가진 사람들을 만나고, 나와 다른 사람을 만나는 것은 인생의 진기한 체험입니다. 내 안의 자아와 싸우려고 책을 읽는 것이 아닙니다. 자아와 싸우다 보면 피곤해지고 불편해집니다. 얼굴도 본 적

없는 저자에게 욕을 퍼붓고 미워하게 되지요. 그런데 가만히 생각해보면 그런 행동은 모두 내가 갖고 있는 것들을 지키려는 마음, 그것을 잃을까 봐 두려워하는 마음에서 비롯되는 것이 아닐까 하는 생각이 듭니다.

읽을 책

《프레임》
최인철 지음,
21세기북스, 2016.

《피로사회》
한병철 지음, 김태환 옮김,
문학과지성사, 2012.

내면의 비밀을 저장할 수 있는 힘, 글쓰기

삶의 질을 끌어올리려면 먼저 우리가 매일 하는 것을 세심하게 관찰하여 어떤 활동, 어떤 공간, 어떤 시간, 어떤 사람 옆에서 우리가 어떤 감정을 느끼는가를 포착해야 한다.

미하이 칙센트미하이 《몰입의 즐거움》(해냄, 2007)

"사람은 그의 비밀로 살아간다."

누가 한 말인지는 모르지만, 저는 이 말을 삶을 견딜 줄 안다는 뜻으로 해석하고 싶습니다. 참아야 할 때 참고, 기다려야 할 때 기다릴 줄 아는 것입니다. 불의를 보고 참거나 억울한 것을 꾹꾹 참으라는 게 아닙니다. 미움받더라도 해야 할 말은 해야 합니다. 여기서 참는다는 것은 참는 것이 나에게 도움이 되는 때를 말합니다. 견디고 참으려면 그 '참음'을 담아둘 수 있는 내적 에너지가 있어야 합니다. 어느 정도 압박을 받더라도 그것을 견뎌낼 에너지가 있어야 하지요. 내 안에 안 좋은 에너지가 꽉 차 있으면 조금만 골치 아픈 일이 생겨도 이내 폭발하고 마니까요.

한편으로는 뭔가를 위해 참아준다는 생각은 자신을 희생자로 만들기 쉽습니다. 희생자가 되면 자꾸 자신의 입장을 정당화하고 싶어집니다. '내가 이만큼 참아주었으면 너도 어느 정도 맞춰주어야 하는 거 아니야?'라는 생각을 갖게 되기 때문에 상대방에게 미움을 갖게 됩니다. '왜 맨날 나만 당하지?'라는 생각이 들고 억울한 감정이 쌓입니다. 그러므로 견디기보다는 그냥 두는 것입니다. 구경꾼이 되라는 것이 아니라, 걱정이나 고민에서 한 발짝 거리를 두고 바라보자는 것입니다. '거리 두기'를 하면 일단 화가 가라앉습니다. 성찰할 수 있는 내적 공간이 생기게 되지요.

사소한 문제에도 어쩔 줄 몰라 하는 사람은 시간이 지나야 해결되는 문제인데도 못 참고 당사자에게 쫓아가 기어이 채근합니다. 누군가를 붙들고 하소연을 늘어놓아야 살 것 같으니까요. 이 사람은 차근차근 생각해볼 여유가 없습니다. 흔히 '밀당'을 잘해야 연애를 잘한다고 하잖아요. 연애 상대자가 문자에 얼른 답장을 안 하거나 오해를 살 만한 말이나 행동을 하면, 당장 심문하듯이 꼬치꼬치 캐물어 상대방의 의도와 동기를 알아내고야 마는 사람이 있습니다. 사랑에 무슨 정답이 있는 것처럼 말이지요. “도대체 나를 사랑하기나 해? 얼른 말해!” 이런 상황이 계속되면 상대방은 질려서 도망가기 마련입니다. 자기 조율을 잘해야 사랑도 잘할 수 있는 법이니까요.

비밀을 간직하고 자기 조율을 하는 힘을 기르려면 일기 쓰기가 좋습니다. 그런데 일기 쓰기가 쉽지는 않습니다. 조용히 책상에 앉아 있을 시간을 내기도 어려운데, 게다가 뭔가 쓴다는 게 골치가 아픕니다. 기억을 떠올려야 하고 기억한 것에 대해 자기 생각을 정리해야 하니까요.

저는 서른 살에 자서전을 써보았습니다. 남에게 보여주려고 쓴 게 아니라, 그냥 막 써내려갔습니다. 서른 살까지 살아온 과정을 기억나는 대로 써보았습니다. 소위 자서전이라는 걸 써보아야겠다고 생각한 것은 우연히 헌책방에서 구입한 글쓰기 책을 읽고 나서입니다.

너무 오래되어 저자 이름도 책 제목도 기억이 나지 않지만 저자는 미국인이고, 자기가 사는 동네에서 글쓰기를 가르치는 강사였습니다. 그는 원래 제빵사였는데 날마다 빵 레시피를 기록하다가 글쓰기가 좋아져서 책을 출판하게 되었고,

글쓰기 강사가 되었습니다. 그는 글쓰기를 할 때 다른 사람에게 보여준다고 생각하지 말고 그냥 혼자 지껄인다고 생각하고 써보라고 했습니다. 글쓰기는 무언가를 배설하는 것처럼 그냥 써내려가는 거라고 말이지요. 맞춤법이나 문장이 맞는지 걱정할 필요 없이 막 쓰라는 것이지요. 그래서 저도 그의 말대로 해보기로 했습니다. 저는 그때 두 돌 지난 아들을 키우고 있었는데, 아이가 자는 틈틈이 노트에 글을 써내려가기 시작했습니다.

가장 먼저 쓴 것은 저의 할아버지에 대한 이야기였습니다. 할아버지는 제가 태어나기 전에 돌아가신 분이지만 할머니와 아버지에게 들은 내용을 바탕으로 이야기를 썼습니다. 이어서 할머니와 아버지, 어머니와 형제들에 관해 알고 있는 것들을 줄줄이 써내려갔습니다. 그 글쓰기 강사가 말한 것처럼 시간 순서나 앞뒤 문맥을 생각하지 않고 정보들을 수집하여 서랍에 넣듯이 썼습니다. 어떤 사건을 겪었던 순간에 느꼈던 감정이 떠오르면 솔직하게 썼습니다. 과거에 있었던 일에 대한 현재의 생각도 썼습니다. 부모님이 결혼한 사연, 동생들이 태어난 일, 어렸을 때 기억들, 학교에서 있었던 일, 친구들, 선생님들, 특별한 추억들, 대학생활, 직장생활, 결혼하고 아이를 출산한 일들까지 모두 써보았습니다.

그런데 두툼한 노트 두 권에 걸친 자서전을 다 쓰고 나니 깨닫게 되었습니다. 제가 무엇을 원하고 있었는지를 말이죠. 저는 수도자가 되고 싶었습니다. 왜 그랬는지는 모르지만 분명히 그것은 마음속에서 올라온 울림이었습니다. 저는 수녀님들이 운영하시는 중·고등학교에 다녔지만 한 번도 수녀가 되고 싶다는 생각을 해본 적이 없었습니다. 20여 년이 지난 지금 생각해보면, 그때 왜 제가 수도자가 되고 싶었는지 알 것 같습니다. 서른 살의 저는 수도 생활을 하는 것이 나답게 사는 방법이라고 생각한 것 같습니다. 유일한 독자인 '나'를 마지막으로 자서전은 불태워졌지만 그때의 강렬한 느낌은 잊을 수가 없습니다. 자서전을 쓰고 2년 후 저는 수녀원에서 운영하는 교육기관을 만나게 되었고, 지금까지 20년이 넘도록 수녀님들과 함께 일을 하고 있습니다. 그리고 이것이 과연 우연한 일일까 필연일까 가끔 생각해보곤 합니다.

나의 치유를 위한, 나 자신만을 위한 글쓰기

저는 분명히 말할 수 있습니다. 글을 쓰면 진실한 자신을 만나게 되고, 자기답게 살고 싶어집니다. 자기가 진정으로 원하는 게 무엇인지도 알게 됩니다. 자기를 위로하는 가장 좋은 방법 가운데 하나는 글을 쓰는 것입니다. 글을 쓰게 되면 마음 속 부정적인 에너지와 곪아서 아픈 종기가 터져서 아물고 치유됩니다. 낙서든 욕이든 그 무엇이든 써보면 좋습니다. 어른이 된 지금에 와서 누군가에게 내 비밀을 털어놓기가 민망하다면 자신을 독자로 삼아 일기를 쓰는 것도 좋은 일입니다. 다 써놓은 일기를 가끔 읽으면 꼭 남이 쓴 일기를 읽는 것 같잖아요.

일기를 쓰는 순간에는 자신의 감정에 사로잡혀 마구 써내려가지만, 다 쓴 일기를 읽어 내려가면 객관적으로 자신을 바라보게 됩니다. 창문 밖으로 구름이 지나가는 것을 보듯이 자신의 감정이 흘러가는 것을 지켜보는 것과 같습니다. 자신이 겪은 속상한 일을 한 사람의 독자가 되어 읽어보는 것입니다. 소설 속에 나오는 하나의 사건을 읽는 것처럼 자신의 내면을 바라보면, '그래, 이것도 인생에서 일어날 수 있는 사건 중 하나이지'라는 생각이 들면서 차분해집니다. 흔히 불교 명상에서는 '고통을 바라보아라'고 말하지요. 그러므로 과거의 상처이든 현재의 고민이든 눈앞의 그 문제를 두고 그저 바라보세요. 그리고 구름이 지나가듯이 그것들이 사라져가는 것을 보는 것입니다.

원래 일기는 마음 내키는 대로 막 쓰는 것이지만 주제를 정하고 써보는 것도 좋습니다. 엄마, 아빠, 동생, 추억 등의 단어를 적고 그에 대해 생각나는 것을 써보는 것이지요. 고구마를 캐면 줄기가 따라 나오듯이 그 단어와 관련된 기억이 줄줄이 떠오를 것입니다. 감사 일기 쓰기도 매우 좋은 글쓰기입니다. 제가 아는 수녀님은 10년 넘게 감사 일기를 쓰고 있는데 항상 긍정적인 에너지가 넘치고 건강하게 살고 계십니다.

"사람은 그의 입버릇대로 된다."

2012년 KBS 〈브레인가든〉이라는 다큐에 소개되었던 일본인 '사도 도미오' 씨는 입버릇 실천 강사입니다. 그는 칠십 넘어 작가가 되어 수십 권의 책을 펴냈습니다. 현재 팔십이 넘은 나이에도 요트와 비행을 즐기고, 외국어 배우기에도 도전합니다. 그는 우리가 사용하는 말에 의식이 담긴다고 주장합니다. 자신이 바라는 것을 의식적으로 반복해 말함으로써 의식을 만들어낸다는 것이지요. 사실 '긍정적인 생각이 긍정적인 결과를 가져온다'와 같은 긍정심리학자들의 주장은 하도 많이 들어서 너무 빤한 소리처럼 여겨질 수도 있습니다.

하지만 긍정의 힘은 입증된 사실입니다. 심리학에서부터 물리학, 뇌 과학, 영성 서적에 이르기까지 모두 '긍정 에너지'를 말하고 있습니다. 각자의 실험, 사유의 과정, 개념이 다르고 설득하는 방식의 차이가 있을 뿐, 모두들 삶에서 가장 중요한 에너지, 그것은 삶을 수용하고 긍정적으로 해석하며 용기 있게 살아가는 것이라고 말하고 있습니다. 긍정적인 입버릇이 긍정에너지를 만들어내듯이 긍정적인 '글버릇'도 당신에게 긍정적인 삶을 선물할 것입니다.

읽을 책

《뼛속까지 내려가서 써라》
나탈리 골드버그 지음, 권진욱 옮김,
한문화, 2018.

자서전으로
타인을 통해 나를 보다

어느 날 학교에서 돌아온 러셀은 웬 낯선 남자가 거실에 앉아 있는 것을 보았습니다. "어서 와라! 인사 드려. 아저씨는 언론계에서 일하신단다." 엄마의 말에 러셀은 아저씨 앞에 가서 꾸벅 인사를 했습니다. 아저씨는 미소를 띠며 "네가 러셀이구나. 이제부터 너는 언론계에 첫발을 내디딘 거야!"라고 말했습니다. 영문을 몰라 어리둥절해 하는 러셀에게 아저씨는 자기 옆의 신문 뭉치를 가리키며 "매일 학교 다녀와서 집집마다 신문을 배달하는 거란다. 거리에서 어른들에게 신문을 사라고 외치는 거지"라고 말했습니다. 신문을 팔아야 한다는 말에 여덟 살 러셀은 울상이 되어 엄마를 쳐다보았지만 엄마는 흐뭇한 표정으로 러셀을 향해 고개를 끄덕입니다. 엄마는 정말로 '우리 아들이 드디어 언론계에 들어가게 되었구나' 하고 믿는 것 같았습니다.

이렇게 해서 여덟 살 러셀은 신문 뭉치를 들고 거리에 나섭니다. 내향적인 성격의 러셀은 사람들에게 신문을 사라는 소리가 도저히 나오지 않았습니다. 차라리 신문을 글로 채우는 일이 더 나을 것 같았지요. 나중에 《뉴욕 타임즈》의 유명 칼럼리스트가 된 러셀 베이커는 그렇게 언론계에 데뷔를 했습니다. 그는 네 살 때 아버지를 잃고 궁핍한 어린 시절을 보냈지요. 당시는 미국의 대공황기였기 때문에 누구나 매우 힘든 시기였습니다.

러셀이 여덟 살부터 시작한 신문배달은 열두 살이 될 때까지 계속됩니다. 주말판 신문을 배달하려면 이른 새벽에 집을 나서야 했습니다. 그의 집은 장례식장의 2층이었습니다. 왜냐하면 장례식장 2층은 월세가 매우 쌌기 때문입니다. 열두 살 소년은 매일 시신이 안치된 장례식장을 지나 거리로 나갔습니다. 아무도 없는 빈 거리에서 소년은 신문 뭉치의 노끈을 톡톡 끊고 가장 먼저 신문을 읽는 독자가 되었지요.

러셀의 엄마는 한국 엄마들의 교육열을 능가할 정도로 자식에 대한 교육열이 강했습니다. 여덟 살 아들에게 신문 배달을 시키면서도 언론계에 들어간 것이라고 우겼던 러셀의 엄마는 입버릇처럼 이렇게 말했습니다. "남자는 꼭 성공해야 한다." 그 당시 러셀의 먼 친척 중에 《뉴욕 타임즈》 기자가 있었는데, 러셀의 엄마는 항상 러셀에게 그 사람처럼 출세해야 한다고 말했습니다. 러셀이 《뉴욕 타임즈》 백악관의 출입기자가 되고 칼럼을 쓴 것은 어쩌면 엄마의 그 입버릇 덕분인지도 모르겠습니다. 하지만 러셀은 그런 엄마로부터 늘 도망치고 싶었노라고 고백합니다. 아들에게 자기 인생을 걸었던 엄마가 그에겐 늘 등에 진 짐처럼 부담스럽고 힘들었다는 것이지요.

《성장》은 러셀 베이커가 55세에 쓴 자서전입니다. 자서전으로는 드물게 퓰리처상을 받았지요. 자서전은 치매에 걸린 어머니를 방문하는 것으로 시작합니다. 기억을 잃은 어머니 앞에서 러셀은 어머니 때문에 힘들었다고 말합니다. 하지만 이제는 자신이 그 과거로부터 왔음을 인정해야 한다고 고백합니다. 저는 이 대목이 가장 기억에 남습니다. 우리가 우리의 과거를 버린다면 우리의 삶은 어디에 있는 것일까요? 후회스러운 일이든 부끄러운 일이든 우리는 과거라는 유산에서 흘러온 존재입니다. 지금이라는 언덕에 서서 과거라는 들판을 내려다보면 잘못된 선택이나 행동이 한눈에 보이고 '그렇게 하지 말았어야 했어'라고 생각하지만, 그것은 어디까지나 지금이기 때문에 생각할 수 있는 것입니다. 과거의 그날에 우리는 지금처럼 생각할 수 없었습니다. 지금과 같은 '역량'이 없었으니까요. 과거의 그 사건이 있던 날에 내가 좀 더 현명했더라면 어땠을까 하고 생각할 수 있지만, 그 당시에는 그런 생각을 할 만한 능력이 없었던 것이지요. 그러므로 지금의 관점에서 과거를 판단하는 것은 어리석은 일이 될 수 있습니다. 다만 우리는 그 과거의 사건이 나에게 어떤 의미를 남겼는가만 성찰할 수 있을 뿐입니다.

러셀의 엄마는 스물여덟 살에 남편을 잃고 네 살, 두 살의 두 아이를 키워야 했습니다. 그때 그녀가 느꼈을 삶에 대한 두려움과 막막함은 경험해보지 않은 사람은 결코 이해하기 힘든 것이지요. 오죽하면 엄마는 여덟 살 아이에게 신문뭉치를 쥐어주며 거리로 나가게 했을까요. 어쩌면 삶은 의지나 선택에 의해서가 아니라 가혹한 조건이 이끌어 가는 것인지도 모르겠습니다. 그런 점에서 《죽음의 수용소》를 쓴 빅터 프랭클의 "삶에게 질문하지 말고 삶이 던지는 질문에 대답하시오"라는 말은 맞는 말인 것 같습니다. 왜 나에게 이런 시련이 왔냐고 묻기보다 지금의 상황이 나에게 요구하는 것에 답하라는 뜻이겠지요. 러셀의 엄마는 삶이 던지는 질문에 이렇게 답했을 것입니다. "나는 내 자식들을 잘 키워야 한다." 자식을 성공시키겠다는 삶의 목표가 없었다면 러셀의 엄마는 그 힘들었던 시간을 살 수 있었을까요? 어쩌면 우리는 일부러라도 의미와 목적을 만들지 않으면 살아갈 수 없는 존재인지도 모릅니다.

부정적인 감정의 덩어리에서 자유로워지기

두 번째로 소개하는 자서전은 《바늘땀》입니다. 저자는 데이비드 스몰이라는 그림책 작가입니다. 국내에도 널리 알려진 《리디아의 정원》, 《도서관》 등을 쓴 작가입니다. 만화 형식의 자서전인데 이런 장르를 '그래픽 노블'이라고 합니다. 어떤 독자들은 이 책을 읽은 후 며칠간 잠을 이루지 못했다고 말하기도 합니다. 상당히 충격적인 내용을 담고 있기 때문이지요. 《바늘땀》이라는 제목에서 느껴지듯이 이 책에는 비정한 부모와 그의 불행했던 어린 시절이 담겨 있습니다.

작가는 육십 대가 되어 담담하게 지난날의 이야기를 들려주고 있지만, 우리는 책을 보는 동안 몇 번이고 멈추어 한숨을 쉬고 아린 가슴을 쓸어내리게 됩니다. 가장 받아들이기 힘든 부분은 "네 엄마는 너를 사랑하지 않는단다"라는 대목일 것입니다. 저는 이 문장을 "네 엄마는 너를 사랑할 수 없단다" 또는 "네 엄마는 너를 사랑할 능력이 없단다"로 바꾸는 게 어떨까 하고 생각했습니다. 저자의 엄마도 불행한 어린 시절을 보냈고 그것이 어쩔 수 없이 저자에게로 이어진 것이니까요. 앞에서도 말했듯이 우리는 누군가를 사랑할 역량을 갖추지 못한 채 결혼을 하고 자식을 기르기도 합니다.

저자가 책에서 알려주었듯이 불행이 계속 불행으로 대물림되지 않도록 하려면 불행을 잇지 않겠다는 결단이 필요합니다. 지구상의 생명체 중에 부모로부터 영향을 받지 않은 사람은 없습니다. 하지만 우리가 부모로부터 받은 부정적인 에너지나 감정을 어떻게 받아들일 것인가는 필연적으로 내가 결정할 일입니다. 보통 실제 겪은 사실보다 그 사실을 해석한 부정적인 감정들이 눈덩이처럼 커져 있는 경우가 많습니다. 그런 감정의 덩어리들이 상처라는 이름으로 몸과 마음속에 들어 있는 것이지요. 엄밀하게 말하면 그 감정은 내가 만든 감정의 집인 것이지요. 저자는 열일곱 살 때 상담 선생님의 "네 엄마는 너를 사랑하지 않는다"라는 말을 듣는 순간 오히려 그 사실을 받아들이고 그때부터 새 삶을 살게 됩니다. "엄마는 나를 사랑해야만 하는 사람이다"는 생각에서 벗어나자 오히려 그것에서 자유로워졌습니다. 불행하다고 느끼던 감정 덩어리가 녹자 드디어 불행하게 살아온 엄마의 삶이 보였고 엄마를 용서할 수 있었지요.

인생에 한 번쯤은 아주 진실한 고백을

일기 쓰기나 나의 자서전 쓰기가 부담스럽고 힘들 때 다른 사람의 자서전을 읽으면, 마치 남의 일기를 보는 듯한 새로운 감동을 느낍니다. 특히 앞에서 소개한 작가들의 자서전을 읽을 때 그렇지요. 보통 자서전이라고 하면, 성공한 기업가나 정치인이 자신의 업적이나 성취에 대해 쓴 것을 떠올리지만, 본래의 가치에 비추어 보면 자서전은 '한 인간의 진실한 인생 고백'입니다.

그런 의미에서 《백범일지》의 감동을 마지막으로 이야기하고 싶습니다. 제게는 민족주의나 애국심보다 김구 선생이 삶의 위기마다 어떻게 대응했는지, 또 가족이나 친구 등 주변 사람들과 어떻게 지냈는지를 살펴보는 게 더 의미가 큽니다. 저의 마음에 남은 부분은 김구 선생의 마지막 로맨스입니다. 1933년, 당시 57세였던 김구 선생은 일제의 집요한 추적을 피해 광동사람 장진구로 위장하고 숨어 지내며 주애보라는 스무 살을 갓 넘긴 처녀 뱃사공을 만납니다. 그녀는 김구 선생이 일본 경찰에 쫓길 때 배를 타고 운하를 돌면서 경찰을 따돌린 지혜로운 여성이었지요. 일본의 폭격 아래, 난징에서 주애보와 김구 선생은 사실상 부부처럼 살았다고 합니다.

김구 선생은 해방 후 주애보의 사진을 한 장 들고 왔습니다. 평소 주애보를 언급할 때마다 애틋한 심정을 표출했는데, 헤어질 때 다시 만날 줄 알고 돈도 넉넉히 주지 못해 참으로 아쉽다고 여러 번 토로했지요. 평생 일제에게 쫓기고 거친 삶을 살아온 김구 선생으로서는 주애보와의 사랑이 어떤 의미였는지 짐작하기 어렵지만 주애보가 김구 선생에게 선물 같은 사람이었다는 것은 분명해 보입니다.

이렇게 역사적으로 알려진 유명한 일화 외에 그 사람의 연애나 사랑, 친구관계, 인생에서의 위기 등에 대해 새롭게 알게 될 때, 우린 또 다른 감동과 동질감을 느낍니다. 그런 것들이 궁금해 찾아 읽게 되기도 하지요. 그들 또한 뜨거운 심장을 가진 약한 인간이었다는 것을 확인하고 싶어서일까요? 자서전 읽기는 결국 타인을 통해 나를 만나는 일임을 새삼 깨닫습니다.

읽을 책

《성장》
러셀 베이커 지음, 송제훈 옮김, 연암서가, 2010.

《바늘땀》
데이비드 스몰 지음, 이예원 옮김, 미메시스, 2012.

함께해야 할 때와 분리되어야 할 때를 알게 되다

: 타인과 나 사이에 필요한 '틈' 이해하기

Chapter 3

우리는 과연 사랑할 줄 아는 걸까?

제 나이 마흔 다섯 살 봄에 어머니를 잃었습니다. 어머니를 보내드리고 사흘 후 아주 선명한 꿈을 꾸었습니다. 길에 한 만삭의 여인이 주저앉아 있었고, 그 여인은 곧 아기를 낳았습니다. 그리고 탯줄이 딸려 나왔지요. 곁에 있던 나는 '가위로 잘라주어야 하는데' 하면서 두리번거리다가 꿈에서 깨어났습니다. 잠에서 깨어나서 든 생각은 '아, 이제 엄마에게 의존하던 심리적 탯줄을 끊어야 한다는 뜻이구나!' 하는 것이었습니다.

아기는 태어날 때 엄마와 연결된 탯줄을 끊고 분리됩니다. 아기는 자신이 결코 선택하지도 않은 불확실한 세계로 던져진 존재입니다. 아무런 힘도 없는 무력한 아기는 분리에서 오는 불안에서 벗어나려고 타인에게 의존합니다. 처음에는 의

존함으로써 그 상대와 신뢰를 형성하고 관계를 맺습니다. 하지만 점차 적극적으로 관계 맺기를 시도할 줄도 알게 되지요. 이렇듯 사람은 타인과 진정한 관계를 맺을 때 불안이 해소되고 행복감을 느낍니다. 그것이 바로 사랑입니다. 우리는 사랑함으로써 살아갑니다.

누구나 한 번쯤은 보았을 책, 《사랑의 기술》에서 에리히 프롬은 사람들은 대부분 진짜 사랑이 아니라, 사이비 사랑을 한다고 말합니다. 그는 이 사이비 사랑을 '확대된 이기주의'라고 표현합니다. 즉 사람들은 자신이 사랑하는 대상만을 사랑한다는 것이지요. 사람들은 '너만을 미친 듯이 사랑해'라는 말을 듣고 싶어 하지요. 하지만 '너만을 사랑하는' 이런 사랑은 '너 외에 다른 사람'을 밀어내게 됩니다. 이는 나만을 사랑하는 이기주의가 너만을 사랑하는 이기주의로 확장된 것에 불과합니다. 그래서 에리히 프롬은 사랑은 특정 대상에게만 배타적으로 행사되는 것이 아니라, 세계 전체와의 관계를 결정하는 태도의 문제라고 말합니다. 사랑의 기술을 연애의 기술이라고 생각하고 책을 읽기 시작한 독자라면 이쯤에서 머리가 복잡해집니다. 책을 덮게 되는 순간이지요.

에리히 프롬은 또 오늘날의 사랑은 '획일화'된 사랑이라고 주장합니다. 이는 아기가 엄마랑 분리되면서 생기는 불안을 오직 의존을 통해서 해소하려는 것과 같습니다. 우리는 누군가와 한 몸이 되어 있기에 외롭지 않다고 생각하는데, 사랑한다는 명목하에 타인과 동일하게 생각하고 행동하려고 하는 것이 그것입니다. 심지어 사랑한다는 이유로 내 의견을 강요하거나, 사랑하는 사람의 의견에 무조건 따르기도 합니다. 이는 고립과 분리의 불안을 피하려는 일종의 도피입니다. 누군가와 같아지는 것으로 외로움을 해소한다면, 그 관계가 깨졌을 때 어떤 일이 생길까요? 최근 심각한 문제가 되고 있는 데이트 폭력이나 이별 살인 같은 일이 발생할 수도 있겠지요.

이런 사이비 사랑의 극단적인 형태가 바로 독일 나치가 유대인 학살을 거듭할 때 침묵했던 독일인들의 사랑이라고 프롬은 말하고 있습니다. 당시 독일인들은 자신이 타인을 배려하고 사랑한다고 믿었지만 그것은 확대된 이기주의에 불과했습니다. 그들이 사랑한 것은 내 가족, 내 민족뿐이었습니다. 그래서 독일의 유대계 목사 마르틴 니묄러가 쓴 시처럼 독일인들은 나치가 공산주의자를 학살할 때 자신이 공산주의자가 아니라는 이유로 침묵했고, 사회주의 당원, 유대인들이 학살될 때도 그들이 자신의 가족이나 민족이 아니기에 침묵했습니다. 내 핏줄, 내 고향 사람에게만 배타적인 사랑을 하고 있다면 확대된 이기주의, 즉 획일적 사랑을 하고 있다고 볼 수 있겠죠.

프롬은 또 자본주의 사회에서 사랑이 물건을 사고팔 듯이 소비되고 있다고 지적합니다. 사람들은 진정한 사랑을 하는 게 아니라 미디어를 통해 재현되는 환상적인 사랑의 구경꾼이 되어버렸습니다. 그러다 보니 점점 더 진정한 사랑으로부터 멀어지고 있습니다. 백일몽처럼 상상 속에서는 손쉽게 사랑을 하지만 상대를 직접 만나게 되면 얼어붙고 맙니다. 왜냐하면 드라마나 영화에서는 아름다운 사랑의 모습만을 보여줄 뿐 어떻게 하면 그런 사랑을 할 수 있는지 알려주지 않기 때문입니다. 대중매체에서 보여주는 환상적인 사랑에 익숙한 나머지 우리는 직접적인 사랑에는 미숙하고 실패합니다. 그리하여 직접적인 사랑은 포기하고 사랑이라는 상품을 구매하는 쪽을 선택하지요.

그런가 하면 이제 사람들은 사랑도 저울에 달아서 그 가치를 가격으로 환산합니다. 어떤 사람이 미인이고 매력적인지, 어떻게 사랑을 표현하는 것이 더 멋진 사랑인지가 표준화되고 있습니다. 그리하여 사랑을 쟁취하려면 우리는 더 매력적인 사람이 되어야 합니다. 열심히 몸매를 가꾸고 성형을 하여 자신을 매력적인 상품으로 만들어 사랑이라는 시장에 내놓게 되는 것이지요. 자신이 표준화된 매력 점수에 미치지 못하면 못난 사람이고 능력 없는 사람이라고 우리는 생각하게 되었습니다.

에리히 프롬은 사람들이 이처럼 사이비 사랑을 하게 된 것은 사랑의 본질을 잘못 알고 있기 때문이라고 말합니다. 사람들은 사랑을 즐거운 감정으로 인식한다는 것이지요. 어떤 사람에게서 느끼는 즐겁고 황홀한 감정을 사랑이라고 믿는다는 것입니다. 그래서 사랑을 하면 늘 그런 상태가 되어야 한다고 생각합니다. 즐거운 감정이 식으면 사랑도 식은 것이지요. 하지만 에리히 프롬에 따르면 이런 감정은 로맨스이지 사랑이 아닙니다. 이런 로맨스는 열정이 식으면 그 수명을 다하고 맙니다.

내가 먼저 누군가를 사랑한다는 건

오래전에 부부성장프로그램에 참여한 적이 있었습니다. 가정과 결혼의 의미, 부부 대화법 등을 배웠던 기억이 납니다. 인상 깊었던 것은 프로그램을 지도한 강사의 스토리였습니다.

결혼하고 시댁에서 첫 제사를 지낸 날이었습니다. 가뜩이나 낯설고 긴장하여 피곤한데, 시어머니는 며느리에게 잘 가르쳐주어야겠다는 생각으로 이것저것 잔소리를 많이 하셨습니다. 제사 준비를 하는 내내 손 하나 까딱하지 않고 놀기만 하던 남편과 달리 새댁은 녹초가 되고 말았지요. 피곤한 몸으로 돌아오는 차 안에서 새댁은 남편으로부터 "고생 많았어"라는 말을 듣고 싶었습니다. 그런데 남편이 "봤지? 나한테 잘해! 울 엄마 무섭다"라고 말하는 겁니다. 그 순간 눈앞이 캄캄해지면서 이 남자랑 앞으로 한세상 어떻게 살아야 하나 하는 생각에 암담했다고 합니다.

그 후로도 그 부부는 많이 싸우고 몇 번이나 이혼 위기에 처하기도 했습니다. 그러던 중 그녀는 부부학이라는 공부를 하게 되었고, 부부가 사랑하며 살아가는 방법을 가르치는 강사가 되었다고 합니다. '부부가 서로를 사랑하는 기술'이란 결국 상대방의 처지와 감정을 이해하고 공감하며 말로 표현하는 것입니다. 이렇게 한 문장으로 요약할 수 있는 사랑의 기술이 왜 이리 실천하기가 어려운 걸까요? 앞에서 에리히 프롬이 말한 대로 사랑에 대해 갖고 있는 우리의 '생각'이 서로에게 많은 걸 요구하고 기대하기 때문일 것입니다. 내가 양보하고 배려하고 희생한 만큼 상대방도 보답을 해주는 것이 도리이고, 그것이 사랑을 나누는 것이라고 여기기 때문이지요. 어떤 부부는 각자 자기 역할을 잘 해내는 것이 서로를 존중하고 사랑하는 방법이라고 생각하기도 합니다. 그러다가 상대방이 자기 기대에 못 미치거나 이해하기 힘든 행동을 하면 자기를 무시하고 있다고 판단해 화를 냅니다. "나는 너를 그토록 아끼고 사랑하는데, 너는 왜 나를 사랑하지 않고 도리어 무시하는 거야?"라면서 말이지요.

부부성장프로그램을 통해 제가 배운 것은 상대방에게 내가 원하는 방식대로 사랑해달라고 해서는 안 된다는 것이었습니다. 내 식대로 나를 사랑해달라고 하는 것은 어린아이가 부모에게 떼쓰는 것과 다름없는 행동입니다. 진정한 사랑이란 상대방을 기쁘게 수용하고 환대하는 태도입니다. 사랑에 기술이 있다면 그것은 상대방이 사랑을 느끼도록 하는 기술일 것입니다. 이탈리아의 성인 돈 보스코가 "사랑하는 것만으로는 부족합니다. 사랑받는다고 느끼게 하십시오."라고 말한 것이 그것입니다. 상대방에게 내 진심이 통하게 하는 것이 바로 그것입니다. 진심이 통하면 상대방도 변합니다. 상대방이 나에게 충고를 하더라도 그가 자신을 아끼고 사랑한다는 것을 알기 때문에 그의 충고를 받아들입니다. 만약 상대방의 진심을 알지 못하여 내친다면 그것은 불행한 일이 됩니다. 왜냐하면 진짜 사랑을 잃었기 때문입니다. 그러므로 사랑받고 싶다면 내가 먼저 그를 사랑해야겠지요.

읽을 책

《사랑의 기술》
에리히 프롬 지음, 황문수 옮김,
문예출판사, 2000.

마음을 쏟은 만큼
사랑이 정직하게 지속된다면

백만 년이나 죽지 않은 고양이가 있었습니다. 정말 멋진 얼룩 고양이였지요. 백만 명의 사람이 그 고양이를 귀여워했고, 백만 명의 사람이 그 고양이가 죽었을 때 울었다지요. 그런데 고양이는 단 한 번도 울지 않았습니다. 한때는 왕의 사랑을 받았지만 고양이는 왕을 사랑하지 않았습니다. 한때는 뱃사람의 고양이로, 한때는 서커스단 마술사의 고양이로, 한때는 도둑의 고양이로, 한때는 홀로 사는 할머니의 고양이로, 한때는 어린 여자아이의 고양이로 사랑을 받았지만, 고양이는 그들을 사랑하지 않았습니다. 그러다가 고양이는 비로소 자기만의 고양이가 되었고, 자기를 좋아했습니다. 그 후 고양이는 하얀 고양이를 사랑하게 되었습니다. 둘은 사랑하여 새끼들을 낳았습니다. 고양이는 하얀 고양이 곁에 오래오래 머물고 싶었지요. 하지만 어느 날 하얀 고양이가 세상을 떠나게 되었습니다. 고양이는 처음으로 울었습니다. 날마다 백만 번이나 울었지요. 그리고 어느 날 죽어서 하얀 고양이 곁에 묻혔습니다. 그리고 두 번 다시 태어나지 않았답니다.

이 이야기는 사노 요코의 그림책 《100만 번 산 고양이》의 줄거리입니다. 이야기 속에서 고양이는 비로소 자기만의 고양이가 되었을 때 자기를 좋아합니다. 그리고 하얀 고양이를 만나게 됩니다. 백만 번이나 태어났지만 자기가 사랑했던 고양이는 딱 하나뿐이지요. 백만 번 중에 딱 한 명이라니! 더구나 하얀 고양이를 잃고 나서 펑펑 우는 장면에서는 그림책 속으로 들어가 고양이를 안아주고 싶을 정도입니다. 얼마나 그녀를 사랑했으면 고양이는 다시 태어나지도 않았을까요? 그녀가 없는 세상에서는 더 이상 살고 싶지 않을 만큼 그녀를 사랑한 고양이, 과연 그토록 뜨거운 사랑이란 무엇일까요?

중년기에 로맨스 소설을 즐기는 분이 꽤 많습니다. 요즘은 동네 도서대여점이 거의 없어졌지만, 작년까지만 해도 제가 사는 동네에 도서대여점이 있었고, 거기서 사람들이 가장 많이 대여해간 분야는 단연 로맨스였습니다. 《해를 품은 달》 같은 책들은 대인기였지요. 이 소설은 드라마로도 만들어져 유명해졌습니다. 저도 몇 권 빌려보았는데 밤늦게까지 책을 덮을 수 없을 만큼 재미났습니다. 요새는 종이책보다 전자책으로 로맨스 소설을 보는 분들도 꽤 많은 것 같습니다.

그렇다면 이런 원초적 본능과도 같은 '로맨틱 러브'가 진정한 사랑일까요? 첫눈에 반한 '그녀' '그'와 평생을 함께할 수 있을까요? 《We》는 이 점에 대해 매우 흥미로운 지혜를 줍니다. 저자 로버트 A. 존슨은 스위스 융연구소에서 공부를 한 미국의 정신분석가입니다. 그는 오늘날 "서구인들의 정신에서 가장 커다란 에너지 체계를 지니는 것이 바로 로맨틱 러브이다"라는 문장으로 책을 시작합니다. 그는 이 로맨틱 러브가 삶의 의미나 초월성, 온전성, 그리고 황홀경을 추구한다는 점에서 종교를 대신하고 있다고 말합니다. 오로지 '로맨틱 러브'만이 진정한 사랑이라고 생각한다는 것이지요.

그는 로맨틱 러브는 '사랑'의 한 형태로서 신념과 이상과 태도와 기대가 전부 결합되어 있는 심리학적 꾸러미인데, 이 안에는 종종 무의식의 상호 모순되는 것들이 공존하고, 우리가 미처 깨닫지 못한 상태에서 우리 자신의 행동이나 반응을 지배한다고 말합니다. 한마디로 말하면 오늘날 수많은 현대인들은 이 '로맨틱 러브'라는 사랑에 심적 지배를 당하고 있는 셈인데, 그 지배 아래에서 무엇을 어떻게 해야 할지는 모르고 있다는 뜻입니다.

사랑을 의심하라

흔히 '사랑에 빠졌다'라고 말하는데, 이는 누군가를 사랑한다는 말과는 다릅니다. 사람들은 사랑에 빠지면 삶의 궁극적인 의미를 발견했다고 생각합니다. 드디어 잃어버린 반쪽을 찾은 느낌이 들고 삶이 완전해졌다고 믿게 되며, 평범하던 삶이 높이 고양되어서 온전해졌다고 느낍니다. 이런 느낌 덕분에 '진정한 사랑'을 한다고 확신하게 된다는 것이지요. 그리고 이러한 확신으로 인해 상대방에게 무의식적으로 '나에게 이렇게 해주어야 한다'고 요구하게 됩니다.

저자는 이런 로맨틱 러브를 최고의 사랑으로 추정하는 것 자체가 독선이라고 주장합니다. 그리고 현실 안에서 이러한 로맨틱 러브는 잘 적용되지도 않는다는 사실을 인정해야 한다고 말합니다. 즉 로맨틱 사랑에 대한 기대가 클수록 그런 사랑을 못하고 있다는 생각 때문에 외로움과 소외감 좌절감을 느끼면서 살아간다는 것입니다. 그리고 우리는 그런 사랑에 실패할 경우 상대방을 비난합니다. 그러니까 상대방이나 관계에 바라는 요구 또는 기대와 같은 무의식적인 태도를 바꾸어야 하는 사람은 바로 나 자신인데, 사람들은 거기까지 생각이 미치지 못하는 것이지요.

저자는 로맨스만이 진정한 사랑이라고 믿는 서구인들의 낭만적인 생각에 의구심을 던지면서, 인도의 전통적인 힌두인 혼인에서 남편이 아내에게 헌신하는 것은 '사랑에 빠지는' 것과는 상관이 없다고 말합니다. 처음부터 사랑에 빠진 적이 없기 때문에 '사랑에서 빠져나오는 일'도 없는 것이지요. 아내와의 관계에서는 그대로 아내를 사랑하지, 자신의 이상을 아내에게 투사하여 사랑하지 않는다는 것이지요. 여기서 투사projection란 각자의 내면에 있는 무의식적 요소를 외부의 다른 사람이나 사물에 옮겨 자신을 거울처럼 비추어보게 되는 심리학적 기제입니다. 따라서 이런 관계는 어느 날 갑자기 '더 이상 당신을 사랑하지 않는다'라거나 다른 여자를 더 사랑하게 되었다는 식으로 무너지지 않습니다. 남편이 자신의 투사에 혼신을 다하는 게 아니라 한 여자와 가정에 헌신하기 때문입니다.

로맨틱 러브 신화에서 알려주듯이 사랑의 묘약은 3년 동안만 영향을 미친다고 합니다. 그러므로 저자는 로맨틱 러브가 끝나는 순간이 상대를 진정으로 사랑하기 시작하는 바로 그때라고 말합니다. 어떤 나라에서는 두 부부가 자식을 낳아 성년이 될 때까지 길러서 분가한 후에 비로소 그들의 진정한 결혼 생활이 시작된다고 믿는 관습이 있다고 들었습니다. 《신화와 인생》을 쓴 신화학자 조지프 캠벨은 많은 부부가 자식이 성장하여 집을 떠나면 헤어진다고 말합니다. 그 이유는 그동안 부부가 서로 자신의 욕망을 투사하고 필요에 의해서만 살아왔기 때문이라는 것이지요. 조지프 캠벨에게 있어서 결혼생활은 '성장을 위한 신화의 과정'입니다. 그리고 저자 로버트 존스는 사랑의 연금술사가 되어 로맨스를 다른 차원의 사랑으로 성장시켜나가야 한다고 강조합니다. 그가 보기에 사랑의 핵심은 나의 행복을 위해 타인을 이용하는 것이 아니라 사랑하는 사람에게 봉사하고 긍정하는 것이기 때문이죠.

결혼생활은 성장을 위한 신화의 과정이어야 한다고 한 조지프 캠벨과, 사랑의 연금술사가 되라는 로버트 존슨의 말은 중년의 사랑, 중년의 결혼생활이 어떠해야 하는지 우리에게 통찰해보게 합니다. 중년기 부부나 연인이 겪을 수 있는 무관심과 권태, 위기, 갈등을 어떻게 서로의 성장을 위한 신화로 엮어갈 수 있을까요? 어떻게 하는 것이 사랑의 연금술인지는 저도 잘 알지 못합니다. 다만 분명하게 말할 수 있는 건, 책읽기가 큰 도움이 된다는 것입니다. 이런저런 책들을 읽다 보면 일상의 관계들에서 생겨난 이런저런 감정들과 반복되는 문제점

등을 헤아려보게 됩니다. 남편과 말다툼을 하거나 의견대립으로 마음이 불편할 때면 혼자 책장에서 이 책 저 책을 꺼내어 예전에 읽었던 구절들을 찾아봅니다. 그렇게 하다 보면 놀랍게도 제 마음을 마치 알고 있는 듯이 지혜를 주는 글귀를 만나곤 합니다.

책에서 본 문장이 당장 내가 고민하고 있는 문제를 해결해주지는 않지만, 실마리를 제공해주는 경우는 많습니다. 그럴 때 있지요? 인간관계 갈등으로 인해 생각이 많을 때 우연히 펼친 책에서 "놓아버리세요!"라는 글귀를 보고 아, 이거네 하면서 격하게 긍정하는 일이 있습니다. 믿기지 않겠지만 그런 일은 제게 자주 일어나는 일입니다. 이런 이유 때문에 저는 책 속에 지혜가 있다, 책 속에 길이 있다, 책이 스승이다, 책이 치유를 가져다 준다 같은 말을 굳게 믿고 있습니다.

읽을 책

《100만 번 산 고양이》
사노 요코 지음, 김난주 옮김,
비룡소, 2002.

《We》
로버트 A. 존슨 지음, 고혜경 옮김,
동연출판사, 2008.

나이 듦에는 '품위' 이상의 '유쾌함'이 필요하다

"내일 지구에 종말이 온다 해도 나는 오늘 한 그루의 사과나무를 심겠다. 그 길에서 꿈을 꾸며 걸어가리라"라는 유명한 말을 한 사람은 철학자 스피노자라고 하지요. 스피노자는 어떤 삶을 살았기에 이렇게 멋진 말을 했을까요? 그는 평생 고독한 삶을 살았다고 합니다. 유대교 교리를 비판했다는 이유로 스물셋의 나이에 유대교에서 파문을 당했기 때문입니다. 그는 가족과도 인연을 끊어야 했고, 친척들은 그의 재산을 몰수하려고 했으며, 친구들은 자신들의 안위를 위해 그를 모른 척했습니다.

그는 안경 렌즈를 갈며 일생을 보냈습니다. 매일 고독을 견디며 안경알을 갈고, 책을 쓰고 철학자들과 서신으로 의견을 교환했습니다. 철학하는 자유만큼은 누구의 방해도 받지 않고 할 수 있었지요. 그가 보기에 자유인과 노예 사이에 존재하는 결정적인 차이는 '좋음'과 '나쁨'을 구별하는 존재가 누구냐 였습니다. 스피노자는 자유인을 '좋음을 구별할 수 있는 능력을 가진 사람'이라고 봤습니다. 스스로 자기 일의 주인인 사람, 그만이 그 일의 의미를 알고 있으며, 남에게 휘둘려서 생각하는 사람이나, 사람들이 생각하는 걸 맹목적으로 따라서 생각하고 행동하는 사람들은 구별의 능력이 없는 사람이지요.

스피노자는 우리 삶에서 정말 중요한 것은 우리가 우리 자신에 대해 알아야 하는 것이라고 말합니다. 일단 우리는 우리의 몸에 대해 잘 알아야 합니다. 지금 우리의 능력은 어느 정도인지, 우리 삶은 어떤 상태에 있는지 능력을 키우려면, 좋은 삶을 살려면 누구와 어떻게 만나야 하는지 알 필요가 있습니다. 삶의 능력자는 우선 자기 자신을 긍정하는 것, 자기 기쁨과 능력(힘)에서 출발하는 사람입니다. 그리고 자기 자신을 긍정하기 위해서 우리는 타인을 필요로 합니다. 그래서 우리는 나에 대해 좋은 이야기를 해주는 친구가 필요합니다. 또한 내가 누군가에게 그런 사람이 되어주어야 하지요.

스피노자에 따르면 아무리 작더라도 자신의 능력에서 시작하는 자만이 그 능력의 확장을 이룰 수 있다고 합니다. 아무리 힘든 상황에서도 자신이 무엇을 할 수 있는지부터 생각하는 훈련이 필요합니다. 그때만 우리는 자신의 능력을 키워나갈 수 있습니다. 물론 좋은 삶을 만들려면 개인의 힘만으로는 한계가 있습니다. 우리는 환경의 영향을 끊임없이 받습니다. 좋은 환경이란 바로 좋은 사람들입니다. 그러므로 우리에게 기쁨을 주는 존재들을 조직할 필요가 있습니다. 나아가 우리를 슬프게 하는 존재들이 더 이상 우리를 슬프게 할 수 없도록, 아니 반대로 우리를 기쁘게 할 수 있도록 변화시키는 힘(기술)이 필요합니다.

우리 스스로 기쁘게 살기 위해서 기쁨을 주는 존재들을 조직하자는 그의 말이 정말 신선하게 다가옵니다. 우리는 자주 외부의 조건이나 환경들을 탓하고 불평을 쏟아내곤 합니다. 누구 때문에, 무엇 때문에 제대로 일을 할 수 없고 괴롭다면서 말이지요. 사람도 환경도 결국 안 바뀔 거라는 생각이 굳어버리고, 나이가 들어 중년이 되면 노력을 해봐도 소용없다는 식의 냉소주의가 만연합니다. 그리고 어느샌가 자신도 그런 환경의 일부가 되고 말지요.

어떻게 하면 우리가 머물고 있는 공간을 활력과 기쁨의 공간으로 창조할 수 있을까요? 시인 류시화가 쓴 《새는 날아가면서 뒤돌아보지 않는다》라는 책에서 읽은 내용이 생각납니다. 어느 여행자가 인도를 여행하던 중에 심하게 덜컹거리는 버스를 탄 적이 있었습니다. 버스가 울퉁불퉁한 비포장도로를 달릴 때마다 한 번씩 머리가 천장에 쾅 하고 부딪쳤고, 당연히 머리가 몹시 아팠습니다. 그런데 함께 탄 사람들이 머리가 천장에 부딪칠 때마다 크게 소리 내서 웃더라는 겁니다. "이렇게 아픈데 왜 웃는 거요?"라고 물었더니 사람들 말이 그렇게 하면 덜 아프다는 겁니다. 말도 안 되는 소리라고 했더니 그에게 자꾸 해보라고 해서 그는 속는 셈 치고 따라서 웃어봤더랍니다. 그랬더니 정말로 머리가 덜 아팠다고 하네요.

저는 이 장면을 머릿속으로 상상하면서 크게 웃었습니다. 아픔의 순간을 웃음으로 바꿀 줄 아는 그들의 지혜가 놀라웠습니다. 그리고 저자가 말한 "정원사가 있는 곳에 정원이 있다"라는 말에도 깊은 감동을 받았습니다. 그러면서 얼마 전에 읽었던 《자존감은 어떻게 시작되는가》라는 책이 떠올랐습니다. 저자인 에이미 커디는 하버드 대학의 사회심리학 교수입니다. 그는 마음이 몸을 바꾸듯 몸이 마음을 바꾼다고 주장합니다. 그것도 잠시 동안 자세를 바꾸는 간단한 행동만으로도 그것이 가능하다는 것이지요. 마치 덜컹거리는 버스 안에서 웃는 것만으로 아픔을 덜 느꼈던 것처럼 말이지요. 그가 말하는 우리의 마음을 바꾸는 자세도 매우 간단합니다. 그 자세는 허리에 손을 얹고 원더우먼처럼 당당하게 서 있기, 책상에 다리 올려놓기, 한쪽 다리를 올리고 앉아 손을 머리 뒤로 하기 등입니다.

관계의 무게에 짓눌리지 말고 지혜로워지기

프레즌스presence는 어떤 순간에도 있는 그대로의 나로 존재하는 마음 상태, 그 순간에 현존한다고 느끼는 생생함이나 그런 힘을 말합니다. 이는 외부의 시선이나 평가에도 의연하게 스스로를 지지하고 받아들이는 것, 자존감 그 이상의 힘을 의미하기도 합니다. 그러니까 그 힘은 세상이 돈이나 권력, 성적, 외모를 가지고 자신을 평가하더라도 거기에 압도당하지 않으면서 자신을 인정하고 자신이 하고자 하는 것을 이루기 위해 표현할 줄 아는 힘입니다. 실전에서 '까짓거 뭐'라는 마음가짐으로 최선을 다하면 된다는 그런 자세입니다.

저자는 심리학자로서 어떤 사람들이 중요한 순간에 자신의 내적 힘을 당당하게 드러낼 줄 아는지 연구했습니다. 저자는 면접을 보러 온 수백 명의 태도를 관찰했습니다. 면접 장소에 들어올 때 허리를 펴고 당당하게 들어와서 자리에 앉아 면접관의 눈을 맞추는 사람과 구부정한 자세로 들어와서 구석에 앉는 사람 중에서 면접관은 당연히 당당한 사람을 뽑았습니다. 그 사람과 대화를 해보기도 전에 이미 뽑을 사람을 결정한 것이죠.

저자가 해본 많은 실험에 따르면 우리 몸의 근육 움직임은 뇌에 전달되고 뇌는 이에 반응해 신경물질을 분비합니다. 즉 우리가 그냥 큰소리로 웃기만 해도 뇌는 기분 좋은 물질을 내게 됩니다. 행복해서 웃는 것이 아니라 웃으니까 행복해진다는 말이 입증된 것입니다.

개그맨 이윤석이 쓴 《웃음의 과학》에서도 웃음이 가져다주는 효과에 대해 말하고 있습니다. 여러 연구에 따르면 사람들은 농담이나 유머의 내용보다는 다른 사람이 웃기 때문에 따라 웃는 경우가 훨씬 많다고 합니다. 오랜 진화 과정에서 배운 대로 다른 사람에게 공감해 좋은 관계를 맺고자 따라 웃는다는 것이지요. 또한 웃음이 치료제라는 것은 이미 널리 알려진 사실입니다. 그러므로 건강을 위해서라도 여러 사람들과 큰소리로 웃는 것은 매우 좋은 일이지요.

스피노자의 조언과 류시화 시인, 에이미 커디 교수의 조언을 종합해보면 자신을 기쁘게 만들기 위해서 좋은 사람들, 긍정적인 사람들을 만나서 자주 웃게 되면 우리는 즐거운 공간을 창조할 수 있습니다. 스피노자가 말한 대로 우리는 인생이라는 감정의 곡예사이면서 감정의 조율사가 되어야 합니다. 인간관계의 무게에 짓눌리지 않도록 내적, 외적 공간을 조직하고 창조하는 지혜를 우리 것으로 만들어야 합니다. 그래야 우리의 평화를 훼손하지 않으며 살아갈 수 있을 테니까요.

읽을 책

《새는 날아가면서 뒤돌아보지 않는다》
류시화 지음,
더숲, 2017.

《자존감은 어떻게 시작되는가》
에이미 커디 지음, 이경식 옮김,
알에이치코리아, 2017.

내 감정을 정면으로 응시할 때 희망이 있다

오십 중반의 여성 이야기입니다. 그는 십 년 전에 이혼을 했습니다. 합의 이혼이 되지 않아 소송을 했습니다. 그런데 남편은 경제적으로 부유한데도 양육비를 제대로 주지 않았습니다. 부인 입장에서는 남편이 일부러 부인을 미워하고 괘씸하게 여겨 골탕을 먹이려고 그러는 것으로 생각이 들었습니다. 드라마에서 보았듯이 이혼소송의 과정은 소송에서 이기려는 부부의 진흙탕 싸움입니다.

이래저래 헤어지고 이혼하고 소송을 하는 데 십 년의 세월이 흘렀습니다. 그는 사춘기 아이들과 씨름하고 소송에 신경 쓰느라 몸과 마음이 모두 지쳐버렸습니다.

"다시 십 년 전으로 돌아간다 해도 이혼을 했겠지만, 소송은 하지 않을 거예요. 미워하고 원망하며 보낸 지난 세월이 너무 억울해요. 왜 나는 십 년 전 이혼할 때 지금 같은 생각을 못했을까요?" 그 물음에 답을 한다면 십 년 전의 나와 지금의 나는 다르다고 말하고 싶습니다. 십 년 전의 문제 해결 역량과 지금의 역량이 너무나 다르기 때문이지요. 그때 만약 미움과 분노를 인지하고 다스리는 역량이 있었다면 그녀는 아마 십 년 동안 소송으로 진행된 진흙탕에서 허우적대지 않았을 것입니다.

하지만 이제와 그걸 깨달았다고 해도, 지금 후회와 회한의 감정에 빠져 있어서는 안 됩니다. 그녀가 십 년 전에는 분노에 휩싸였다면 지금은 후회에 젖어 있습니다. 지금 할 일은 후회보다는 자신을 이해하고 다독이는 것입니다. 그때에는 나의 역량이 부족했던 것뿐이라고 과거의 자신을 인정해야 합니다. 어찌됐든 그런 시간들이 지금의 나를 이루었다고 다독거려주어야 합니다. 진흙탕 전쟁을 내 삶의 의미 있는 경험으로 재해석하는 것 또한 지금의 내 몫입니다. 후회라는 감정만으로는 삶의 에너지가 생겨나지 않습니다. 나를 더욱 비참하게 만들 뿐이지요.

"참으면 병이 되고, 폭발하면 업이 되고, 알아차리면 사라진다"

누가 한 말인지는 모르겠지만 고개를 끄덕이게 하는 말입니다. 활활 타오르는 분노의 감정으로 폭탄을 제조하여 투척하면 속이 시원할 것 같지만 오히려 그로 인해 원한과 복수심이 쌓여서 전혀 생각하지도 못한 엉뚱하고 무서운 결과가 발생하기도 합니다. 알아차린다는 것은 무엇을 말하는 걸까요? 어떻게 이글거리는 분노와 원한의 감정을 다스릴 수 있는 걸까요? 이런 고민을 하던 중에 철학자 스피노자에 대해 쓴 책을 만나게 되었습니다.

우리의 감정을 폭발시키기 전에

《욕망하는 힘, 스피노자 인문학》은 스피노자를 좋아하는 저자가 쓴 책입니다. 많은 사람들이 이타적인 것만을 선이라고 부릅니다. 그러나 스피노자가 보기에 자기를 버리고 오로지 타인을 위해서만 하는 행동은 숭고해 보일지 몰라도 윤리적인 행동은 아닙니다. 윤리적인 것은 자신에게 도움이 되는 것이자, 자기를 보존하는 것이어야 합니다. 그렇다면 우리는 이기적인 행동을 해야 하는 걸까요? 그런데 우리가 아는 좁은 의미의 이기주의자들은 이기적인 행동을 통해서 자기를 망칩니다. 진정으로 자기를 돌보는 법, 자기를 이롭게 하는 법을 모르기 때문이죠. 정말로 자기를 위해서 행동하는 사람은 눈앞의 이익에 어두워 자기 삶을 망치는 행동은 하지 않습니다.

스피노자가 항상 강조하던 '역량'이란, 자신이 원하는 욕망을 이루어낼 수 있는 능력입니다. 사람들이 가장 바라는 욕망이 사랑이라고 볼 때 여기서 역량은 바로 사랑할 수 있는 능력일 것입니다. 결핍의 정도 차이만 있을 뿐 사랑이라는 하나의 추가 움직이는 저울 위에서 사랑의 함량에 따라 사랑과 미움 사이를 오가며 고뇌할 뿐이라는 것입니다. 그런데 왜 우리는 사랑의 기쁨을 마다하고, 관계의 개선에 등을 돌리고 서로를 미워하고 증오하게 되는 걸까요? 저자는 그 이유로, 감정이 가진 폭발적이고 위협적이며 직접적인 위력 때문일 것이라고 진단합니다.

스피노자는 이런 감정의 직접적인 위력 앞에 인간은 대부분 무력할 수밖에 없다고 인정합니다. 어쩌면 우리가 살아 있는 한 삶의 매순간은 감정을 겪어내는 연속이라고 말할 수 있을 것입니다. 그렇다고 이런 감정의 위력 앞에 끌려 다녀서는 안 되겠지요. 감정의 노예가 되어서는 안 됩니다. 삶의 곳곳에 지뢰처럼 잠복해 있는 슬픔과 미움이라는 감정을 스피노자는 어떻게 사유했을까요? 저자는 스피노자가 분류한 경쟁심, 경외심, 경멸이라는 세 개의 감정 틀을 '미움의 삼중주'라고 부릅니다. 미움의 삼중주는 우리 삶 깊숙이 파고들어 있습니다. 사람들은 비교를 통해 남과 자신을 바라보는 경향이 있기 때문에 이런 비교에서 잉태되는 질투가 삼중주의 추를 움직이는 핵심적인 동력이 됩니다.

> 우리 도토리들은 자신과 비슷하다고 느끼는 도토리들 앞에서는 경쟁심을, 우리보다 뛰어나다고 생각되는 알밤 앞에서는 경외심을, 또 상대가 도토리에 미치지 못하는 좁쌀이라고 생각될 때는 경멸을 느낍니다. 경쟁심은 질투의 온상이며, 경외심은 질투를 포기한 상태이고, 경멸은 질투마저 아까운 대상을 향한 멸시입니다.

어쩌면 이렇게 적절한 표현을 할 수 있을까요? 문제는 경멸을 서슴지 않는 사람은 그만큼 쉽게 경외감에 사로잡힌다는 사실입니다. 이에 대해 스피노자는 이렇게 말했다고 합니다.

"가장 소심하고 겸손한 것으로 생각되는 사람들은 보통 강한 명예욕과 질투심을 갖는다."

"소심한 자는 오만한 자와 매우 가깝다."

"항상 자신을 낮추는 사람은 대개 높아지길 원하는 사람이다."

마지막 말은 니체의 말입니다. 그런데 경멸하는 자들은 상대의 약점을 정확히 파악하고 있습니다. 따라서 우리가 경멸의 대상이 되면 우리는 슬픈 감정에 휘둘리게 됩니다. 슬픈 감정에 빠질수록 경멸하는 자들은 우리에게 더 큰 지배자가 되고, 우리는 더 예속되겠지요. 누군가에게 함부로 다뤄지고 있다고 느낄 때 우리 삶의 의욕은 바닥으로 곤두박질칩니다. 저자 말대로 슬픔이 우리의 자존감을 생매장시키는 것이지요. 이 미움의 삼중주는 관계를 이루자마자 곧바로 시작되는 건 아닙니다. 서로에게 온갖 예의를 갖추며 알아가는 짧은 시간을 거친 후 우리는 서서히 경쟁심, 경외감, 경멸의 구도 속으로 들어가기 시작합니다. 짧은 시간 안에 우리는 상대방을 이미 다 파악했다고 생각하고 마음속으로 상대방을 규정해버립니다. '당신은 어떠어떠한 인간이군'이라고 생각하면서 말이지요. 바로 이 부분에서 인간관계의 비극이 시작되는지도 모릅니다. 우리는 상대방에 대해 완벽하게 알지 못하면서 자신의 기준 틀에 맞추어 해석해버립니다. 그리하여 경외심은 순식간에 경멸로 바뀌기도 합니다.

저자는 편협한 기준으로 사람을 판단하는 것 자체가 상대방에 대한 엄청난 폭력이라고 말합니다. 저자 말대로 '너는 어떠어떠한 사람이다'라고 판단내리는 순간, '너는 여기까지'라고 그 사람의 능력과 가능성에 선을 그어버리게 됩니다. 스피노자는 이런 생각을 스스로 경계하며 그것을 특별한 말로 표현했는데, 그것이 바로 '교만'입니다. 그러니 이제 가족과 친지, 친구들, 단체와 직장 안에서 우리가 만나는 사람들을 어떻게 이해하고 있으며, 내 마음의 미움의 삼중주는 무엇인지 돌아보아야 하지 않을까요.

결국 스피노자가 우리에게 하고 싶은 말은 자신이 어떤 감정을 느끼고 있고, 왜 그런 감정을 갖게 되었는지 헤아릴 줄 알아야 한다는 뜻이 아닐까 싶습니다. 즉 감정을 폭발시키기 전에 그 감정을 알아차려 타인을 사랑할 줄 알게 되고 그것이 곧 자신을 돕는 것임을 이야기하고 있는 것이죠. 삶을 살아가기 위한 기술, 자신을 사랑하고 타인을 사랑하는 기술, '역량'을 기르기 위해서는 자신 안에 있는 '미움의 삼중주'가 어떤 곡을 연주하고 있는지 항상 귀 기울여야만 할 것 같습니다.

읽을 책

《욕망하는 힘, 스피노자 인문학》
심강현 지음,
을유문화사, 2016.

나에게 너그럽듯이 상대에게도 시간을 준다면

꽤 오래전 일입니다. '성격유형 프로그램'을 하다가 오십대 초반의 여성을 만났습니다. 그 여성은 첫날 강의가 끝나자 내게 다가와 상담을 청하더니 현재 심각하게 이혼을 고민 중이라고 말했습니다. 자신의 남편을 도저히 이해할 수 없고, 함께 살기가 너무 힘들다고 했습니다. 그는 이십대 후반에 결혼했는데 결혼생활 내내 행복하지 않았다고 했습니다. 아들 둘 모두 장성해서 결혼을 하면 남편과 헤어져야겠다고 생각하고 있었습니다. 남편의 어떤 점이 맘에 안 드는지 물었더니, 한마디로 위선자라고 대답했습니다. 남편의 직업은 의사인데 주변 사람들에게는 착하고 인심 좋은 사람이지만 남편으로서는 빵점이라고 했습니다.

사립중학교 교사였던 그녀는 결혼과 함께 교직을 그만두고 전업 주부가 되었습니다. 추진력이 강하고 부지런한 그녀는 막 개업의가 된 남편을 내조하며 알뜰하게 집안 살림을 꾸려갔습니다. 집안 대소사며 시어른들 챙기는 일, 아이들 교육까지 늘 열심이었습니다. 재테크도 잘하여 제법 괜찮은 상가도 소유하게 되었습니다. 나무랄 것 없어 보이는 며느리요 엄마요 주부였습니다. 딱 한 사람 남편만 아내에게 불만이 많아 보였지요. 평소에는 말이 없고 내향적인 남편이지만 술을 마시면 아내에게 잔소리가 많아지고 화를 잘 냈습니다.

"밖에서는 천사인 척하면서 나와 아이들에게는 신경질적이고 화를 잘 내는 남편을 속으로 많이 무시했어요. 의사면 뭐하냐고, 세상천지에 나 같은 아내가 있으면 찾아보라고 말이지요."

4주간에 걸친 MBTIMyers-Briggs Type Indicator 성격유형 워크숍 후 소감을 나누는 시간에 그분은 이런 말을 했습니다.

"처음 여기에 왔을 때에는 사실 이혼을 심각하게 고민하고 있었습니다. 그런데 저와 남편의 성격에 대해 알게 되면서 그동안 제가 저 자신은 물론 남편에 대해서 아무것도 모른 채 살아왔다는 걸 뼈저리게 느꼈습니다. 이제야 이것을 알게 되다니 억울하다는 생각이 드네요. 다행히 지금이라도 알았으니 남은 삶은 다르게 살아보고 싶습니다. 제가 남편에게 그동안 당신의 성격을 모르고 오해를 많이 한 것 같아 미안하다고 했더니 남편이 제 손을 꽉 잡으면서 자기가 더 미안하다고 하더라고요."

그분은 끝까지 말을 잇지 못하고 눈물을 쏟았습니다. 단지 상대방의 성격을 이해하는 것만으로도 이렇게 관계가 회복될 수 있다니 믿기지 않을 수도 있습니다. 그렇지만 그런 일은 많이 일어납니다. 사람도 어떤 관점에 서서 바라보는가에 따라 오해가 풀리고 새로운 점이 보이니까요.

MBTI 검사는 마이어스와 브릭스 모녀가 만든 것으로, 전 세계에 가장 많이 알려진 성격유형검사입니다. 위의 사례에 나온 오십대 부부는 정반대의 성격유형을 가진 부부였습니다. 부인은 매우 외향적이고 현실적이며 원칙적이고 논리적, 추진력이 강한 불도저 같은 성격인데 반해 남편은 내향적이고 이상주의적이며 감성적인 성격이었습니다. 남편은 일보다는 관계를 더 선호하고, 옳고 그름으로 판단하기보다 상대방의 상황과 감정을 고려하는 사람입니다. 그러다 보니 타인의 요구에 거절도 잘 못하고, 때로는 지나칠 정도로 타인을 배려하는 성격입니다. 그런데 왜 부인에게 자주 화를 내고 술주정을 했을까요? 남편이 그랬답니다. "나는 당신이랑 영화도 보고 책도 읽으며 대화를 많이 나누고 싶었는데 남자가 무슨 그런 감상적인 것을 좋아하냐며 심하게 거절을 한 적이 있어요. 그 후로는 당신과 함께하는 걸 포기했어요. 당신이 날 안 좋아해서 그런가 보다 생각했지요."

남편은 집안 살림도 잘하고 재테크도 잘하며 일 잘하는 부인의 장점은 보이지 않고 자신의 감정을 무시하는 부인에게 섭섭한 마음이 컸습니다. 남편은 오순도순 이야기를 나누며 감성이 통하는 사람을 좋아하는 성격 유형이었으니까요. 반면 부인은 얼른 번듯하게 자리를 잡아 남들로부터 성공했다는 소리를 듣고 싶었습니다. 야망과 성취욕이 강한 성격입니다. 뭐든 잘해내고 싶고, 눈앞의 일을 보고는 잠을 잘 수 없는 사람이지요. 그래서 아내로서 며느리로서 엄마로서 할 일을 잘하고 있다는 자부심이 컸는데, 남편이 그것을 인정해주지 않으니까 행복하지 않았던 것이지요. 그러면서 자신은 할 일을 잘해냈으니 부끄러울 게 없는 사람이고, 남편은 겉과 속이 다른 거짓말쟁이라며 은근히 무시했다고 합니다.

흔히 사랑은 상대방이 원하는 것이 무엇인지 귀를 기울이고 그것을 들어주어 만족시켜주는 것이라고 하지요. 내가 원하는 대로 해주는 것이 아니라, 상대방이 원하는 대로 해주는 것이 사랑입니다. 그런데 많은 부부들, 연인들이 자기가 좋아하는 방식으로 상대방을 사랑해놓고는 왜 그것을 몰라주느냐고 속상해합니다. 또 자신이 원하는 방식으로 자신을 사랑해주지 않으면 자신을 사랑하지 않는 거라고 판단해버리고 말죠.

같은 나무의 뿌리도 모양이 제각각이듯이

부부가 성격 차이로 헤어졌다는 말을 많이들 하는데, 위의 사례처럼 그런 일은 자주 일어납니다. 그렇다면 성격이 서로 같으면 안 헤어지고 잘 지낼까요? 그렇지 않은 게 성격유형 이론가들의 의견입니다. 성격이 다르다고 갈등이 많고, 같다고 해서 잘 지내는 것이 아닙니다. 중요한 것은 서로의 성격적 특성을 이해하는 것입니다. 자신의 성격을 알고 있으면, 자신이 어떤 방식으로 인간관계를 맺고 있는지 통찰할 수 있습니다. 이는 예방주사를 맞은 것처럼 예방 효과가 있습니다. 상대방과 싸울 만한 상황을 만들지 않거나 대처 방법을 미리 알고 있으니 잘 관계를 맺을 수 있지요.

MBTI 성격유형이론에 대해 더 깊이 알고 싶다면, 가장 먼저 이사벨 마이어스가 쓴 《성격의 재발견》을 읽어보면 좋습니다. 또 부모와 자녀 간에 좋은 관계를 원한다면 《부모아이 성격궁합》을, 성격 차이로 인해 자주 싸우는 부부라면 《남편 성격만 알아도 행복해진다》라는 책을 보면 좋습니다. 또한 MBTI 연구소에서 진행하는 워크숍에 직접 참여해보는 것도 좋은 기회가 될 것입니다.

한편 성격탐구에는 성격유형론만 있는 게 아닙니다. 《성격, 탁월한 지능의 발견》이라는 책을 보면 타인의 성격을 이해하는 것이 매우 중요하면서도 살아가는 데 아주 유용하다고 이야기합니다. 문학 작품을 읽을 때 등장인물들의 캐릭터를 이해하듯이, 가족과 직장에서 만나는 사람들의 성격적 특성을 이해하는 것이 우리의 삶에 매우 중요한 일이라는 것이지요. 이 책에서는 실제로 범인의 성격을 파악하여 그 행동을 예측해 범인을 잡는 경찰관의 이야기가 나옵니다.

그런가 하면 하버드 대학의 최고의 심리학 명강의라는 부제가 붙은 《성격이란 무엇인가》에서는 성격에 관해 사람들이 궁금해하는 점들을 중심으로 친절하게 설명해줍니다. 성격은 타고나는 걸까, 바뀔 수 있는 걸까? 왜 어떤 사람은 가정과 직장에서 전혀 다른 성격을 보여주는 걸까? 자신이 선호하는 성격으로 사는 게 더 나을까, 상황이 요구하는 성격으로 사는 게 더 나을까? 창조적인 사람들은 행복할까? 목표 추구와 행복은 어떤 관계가 있을까? 성격과 건강은 관련이 있을까? 타인을 의식하며 사는 것은 우리 삶에 어떤 영향을 미칠까? 등 흥미로운 질문에 대한 저자의 이야기를 들을 수 있습니다.

대부분의 이론은 이제까지 일어난 일들을 수집하여 그 원인이나 현상을 분석하고 개념화하며, 통계학적으로 수치화한 것들입니다. 그러니 어떠어떠한 것들로 묶을 수 있는 공통된 것들을 무조건 일반화해서는 안 됩니다. 또 마치 성격유형만 알면 그 사람을 다 파악한 것처럼 여겨서도 안 되지요. 한 그루의 소나무가 자라는 과정이 소나무가 뿌리를 내린 장소와 기후 여건에 따라 다르듯이 같은 성격유형이라도 성격발달의 과정은 모두 다릅니다. 성격유형에 대한 지식은 자신의 성격적 장단점과 발달의 여정을 돌아보고, 자신이 처한 인간관계의 갈등을 풀고 상대방과 잘 지내는 방법을 찾는 나만의 지혜로 만들어야 합니다. 그래서 그 지혜로 남은 생을 현명하고 여유롭게 살아갈 수 있다면 더없이 좋을 테니까요.

읽을 책

《성격의 재발견》
이사벨 브릭스 마이어스 지음, 정명진 옮김, 부글북스, 2008.

《성격이란 무엇인가》
브라이언 리틀 지음, 이창신 옮김, 김영사, 2015.

질투와 여유,
내 나이 듦은 어느 쪽일까?

어느 나라에 행복한 임금님이 살았습니다. 임금님은 모든 백성들이 행복하기를 바랐습니다. 모든 백성들은 행복해야 한다는 법도 만들었습니다. 다만 한 가지 꼭 지켜야 할 것이 있었는데, 어느 누구도 임금님보다 행복해서는 안 되었습니다. 임금님은 백성들이 이 법을 잘 지키고 있는가 보려고 가끔 변장을 하고 나라를 돌아다녔습니다. 자기보다 더 행복해 보이는 백성이 있으면 벌을 주려고 말이지요.

어느 날 임금님은 한 사내를 보았습니다. 그는 분명 자기보다 행복해 보였습니다. 그 사내는 어느 마을의 촌장이었는데 마을 사람들로부터 존경을 받고 있었으며 화목한 가정을 이루고 있었습니다. 그 사내의 행복에 질투가 난 임금님은 그 사내에게서 촌장이라는 지위를 박탈했습니다. 촌장 자리를 잃은 사내가 어찌 하나 보려고 임금님은 변장을 하고 몰래 숨어서 그를 살펴보았지요. 그런데 그 사내는 여전히 행복해 보였습니다. 그는 임금님에게서 사회적 지위를 잃은 게 자신이 행복하지 않을 이유가 안 된다고 생각했습니다. 그러자 임금님은 그의 재산을 빼앗고 다음으로 신체적 자유를 빼앗았습니다. 이제 그는 감옥에 갇혔습니다. 임금님은 그가 이제는 불행할 것이라고 생각했지요.

하지만 감옥 안에서 그 사내는 금세 행복해졌습니다. 몸은 갇혔지만 그를 기다리는 가족을 생각하면 금방 행복해진다고 그는 말했습니다. 그러자 임금님은 그의 가족마저 빼앗아갔습니다. 그의 가족을 모두 죽였지요. 그는 고통으로 울부짖었습니다. 그제야 임금님은 자신이 그 사내보다 행복해졌다고 믿었습니다. 그런데 어느 날 감옥에 가본 임금님은 놀라고 말았습니다. 그 사내는 여전히 행복해 보였으니까요. 그는 말했습니다. "가족을 잃은 후 너무나 고통스럽고 힘들었지만 이제 그것은 행복으로 바뀌었습니다. 비록 살아서는 가족들을 만나지 못하지만 가족은 이미 제 마음속에서 영원히 함께 살고 있으며 언젠가 죽으면 다시 만날 수 있다고 생각하니 더 이상 슬프지 않았습니다. 저는 지금 이 상태로도 행복합니다." 이렇게 대답하는 그 사내의 얼굴은 세상 어느 누구보다도 평온하고 행복해 보였습니다. 그는 좁은 감옥에서 밥풀이나 흙으로 작은 조각품들을 만들며 행복을 만들고 있었습니다.

이제 임금님은 이루 말할 수 없이 그 사내에게 질투를 느꼈습니다. 더 이상 그 사내의 행복한 얼굴을 보기 싫어졌습니다. 그리하여 그 사내에게 독배를 벌로 내렸지요. 임금님은 죽음 앞에서 행복할 사람은 없다고 생각했습니다. 하지만 독배를 앞에 둔 그 사내의 표정은 행복 그 이상이었습니다. 그는 드디어 감옥에서 해방되어 죽음의 세계로 들어가 가족을 만날 수 있으므로 기꺼이 죽을 수 있다고 말했습니다. 그 말을 듣는 순간 임금님은 참을 수 없는 질투에 휩싸였습니다. 그 사내가 자기보다 행복하게 죽도록 허용해서는 안 된다고 생각했지요. 그래서 사내가 독배를 마시려는 순간 임금님은 그 독배를 가져가 자신이 마셔버렸습니다.

이 이야기는 박완서 작가의 단편 〈마지막 임금〉입니다. 이야기 속 임금님은 자신이 남보다 더 행복해야 된다고 생각했습니다. 우리는 왜 타인과 나를 비교할까요? 진화론으로 설명하고 싶어 하는 사람들은 인간이 생존을 위해 사회적 뇌를 발달시켜왔기 때문이라고 말합니다. 인류는 서로 협동해 맹수들로부터 몸을 지키고 문명을 이뤄왔지만 그 와중에 힘의 서열이 생겨났고 그것이 자아를 사회적 존재로 자리매김하도록 만들었습니다. 그리하여 권력을 갖고 지배하는 자리에 있는 사람들은 뭐든 남들보다 우월해야 한다는 강박증을 갖게 되었지요. 우월해야만 사람들이 자신을 우러러볼 것이고 정체성을 지킬 수 있을 테니까요. 그래서 지배자들은 죽어서도 사람들에게 우러름을 받으려고 동상을 세웁니다.

우리는 행복을 어떻게 오해할까

〈마지막 임금〉에서 임금은 자신이 임금이니까 최고여야 한다는 생각을 가졌을 것입니다. 최고여야만 백성들에게 우러름을 받을 수 있다고 여겼겠지요. 마치 1등만 하던 학생이 1등을 놓치면 심한 상실감을 느끼고 좌절하듯이 말입니다. 특히 여기서 주목할 점은 다른 백성들은 비록 행복하게 살아도 임금님 앞에서는 행복한 모습을 숨겼습니다. 다른 백성들 중에서도 행복을 느끼는 사람이 분명히 있었을 텐데 말입니다. 법을 어기면 처벌을 받으니 그 법을 지킬 수밖에요. 그런데 그 사내는 자신이 행복하다는 것을 숨기지 않았기 때문에 임금의 눈에 띄었습니다. 당당하게 행복을 드러낸 사내의 행동은 행복은 어느 누구의 것이 아니라 각자가 누릴 권리라는 것을 말하고 있습니다. 그래서 헌법에도 행복추구권이 있는 것이지요.

또 사내의 행동이 말해주는 것은 행복이 결코 소유에 있지 않다는 것입니다. 권력이나 재산, 가족, 신체적 자유와 같은 외부 조건이 행복을 규정짓지 않지요. 그것들은 언제든지 없어질 수 있는 것들이니까요. 행복은 결국 살아가면서 벌어지는 사건을 어떻게 해석하느냐에 달려 있음을 그 사내는 보여줍니다. 독배를 마신 임금은 행복을 결코 돈이나 권력으로 살 수 없음을 알고 절망한 게 아닐까요. 어쩌면 그는 처음부터 행복하게 사는 방법을 몰랐는지도 모르죠. 만약 임금이 사내를 보고 '어떻게 저런 일을 당하고도 행복할 수 있을까?'라는 질문을 던지고, 성찰을 했더라면 그는 독배를 마시지 않았을 것입니다. 누군가를 보고 부러움을 느끼고 질투를 할 수는 있지만 그것을 자기 성찰과 변화의 힘으로 삼는다면 우리는 성장할 수 있을 테니까요.

《꾸뻬 씨의 행복 여행》은 행복에 관한 우화입니다. 저는 《법정 스님의 내가 사랑한 책들》에서 이 책을 처음 알게 되었습니다. 대도시 중심가 비싼 빌딩의 정신과 의사인 꾸뻬 씨는 잘 나가는 의사 일을 그만두고 세계여행을 떠납니다. 그는 대체 행복이란 무엇인지, 어떻게 살아야 행복한지를 알고 싶었습니다. 그에게 찾아온 환자들은 대부분 고액 연봉을 받는 유능한 직장인인데도 모두 행복하지 않았습니다. 우울증에 강박증, 신경증을 앓고 약물중독에 빠진 사람도 많았습니다. 사회적으로 성공한 그들이지만 행복하지 않았던 것이지요. 꾸뻬 씨는 첫 여행지로 중국행 비행기를 탑니다.

그런데 우연히 항공사의 사정에 의해 비즈니스 좌석을 공짜로 얻습니다. 그는 뜻밖의 행운에 감격하면서 느긋하게 행복을 만끽하고 있었지요. 그런데 그 옆 좌석에 앉은 사업가는 계속 불만을 터트리는 것입니다. 자기는 사업상의 이유로 중국행 비행기를 자주 타며 그때마다 일등석에 앉았는데 오늘은 비서의 실수로 일등석에 못 앉았다는 것이지요. 그 순간 꾸뻬 씨는 행복수첩에 적을 첫 문구가 떠오릅니다. "행복은 비교하지 않는 데 있다." 꾸뻬 씨는 우연히 얻은 행운에 감격하고 행복감을 느꼈는데, 그 사업가는 일등석에 앉지 못해서 화를 내고 있었습니다. 아마 그 사업가는 일등석에 앉을 때 사람들이 보내는 부러움의 시선에 자부심을 느끼고 행복해했을 겁니다. 그 부러움을 다른 사람에게 빼앗겼다고 생각하니 화가 났겠지요. 마치 〈마지막 임금〉의 그 임금이 백성들로부터 행복한 임금이라는 부러움을 받고 싶었던 것처럼 말입니다.

우리는 살면서 다른 사람에게 질투와 부러움을 느끼지 않고 살 수 없습니다. 경제 논리에 따라 비쌀수록 예쁘고 멋지다 보니 비싼 물건이나 옷을 입은 사람을 보면 겉으로는 멋져 보입니다. 부러움과 질투의 감정은 그냥 느낌입니다. 문제는 그런 감정을 소유하는 것입니다. 타인이 부러운데 나는 그걸 소유할 수 없다는 게 속이 상해서 속상한 감정을 가슴에 담아두고 다닙니다. 앞에서 말한 대로 집이나 명품, 권력, 돈이 행복의 조건이 아닌데도 불구하고 우리는 그것을 자주 잊어버리곤 합니다. 그건 그냥 비싸고 예쁜 물건이고 그걸로 인해 행복한 감정도 일시적인 것인데 말이죠. 비싼 명품을 하고 다른 사람들의 부러운 시선을 받으며 행복해하던 사람도 그 시선이 없는 곳에서는 허탈해할 것입니다. 그리고 계속 부러운 시선을 받으려고 명품 쇼핑을 하겠지요. 흔히 '부러우면 지는 것이다'는 말이 있지요. 우리가 누군가에게 부러워하는 시선을 보낼수록 그 부러움을 소유하고 사는 사람에게 우월감을 보태주는 격이 되는 것이겠죠.

앞에서 말한 대로 〈마지막 임금〉의 임금이 행복해하던 사내를 부러워하던 자신을 들여다보고, 행복한 사내의 삶의 태도를 배웠더라면 그의 인생은 달라졌을 것입니다. 그러므로 뛰어난 사람, 잘난 사람을 보고 질투와 부러움을 느낄 때 우리가 당장 할 일은 그런 감정을 느끼는 자신을 들여다보고, 그 감정 밑에 깔려 있는 자신의 욕망을 알아차리는 것입니다. 그리고 "쇠가 녹슬어 없어지듯이 질투심은 서서히 내 자신의 마음을 황폐하게 만든다"라는 안티스테네스의 말을 떠올리며, 그 욕망에 잠식당하지 말아야겠지요.

읽을 책

《옥상의 민들레꽃》
박완서 지음,
휴이넘, 2007.

《꾸뻬 씨의 행복 여행》
프랑수아 를로르 지음, 오유란 옮김,
오래된미래, 2004.

우린 가족이라는 이름으로 서로 사랑하지만

영희(가명) 씨는 올해 오십 중반입니다. 그녀는 결혼하지 않았습니다. 팔순의 어머니와 둘이서 삽니다. 어느 날 그녀가 들려준 이야기는 정말 슬펐습니다.

"우리 엄마는 나쁜 엄마예요. 나를 뱀처럼 칭칭 감고 있으니까요. 엄마는 아빠와 사이가 좋지 않았어요. 제 기억에 아빠는 자주 외도를 했는데, 엄마는 그런 아빠한테 큰소리 한 번 안 치고 살았던 거 같아요. 왜 그랬는지는 모르겠지만 아마 경제적인 이유가 컸다고 봐요. 엄마는 어디 가서 스스로 돈을 벌어본 적이 없대요. 여동생이 스무 살이 되었을 때 아버지가 돌아가셨어요. 얼마 후 여동생은 결혼을 했어요. 저는 우리집의 실질적인 가장이 되었어요. 엄마는 정말 제게 잘해주셨어요. 동생이 질투할 정도로 유독 나한테 잘해주셨어요. 그런데 슬슬 문제가 생기기 시작했어요. 결혼을 굳이 해야겠다고 생각한 것은 아니지만 서른을 넘기고 몇 번 연애를 하면서 결혼할 기회가 있었어요. 그런데 엄마는 내가 연애하는 것을 은근히 못마땅해했어요. 그땐 엄마들은 원래 의심이 많으니까 그러려니 했지요.

그러다가 우리 엄마가 다른 엄마들과 다르다는 생각을 한 것은 서른일곱 살쯤이었어요. 정말 결혼하고 싶은 상대가 있었는데 어느 날 그에게 헤어지자는 일방적인 통보를 받았어요. 한동안 가슴앓이를 하면서도 왜 그가 떠났는지 알 수 없었어요. 그러다 우연히 그 남자를 만나게 되었어요. 이미 다른 여자와 결혼을 했더라고요. 그가 헤어진 이유를 말해주었어요. '너희 엄마가 나를 찾아와서 결혼은 절대 안 된다고, 다른 남자에게 보낼 거라고 하더라고.' 그 말을 듣는 순간 머리를 돌에 맞은 듯 정말 어이가 없었어요. 그런데 그 후로도 그런 일이 여러 번 생겼어요. 그제야 깨달았죠. 엄마가 나를 시집보낼 생각이 없다는 걸요.

그때서야 알겠더군요. 내가 출장을 갔을 때 엄마가 제게 전화를 걸어 허전하다고, 너 없으니 외롭다고 엄마가 울먹였던 것들, 유난히 내게 잘해준 것들. 이 모두가 사실은 당신 자신을 위해서라는 것을. 당신에게 나는 든든한 맏딸이면서 의지하고 싶은 남편과 같은 존재였음을.

그래서 제가 하루는 엄마에게 선언을 했어요. 나가서 살겠다고 말이지요. 독립을 할 거라고. 그랬더니 엄마는 충격을 받아 혼절했어요. 몇 번 독립 선언을 했는데 그때마다 엄마는 응급실에 실려 갔어요. 결국 이러다가 엄마를 저세상으로 보낼 것 같아서 독립을 포기하고 말았답니다."

영희 씨의 사연을 들으면서 영희 씨가 이십 대였을 때, 그러니까 그녀의 엄마가 아직 오십 대였을 때 영희 씨가 독립을 했더라면 어땠을까 하는 생각이 들었습니다. 엄마가 아직 중년이었을 때는 신체적으로나 정신적으로 자신의 문제를 직면해 치유할 힘이 있었을 것입니다. 우린 가족이라는 이름으로 서로를 사랑한다고 하지만 때때로 그것은 건강한 사랑이 아닐 때도 있습니다.

《우리는 가족일까》라는 책에는 "오늘날 많은 가족들은 진짜 가족으로 살지 않는다. 지금 살고 있는 가족은 자신들이 바라는 가족이 아니기 때문이다"라는 말이 나옵니다. 이 말은 현재 함께 살고 있는 가족을 진짜로 수용하지 않는다는 뜻이겠지요. 부모는 때때로 자녀에게 "너는 엄마 아빠를 안 닮았어. 우리 애가 아닐 거야. 우리 자식이라면 이럴 수가 없어"라고 말합니다. 자녀들은 "진짜 엄마 아빠라면 이러지 않을 거야. 진짜 엄마 아빠는 다른 곳에 있을 거야. 출생의 비밀이 있는 게 아닐까?"라고 생각한다는 것이지요. 실제로 정신분석학을 창시한 프로이트는 가난한 집 아이들은 사는 게 너무 힘들어서 자신이 원래는 부잣집 아이일 거라는 환상을 갖기도 한다고 합니다.

함께 그리고 또 따로

《우리는 가족일까》이 책은 진정한 가족이란 어떤 것인지를 우리에게 묻고 있습니다. 당신 가족은 당신에게 짐인가요? 든든한 힘인가요? 가족치료의 선구자인 버지니아 사티어는 사람들이 세상을 이해하고 관계 맺는 태도를 두 가지로 설명합니다. 하나는 계급모델이고, 또 다른 하나는 성장모델입니다. 계급모델에서 관계성은 하나의 형태로만 존재합니다. 한 사람은 위에 있고 다른 한 사람은 아래에 있습니다. 또한 계급적 관계에서는 아버지-딸, 상사-노동자, 사제-신도, 선생-학생과 같이 인간관계를 '역할'로 설명하는 경우가 많습니다. 이런 역할은 사회문화적으로 구성된 것일 뿐 존재론적인 것과

별 상관이 없습니다. 따라서 역할은 좋은 의도이든 아니든 우열을 만들게 됩니다. 취약한 쪽은 '작은', '가난한', '소수의' 등의 이름이 붙고, 특권을 가진 층은 '더 잘난', '더 중요한' 등이 붙어 그렇게 생각하고 행동하게 됩니다. 이런 계급모델 내에 존재하게 되면 사람들은 공허감, 분노, 두려움, 무력감을 느끼게 됩니다. 그래서 우리는 자신을 다른 사람들에게 소개할 때 명사가 아닌 동사로 소개하는 연습을 할 필요가 있다고 저자는 주장합니다. "저는 선생입니다"에서 "저는 학생들을 가르치고 있습니다"라고 말이지요.

가족 안에서 우리는 독특하고 특별한 개인으로 인정받고 있을까요? 세상이 붙여준 꼬리표인 아버지, 어머니, 아들, 딸, 오빠, 동생의 역할에 충실하게 산다면 우리 자신의 정체성에 대한 관심을 잃어버리게 되는 대가를 치러야 할지도 모른다고 저자는 말합니다. 역할만을 강조하는 가족 안에서는 본질적인 자기실현이 이루어지기 어려우니까요. 그래서 진정한 가족이 되기 위해서는 가족과 거리 두기가 필요합니다. 더 큰 사랑을 위해서는 단절 혹은 출가가 반드시 필요한 것이지요.

불가의 '나무아미타불 관세음보살'은 '나에게서 나와서 나에게로 돌아감'을 뜻한다고 합니다. '따로 또 같이'라는 말도 있습니다. 이것은 우리는 가족이라는 울타리에 살지만 서로 다름을 인정하고 수용하고 살아야 한다는 뜻입니다. 가족은 하나여야 한다고, 가족이니까 무조건 희생하는 게 당연하다고 요구하다 보면 오히려 가족에게 상처를 받을 수 있습니다. 우리는 그동안 가족이라는 이름으로 서로 상처준 것들이 아주 많을 것입니다. 그것들을 다 기억해내는 건 불가능합니다. 하지만 문득 아팠던 것, 아프게 한 것들이 떠오를 땐 얼른 사과해야 합니다. 더 늦기 전에, 아직 갈등을 견디고 이겨낼 힘이 있을 때 사과해야 합니다. 그래야 우리는 가족이라는 이름으로 진짜 사랑을 하면서 살아갈 수 있습니다.

《우리는 가족일까》에서 읽은 아름다운 구절을 소개하고 싶습니다.

> 자기를 바라보는 신의 눈길을 느낄 때면 봄눈 녹듯이 불안과 걱정도 자취를 감추고 마음이 기쁨과 희망으로 가득 찬다. 그러한 신이 시선을 거두면 단 하루도 살 수 없다.

중세 신학자 니콜라스 쿠사가 《신의 시선》이라는 책에서 한 말이라고 합니다. 저는 우리를 바라보는 가족의 시선이 바로 신의 시선이 아닐까 생각합니다. 가족이 나를 사랑하고 있다는 시선을 느낄 때, 우리는 고난이 생겨도 실패를 겪어도 극복해내려는 의지를 갖게 될 테니까요. 문득, "가정에서 마음이 평화로우면 어느 마을에 가서도 축제처럼 즐거운 일들을 발견하게 된다"라는 인도 속담이 떠오릅니다. 가정이 좋은 에너지를 흘려보내는 근원이 된다는 것, 그만큼 가족이 우리 존재의 원형 자리요, 안식처라는 말이겠지요.

읽을 책

《우리는 가족일까》
몸문화연구소 지음,
은행나무, 2014.

행복해질 수 있다.
자기몰입을 줄인다면

치열한 경쟁을 벌이던 두 상점 주인이 있었습니다. 이들의 가게는 서로 길 건너편에 있어 두 사람은 각자 가게 문 앞에 앉아 서로의 장사를 감시하곤 했습니다. 만약 자기 가게에 손님이 한 명 들어오면 상대편 가게 주인을 향해 승리의 미소를 지어보이곤 했습니다. 어느 날 밤, 한 상점 주인의 꿈에 천사가 나타나 말했습니다.

"네게 교훈을 주기 위해 하느님이 나를 보냈다. 네가 원하는 건 무엇이든 들어주시기로 했지만 한 가지 기억해야만 할 것은 네가 무엇을 얻던 길 건너의 네 경쟁 상대는 그 두 배를 받게 되리라. 부자가 되고 싶으냐? 너는 엄청나게 부자가 될 수 있지만 그는 너보다 두 배로 부자가 될 것이다. 오래오래 건강하게 살고 싶으냐? 그렇게 될 것이지만 그는 너보다 두 배로 건강하게 오래 살게 될 것이다. 유명해지고 싶으냐? 그렇게 될 수 있다, 그렇지만 네가 무엇을 얻든 그는 두 배를 얻으리라" 그 사람은 불쾌한 듯 미간을 찌푸리며 잠시 생각하더니 말했습니다. "좋아요. 정 그렇다면 제 소원은 내 눈 하나를 멀게 해 애꾸로 만들어주세요."

이 이야기에서 상점 주인들이 행복하지 않은 이유는 간단합니다. 바로 남과 비교하기 때문입니다. 왜 우리는 남과 비교를 할까요? 아마도 우리의 자아가 남과 비교를 통해 자신의 우월성을 드러내고자 하는 속성이 있기 때문일 것입니다. 《행복의 정복》에서 버트런드 러셀은 자신이 삶을 즐기게 된 비결이 '내가 가장 갈망하는 것이 무엇인지 알아내어 대부분을 손에 넣었고, 본질적으로 이룰 수 없는 것에 대해서는 깨끗하게 단념했기 때문이다. 예를 들어 나는 어떤 것들에 대해 의심의 여지가 없이 명확한 지식을 얻고자 하는 욕심 따위는 단념했다'고 적고 있습니다. 또한 그는 무엇보다 자신이 삶을 즐기게 된 비결은 자신에 대한 집착을 줄였기 때문이라고 말하고 있습니다.

러셀은 이룰 수 없는 것을 이루려는 집착이 불행을 가져오는 원인이 된다고 지적합니다. 또 자신이 남보다 더 나은 사람임을 과시하려는 욕심이 불행을 가져온다고도 말합니다. 싯다르타가 이미 말했듯이, 사람들은 자연적이고 운명적인 불행보다 마음이 만들어낸 불행 때문에 고통을 겪는다고 하지요. 문명세계를 살아가는 사람들이 겪는 불행은 대부분 세계에 대한 그릇된 견해, 잘못된 윤리와 생활습관에서 비롯된다고 그는 말하면서, 이런 요인들이 인간이나 짐승이 누리는 행복의 근간이 되는 자연스러운 열정과 욕구를 짓뭉갠다고 이야기합니다. 따라서 이런 불행은 그 사람의 이성의 힘으로 충분히 막을 수 있다고 말합니다.

러셀은 지나치게 자신에게 몰입하는 바람에 불행해진 사람이 행복해지는 유일한 방법은 외부 훈련에 있다고 말합니다. 러셀이 말하길 자신에게 몰입하는 사람에는 여러 종류가 있는데, 흔히 볼 수 있는 세 가지 유형으로 죄인, 자기도취에 빠진 사람, 그리고 과대망상에 걸린 사람이 있습니다. 여기서 '죄인'은 실제로 범죄를 저지른 사람이 아닙니다. 여기서 말하는 죄인이란 죄의식에 사로잡힌 사람입니다. 이런 사람은 끊임없이 자신을 탓합니다. 이런 사람들은 마음속에 그렇게 되어야 한다고 생각하는 자신의 모습을 갖고 있습니다. 그런데 자신의 현실적인 모습과 마음속의 자아상은 끊임없이 갈등을 일으키고 있지요.

러셀에 따르면 이런 죄의식은 어렸을 때 배운 금기사항을 항상 받아들이고 있어서 그렇다고 합니다. 물론 이런 죄의식은 잠재의식 속에 가라앉아 있다가 불쑥 나타납니다. 이런 사람들은 술은 나쁘다, 약삭빠른 태도는 나쁘다, 섹스는 나쁘다, 이런 생각들을 하면서도 자제를 못합니다. 그러면서 자신이 타락해간다고 생각하기 때문에 행복하지 않습니다. 그는 자신을 기특하다고 다독여주던 어릴 적 어머니의 따뜻한 손길을 갈망합니다. 하지만 더 이상 그런 행복은 누릴 수 없기 때문에 이 세상에 가치 있는 일은 아무것도 없다고 생각합니다.

그래서 어차피 죄를 지을 바엔 철저하게 하자고 마음먹습니다. 그는 사랑하는 사람을 만나면 어머니처럼 자애로운 애정을 기대하지만, 마음속에 새겨진 어머니의 모습 때문에 성관계를 가지는 여자에게 존경심을 갖지 못합니다. 결국 그는 절망에 빠져 그 여자에게 잔인하게 행동하고, 다시 잔인한 행동을 후회합니다. 이들을 빗나가게 만든 것은 손에 넣을 수 없는 대상(어머니, 혹은 어머니를 대신하는 존재)에 대한 애착과 어린 시절 주입된 우스꽝스러운 도덕적 규칙입니다. 그래서 러셀은 어머니에게서 배운 도덕의 희생양이 된 사람이 행복해지기 위해서는 어린 시절에 가졌던 신념과 애정의 폭압에서 벗어나야 한다고 강조합니다.

이 책을 읽으며 바로 이 부분, '애정의 폭압'이라는 구절에 저는 한참동안 머물러 있었습니다. 어느 정도이면 애정이 폭압이 될까 하고 생각하면서, 오래전 일이 떠올랐습니다. 외아들을 정신병원에 보낸 부부가 있었습니다. 귀하게 키운 아들이 정신병원에 입원하게 되어 부부는 상심이 매우 컸지요. 6개월 후 이제는 아들이 퇴원해도 좋다는 의사의 말을 듣고 부부는 아들을 데리러 병원에 갔습니다. 그런데 그들은 의사에게 놀라운 말을 듣습니다. 의사는 "아드님은 사실 정신병에 걸린 것이 아닙니다"라고 말합니다. 놀라워하는 부부에게 의사가 이렇게 말하지요. "아드님은 두 분의 지나친 사랑 때문에 신경 쇠약을 겪었다고 볼 수 있습니다. 그래서 부모님으로부터 떨어져 지내면서 좀 쉬는 것이 좋을 것 같아서 데리고 있었던 것입니다."

우리 마음의 밑바닥에 존재하는 그것

자신에게 지나치게 몰입하는 바람에 불행해진 사람의 두 번째 유형은 자기도취입니다. 자기도취는 자신을 찬미하며 남들에게도 똑같은 찬미를 받고 싶어 합니다. 러셀에 따르면, 자기도취에 빠진 사람은 오로지 외부로부터 인정받기 위해서 일하기 때문에 자칫 실패하기 쉽습니다. 정치인들이 잇달아 비극을 맞는 이유도 자기도취 때문이라고 러셀은 지적합니다. 자기도취 때문에 실패하는 정치인의 특징은 그가 타인들로부터 찬양과 인기를 얻고 싶어서 정치인이 되었기 때문입니다. 그는 세상을 더 나은 곳으로 만들겠다는 개혁 의지나 신념을 관철시키려고 정치인이 된 게 아닙니다. 사람들에게는 그런 마음으로 정치인이 되었다고 말했지만, 그 마음 밑바닥에는 자기도취가 강하게 자리 잡고 있어서 무슨 일이 성공하면 그 성공의 이유가 자기의 인기와 능력 덕분이라고 생각합니다. 그리하여 드디어 원하던 대로 어떤 지위를 얻게 되면 '역시 나는 똑똑해. 내가 옳았어'라는 자기도취에 빠지게 됩니다.

자기도취에 빠진 그는 그때부터 일을 하지 않습니다. 이미 원하던 인기를 얻었고, 그가 얻은 지위가 그를 만족시켜주고 있기 때문이지요. 그런데 이렇게 자기도취에 깊이 빠진 사람일수록 타인의 비난에 취약합니다. 실수를 했거나 약점 때문에 더 이상 인기를 얻지 못하면 그는 견딜 수 없이 괴로워하고 심지어 자신을 버리기까지 합니다. 러셀은 자기도취에 빠진 사람은 자존감을 회복해야 치유할 수 있다고 말합니다.

자기몰입에 빠져서 불행한 사람의 세 번째 유형은 과대망상입니다. 이런 유형의 사람은 사랑받는 사람이 되기보다는 남들에게 존경받는 권력자가 되기를 갈망한다고 러셀은 말합니다. 이런 과대망상은 어려서 겪은 굴욕감에서 비롯됩니다. 가난한 집안에서 태어난 나폴레옹은 귀족 출신 학생들에게 어린 시절 심한 굴욕을 느꼈습니다. 그래서 나중에 그는 황제가 되어 귀족들이 자신에게 머리를 조아리는 것을 매우 흐뭇하게 여겼지요. 그의 과대망상은 러시아 황제가 자기 앞에 머리를 조아리는 것으로 발전했고, 결국 그로 인해 그는 망하고 말았습니다.

마흔부터는 직장이나 가정에서 어른의 역할을 맡게 되는 시기입니다. 흔히 자리가 사람을 만든다는 말을 합니다만, 우리는 권력의 자리에 앉게 된 사람이 예전의 모습과 달라지는 걸 자주 목격합니다. "저 사람이 내가 알던 그 사람이 맞나?"라는 생각이 들 때가 종종 있지요. 순수해 보이던 사람이 권력의 자리에서 힘을 휘두르고 타인을 억압하는 모습을 볼 때마다 '어른'의 진정한 모습에 대해 생각해보게 됩니다. 아마도 러셀이 말한 대로 우리 마음에는 어릴 적 느낀 굴욕감이 있었을 것이고, 어른이 되어 힘을 가지게 되면 어려서 가지고 있던 굴욕감을 설욕하고자 하는 마음이 발현될 수 있습니다. 열등감이나 수치심으로 인해 감추어두었던 감정이 권력이라는 힘을 바탕으로 의식의 수면 위로 올라온 것이라고 볼 수 있겠지요.

권력자 주변에 있는 사람들은 권력자 앞에서 진실을 말하기를 꺼려합니다. 권력자에게 밉보여서 자신이 내쳐질까 봐 두려운 마음도 있고, 진실을 말했을 때 오해를 불러 일으켜서 관계가 깨질 것을 염려하기 때문이겠지요. 그러므로 많은 사람들의 의견에 귀를 기울이고, 자신이 어떤 방식으로 '힘'을 쓰고 있는지 자주 성찰하지 않으면, 자신이 획득한 '권력'이 오히려 자신을 해치게 될 수도 있음을 알아야 합니다.

러셀은 이밖에도 우리의 행복을 가로막는 것들은 과로가 아니라 우리의 걱정과 불안이라고 지적합니다. 질투의 함정, 불합리한 죄의식, 어렸을 때 형성된 미신적인 도덕심이 우리를 불행으로 이끈다고 말합니다. 도덕을 전부 버리라는 게 아니라 잘못 형성된 그릇된 도덕을 버리라는 것이지요. 또 그는 합리적인 사람은 자신과 다른 사람들의 잘못된 행동은 상황 때문에 일어난 일이라고 생각하고, 그런 상황이 일어나지 않도록 조심하는 사람이라고 말합니다. "나는 왜 만날 나쁜 사람만 만날까? 운이 없다. 내 주변에는 악당들만 들끓어"라고 말하는 사람이 있는데 그게 과연 가능한 일이냐고 그는 묻습니다. 운이 나빠도 그렇지 그렇게 많은 악당을 끊임없이 만나는 게 가능하냐고 말이지요.

러셀은 말합니다. 우리의 동기가 우리가 생각하는 것처럼

'반드시 이타적인 것만은 아니라는 사실'을 기억해야 한다고 요. 또 '스스로 자신의 동기를 의심'하고 '나는 옳고 남은 그르다는 생각'에 빠져 있지 말아야 한다고 말이죠. 이는 매우 중요한 말입니다. 우리는 자신의 존재를 우월한 위치에 올려놓고 싶어서 나는 옳고 정당하다, 타인은 잘못되었다는 생각을 갖기가 쉽습니다. 하지만 자기의 행동이 이타적인 것만은 아니라는 자각을 하게 되면 타인에 대해서도 너그러워집니다. 겸손이란 자신을 이해하는 것입니다. 타인을 위해서 자신을 일부러 낮추는 건 겸손이 아닙니다. 자신이 어떤 동기를 갖고 행동을 했는지 스스로 알고 있다면 그는 겸손해질 수밖에 없습니다.

"다른 사람들이 당신에 대해 당신 자신과 똑같은 관심을 갖고 있다고 상상하지 마라. 또 타인들은 늘 당신에게 해코지할 생각에 골몰할 만큼 한가하지 않다"라고 러셀은 충고합니다. 타인이 매순간 나를 지켜보고 나를 평가하고 있다고 우리는 종종 생각하지만 결코 그렇지 않습니다. 결국 타인들이 나에 대해 생각하는 것들은 대부분 내가 만들어낸 것이거나, 예전에 타인이 던진 말을 가슴 깊이 간직하고 있다가 자주 꺼내보고 있는 게 아닐까요. 그런가 하면 다른 사람이 나를 해치려고 밤낮으로 잔인하고 철저한 계획을 짜는 게 아니라는 걸 알아야 한다고 그는 말합니다. 즉 나쁜 의도로 타인을 골탕 먹이려고 준비하는 사람은 별로 없다는 것이죠. '다른 사람이 희생을 하지 않았다고 해서 비난하면 안 된다'는 것도 러셀이 책에서 독자들에게 전하는 말입니다.

우리는 왜 타인에 대한 비난을 멈추지 못할까요? 앞에서 말했듯이 내가 옳다, 우월하다는 것으로 자신의 자아를 드러내려고 하다 보니 타인을 비난할 요소를 찾게 됩니다. 그러므로 남이 던진 비난의 말에 자신이 불행하다고 느껴지거나, 타인을 비난하고 싶을 때 먼저 자신의 마음 상태를 관찰해보는 건 어떨까요. 스스로 만들어낸 가짜 마음에 속지 말고 자신의 마음을 잘 들여다보는 게 우선되어야 할 테니까요.

읽을 책

《행복의 정복》
버트런드 러셀 지음, 이순희 옮김,
사회평론, 2005.

삶은 결국 좋은 사람들을 곁에 두는 것

: 외롭지 않은 연대하는 중년되기

Chapter 4

마음속 온도를 높이는 공감적 상상력

지금까지는 마흔 이후에 돌아보아야 할 삶의 태도에 대해 알아보고 그와 관련된 책을 살펴봤다면, 이제부터는 우리가 살고 있는 삶의 터전인 '사회'와 중년기의 과제를 고민해보려 합니다. 가장 먼저 소개하고 싶은 책은 사회학자 김찬호 교수가 쓴 《모멸감》입니다. 이 책은 우리 사회의 민낯을 그대로 보여주는 책입니다. 이 책을 읽고 내용에 공감하는 면이 많아 고개를 끄덕이면서도 읽는 내내 마음이 불편했다는 사람이 많았습니다.

저자는 모멸감을 한국인의 일상을 지배하는 감정의 응어리라고 말합니다. 누군가에게 갑질을 당할 때 모멸감을 느끼는 건 당연합니다. 그런데 단지 어떤 사람과 비교를 당하는 것만으로도 사람들은 신경을 곤두세웁니다. 못생겼다고 뚱뚱하다고 돈이 없다고 키가 작다고 나이가 어리다고 가난하다고 이혼했다고 장애인이라고 비정규직이라고 우리는 서로 모멸을 주고받습니다. 대놓고 비웃지 않는데도 사람들은 열패감을 느낍니다. 누가 자기에게 손가락질한 것도 아닌데 스스로 위축되기도 합니다.

유난히 식당에만 가면 예민해지는 사람이 있습니다. 종업원이 손님을 대하는 태도가 안 좋거나 다른 손님보다 자신이 푸대접을 받는다고 생각하면 참지 못하고 사장님을 부릅니다. 음식에서 머리카락이라도 발견하는 날이면 식당 안이 쩌렁쩌렁 울릴 정도로 소리를 지릅니다. 동사무소나 공공도서관에 가서도 공무원들과 자주 다투는 사람이 있습니다. 공무원의 태도가 맘에 안 들면 "나라의 녹을 받아먹고 사는 공무원이라는 사람들이 이따위로 행동해? 국민이 왕인 거 몰라?"라고 하며 소리를 지릅니다.

소위 '갑질'이라고 부르는 이런 일들은 우리 일상 안에서 흔하게 일어납니다. 멀리 갈 것도 없이 가족 안에서도 일어납니다. 돈이 많은 부유한 부모들 중에는 자식들을 돈으로 통제하기도 합니다. "나한테 잘하는 자식에게 전 재산을 주겠다"라면서 말이지요. 제가 아는 어느 중년 남성은 부모가 서울 강남에 빌딩을 가지고 있는데도 월급쟁이로 살고 있습니다. 아버지가 그에게 사업 자금을 주겠다, 빌딩 관리 일을 하라며 이것저것 회유하지만 그는 아버지 밑에 들어가 일하고 싶지 않다고 했습니다. 부모라 할지라도 자식에게 돈을 주고 나면 간섭을 하고 함부로 구는 경우가 흔합니다. 자식이 조금이라도 서운하게 행동하면 내가 너에게 어떻게 했는데 그럴 수 있냐고 역정을 냅니다. 그런 부모님 때문에 부부 사이가 안 좋아져서 이혼한 사람들도 적지 않다고 합니다.

몇 년 전 강남에 살던 일가족이 동반자살한 사건이 있었습니다. 파산을 하고 살기가 힘들어서 죽는다는 유서를 남겼는데, 놀랍게도 그 집의 재산이 10억 넘게 남았다고 합니다. 풍족하게 살아온 그 가족에게 10억이라는 재산은 너무 적은 액수였을까요? 이런 뉴스를 접하면서 느낀 것은 사람들이 느끼는 불행은 결코 개인의 탓일 수만은 없다는 것입니다. 모멸감이라는 정서가 일상화되었다는 것은 우리 사회 구성원 전체의 잘못입니다. 그렇다면 이제 우리는 어떻게 해야 이를 개선할 수 있을까요?

저자는 우리에게 두 가지를 제안합니다. 첫째는 연대와 결속입니다. 예를 들어 식당에 가서 태도가 안 좋은 종업원을 만났을 때 무조건 화부터 낼 게 아니라, 그도 힘든 노동자라는 생각으로 이해하려는 노력, 즉 역지사지하는 마음을 갖자고 말합니다. 마트에서 감정노동에 시달리는 노동자들은 누군가의 어머니고 누이고 동생일 수 있습니다. 또 모멸감을 주고받는 기저에는 돈이면 다 된다는 사고방식이 깊게 깔려 있습니다. 따라서 우리 사회는 이제 돈 중심이 아니라 가치 중심의 사고로 전환해야만 합니다.

무엇보다 시급한 것은 인권에 대한 감수성입니다. 우리는 타인을 공격하고 있다는 생각 자체가 없을 때가 많습니다. 우리의 어떤 행동이 폭력적일 수 있는지, 자신의 어떤 행동이 타인의 인권을 침해할 수 있는지 알고 있거나 얼른 알아차릴 수 있어야 합니다. 인권 감수성이 사회 전체로 확장되려면 인권에 대한 공부를 해야 합니다. 그러려면 협회나 단체에 가입해 소속감을 갖고 함께 연대하는 게 좋습니다. '과학을 생각하는 주부모임' '민주 시민 되기 독서모임' '좋은 사회를 희망하는 엄마모임'과 같은 모임이 많이 만들어지면 좋겠습니다.

우리에게 반드시 필요한 연대 감수성

저는 중년에 우리가 길러야 할 것으로 인권 감수성과 함께 좋은 시민 되기를 권하고 싶습니다. 흔히 친구나 친척들을 만날 때 정치와 종교 이야기를 하지 말라고 합니다. 필경 싸우거나 맘이 상할 일이 생기기 때문이겠지요. 하지만 정치 이야기도 꼭 필요하지요. 2014년 세월호 사고로 아들을 잃은 한 어머니의 인터뷰 내용을 본 적이 있습니다. 그 어머니는 인터뷰에서 학생들에게 반드시 정치를 가르쳐달라고 말했습니다. 사고 이후 여러 일을 겪으면서 정치가 얼마나 우리 삶에 중요한 것인지를 뼈저리게 느꼈다고 그 어머니는 말했습니다.

과연 우리는 살아오면서 정치가 무엇이고, 국가가 무엇인지 치열하게 공부해본 적이 있을까요? 한 번은 중년독서모임에서 유시민 작가의 《국가란 무엇인가》를 읽고 이야기를 나누었는데, 그 자리에 모인 사십 대 여성들이 이 책을 읽기 전까지 국가가 어떻게 만들어졌고, 국가가 하는 일이 무엇인지에 대해 진지하게 생각해본 적이 없었다고 말했습니다. 왜 사람들은 정치 이야기를 할 때 자주 격앙되고 핏대를 세우고 심지어 치고 박고 싸우기까지 할까요? 나이가 들수록 우리의 목소리는 더 커집니다. 그 이유는 아무래도 나와 너, '우리'와 '너희'를 흑백으로 나누고 싶은 유혹을 강하게 느끼기 때문이 아닐까요? 어쩌면 정치적 주제에 대한 토론보다는 편 가르기를 하여 연대감을 느낌으로써 자신이 어느 편에 소속되었다는 안도감을 느끼고 싶어 그러는지도 모르지요.

《비통한 자들을 위한 정치학》은 정치에 대해 우리가 가져야 할 마음가짐을 말합니다. 문재인 대통령이 읽은 책으로 사람들에게 알려졌지만, 사실 민주주의나 정치에 관심이 크지 않고서는 끝까지 읽기가 쉬운 책이 아닙니다. 이 책의 저자는 사회학자이면서 교육자입니다. 그는 시민으로서 가져야 할 자아를 이야기합니다. 자아, 즉 '마음'은 용기입니다. 그가 보기에 오늘날 우리 사회는 '무심한 상대주의, 정신을 좀먹는 냉소주의, 전통과 인간 존엄성에 대한 경멸, 고통과 죽음에 대한 무관심'에 만연되어 있습니다. 하지만 그는 분노로 비롯된 정치적 양심을 경계합니다. 분노의 정치와 '적을 악마화'하는 것은 민주주의에 전혀 도움이 되지 않으니까요. 우리는 분노라는 가면 속에 들어 있는 '고통'을 읽어내고 그것을 나누어야 한다고 저자는 강조합니다.

우리의 마음을 구원받기 위하여

그는 민주주의를 좀먹는 두 가지 거짓 치료제에 대해 이야기합니다. 소비주의와 희생양 만들기가 그것입니다. 그가 보기에 소비주의는 사람들이 마음의 공허함을 달래는 선택의 마약입니다. 우리가 상품을 구매하는 것은 그것이 정말로 필요해서가 아니라 그것이 우리의 정체감과 존재 가치를 세워주기 때문이지요. 소비주의가 경제성장을 가져온다는 생각은 환상이며 오히려 경기 침체로 가족 공동체의 붕괴를 일으킨다고 그는 주장합니다. 불황과 침체가 오래 지속되면 사람들은 타인의 지위에 질투심을 더 느끼게 되고 인종 간, 계급 간 갈등은 더 심화됩니다.

파머가 말하는 내적 공허감에 대한 두 번째 거짓 치료제는 희생양 만들기입니다. 자기 문제의 탓을 낯선 타인에게 덮어씌우면서 위로를 받는 사람들이 있습니다. 우리는 우리 내면의 그늘을 인종, 사회계급, 종교, 이데올로기에 투사하면서, 자신에게 결핍된 무엇의 탓을 그들에게 돌립니다. 다른 이들을 깔아뭉개고, 그들의 '열등감'을 배경으로 우리의 '우월감'을 주장하면서 정체성을 회복한다고 파머는 지적합니다. 이는 맹독성이 강하여 파시즘의 형태와 비슷합니다. 인터넷에 넘쳐나는 자극적인 욕설과 비방, 신상 털기와 여론몰이들을 보면 그것을 알 수 있습니다.

그가 민주주의를 걱정하는 사람들에게 간청하는 것은 두 가지입니다. 우리의 무력감을 자아내는 대중매체에 저항하자는 것, 여러 가지 많은 쟁점에 언제나 이견이 있음을 인정하자는 것입니다. 그는 오늘날의 정치 세계를 개선하기 위해 '뻔뻔스러움'과 '겸손함'이라는 다소 상반된 마음의 습관을 제안합니다. '뻔뻔스러움'이란 나에게 표출할 의견이 있고 그것을 발언할 권리가 있음을 아는 것입니다. 또 '겸손함'이란 내가 아는 진리가 언제나 부분적이며 전혀 진리가 아닐 수도 있음을 받아들이는 것입니다. 열성적인 활동가들 중에는 '우리는 옳고 다른 사람들은 모두 틀렸다'는 믿음이 너무 강한 나머지 반대 의견을 가진 사람들을 공격하거나 망하게 만드는 사람들이 종종 있기도 합니다.

책 속에는 미국의 영성가 토마스 머튼의 이야기가 나옵니다. 그는 좋은 의도를 가진 활동가들이 자신의 실천에 너무 도취된 나머지 명료함과 침착함과 진정한 자아를 잃어버리고 결국 의도하지 않은 폭력을 저지르는 모습에 대해 말합니다. 그는 이상주의자가 가장 쉽게 굴복하는 현대적 폭력의 잘못된 형태가 바로 '실천'과 '과로'라고 말합니다. 지나치게 많은 요구를 수락하고, 여러 일에 가담하고, 모든 것에서 모든 사람을 돕고 싶어 하는 것이 '폭력에 굴복하는 것'이라고 말하지요.

그리하여 파머는 우리가 시민으로서 성찰하는 마음을 기르기 위해서는 홀로 조용한 공간에 머무는 시간이 필요하다고 말합니다. 신화학자 조지프 캠벨이 말한 대로 '자신이 누구이고 어떤 사람이 될 수 있는지를 온전히 경험하고 말할 수 있는 장소'가 있어야 한다는 것이지요. 하루에 한 번, 집이나 사무실에서 문을 걸어 잠그고 디지털 기기의 전원을 끄고, 일을 내려놓고, 외적으로만이 아니라 내적으로도 스스로 침묵하고, 자기 안에서 무엇이 움직이고 있는지를 잠시 돌아보는 시간이 필요합니다. 그렇게 가끔 수도사가 되어보는 거지요.

마지막으로 《비통한 자들을 위한 정치학》에 나온 신학자 라인홀드 니버의 훌륭한 말을 옮겨 적어봅니다.

> 할 만한 가치가 있는 일 가운데 그 어느 것도 우리의 생애 안에 성취될 수는 없다. 우리는 희망으로 구원받아야 한다. 진실하거나 아름답거나 선한 것은 어느 것도 역사의 즉각적인 문맥 속에서 완전하게 이해되지 못한다. 따라서 우리는 믿음으로 구원받아야 한다. 우리가 하는 일이 아무리 고결하다 해도 혼자서는 결코 달성할 수 없다. 따라서 우리는 사랑으로 구원받아야 한다.

읽을 책

《모멸감》
김찬호 지음,
문학과지성사, 2014.

《비통한 자들을 위한 정치학》
파커 J. 파머 지음, 김찬호 옮김,
글항아리, 2012.

삶은 결국
좋은 것들을 남기는 것이다

1954년 프랑스에서 한 여인이 집세를 내지 못해 쫓겨난 후 추위에 떨다가 길거리에서 죽었습니다. 그때 한 신부가 라디오 프로그램에 출연해 "숨진 여인의 죽음이 보여주는 의미를 외면하지 말라. 권력은 눈이 멀었고, 가난한 자들은 침묵한다"며 절규했습니다. 그는 가난한 사람들에게 집을 마련해주는 '엠마우스'라는 단체를 이끌고 있었는데, 헌 종이나 고철 등을 주워다 팔아서 집 지을 돈을 마련하기도 했습니다. 이 때문에 그는 넝마주이 신부로 불렸지요.

이 신부는 오랫동안 프랑스의 양심으로 불렸던 장 피에르 신부입니다. 그는 1994년에 무주택자들과 함께 파리의 5층짜리 건물 한 채를 무단 점거하였습니다. 그리고 집 없는 사람이

80만 명인데 빈집은 200만 채나 되는 모순이 어디 있느냐고 외쳤습니다. 사회적 존경을 받는 피에르 신부의 이런 행동은 정치인들의 마음을 움직였고, 법은 바뀌었습니다. 2년 이상 사람이 살지 않는 빈 아파트를 가진 사람에게 중과세를 부과하는 법이 만들어졌지요. 그때 그는 여든을 넘긴 나이였습니다.

"우리는 왜 이 땅에 태어났을까요?"라고 사람들이 물을 때마다 피에르 신부는 "사랑하는 법을 배우기 위해서지요"라고 대답했습니다. 그는 인종차별주의와 외국인 혐오증을 볼 때, 굶주린 아이들을 볼 때, 잠잘 곳 없는 가족들을 볼 때, 많은 젊은이들이 일자리를 찾을 수 없어 희망을 잃을 때, 우리 모두는 분개할 줄 알아야 한다고 소리칩니다. 강자들이 약자들을 짓밟는 걸 그냥 두고 보거나 고통받는 약자들을 그대로 내버려두는 것은 공범자가 되는 것이라고 주장합니다.

사르트르가 "타인은 지옥이다"라고 말하자 그는 "타인이 없는 삶이야말로 지옥이다"라고 대응하면서 "타인은 내 삶의 단순한 기쁨이 될 수 있다"고 말했습니다. 이 세상은 신을 믿는 사람과 안 믿는 사람으로 구분할 수 있는 것이 아니라 고통받은 사람의 마음에 공감하여 그를 돕는 사람과 그를 외면하고 모른 척하는 사람으로 구분될 수 있다고 그는 말했습니다. 가난한 사람을 위해 평생을 헌신하며 살았던 피에르 신부는

96세에 세상을 떠났는데 그의 유언도 정말 특별했습니다.

"내 무덤에는 꽃이나 화환 대신 수천 명의 무주택 가족과 아이들의 명단을 가져다달라. 꽃 살 돈으로 차라리 가난한 사람들을 도와주라."

피에르 신부와 동시대를 살았던 또 한 사람의 행동하는 지식인이 있습니다. 바로 스테판 에셀입니다. 저는 2010년 《분노하라》라는 책을 통해 그분을 알게 되었습니다. 이 책을 만난 건 2008년 미국 금융위기의 여파로 세계경제가 어수선하던 때였습니다. 실제로 제 주변 사람들 중에서 미국에 본사를 둔 회사에 다니던 사람들이 해고당한 일이 꽤 많았습니다. 이 책은 그의 나이 92세에 발표한 책입니다. 32쪽 분량의 아주 작은 책이지만 그가 전하는 말의 무게는 결코 가볍지 않습니다.

그가 가장 분노하고 저항해야 할 대상으로 삼은 것은 금융자본과 미디어재벌의 폭력입니다. 그는 평화와 민주주의를 위협하는 이 불의한 세력의 횡포에 패배하지 말라고 외칩니다. 정치적 무관심과 체념이야말로 최악의 태도이며, 우리는 더 나은 세상을 꿈꿔야 한다고 그는 호소합니다. 이 책은 세계 35개국에서 번역되어 3,500만 권이 팔려나갔고, 미국 뉴욕의 월스트리트 점령 운동 시위를 촉발시켰습니다. 수많은 사람들이 "월가를 점령하라!"는 슬로건을 내걸고 상위 1퍼센트를 위한 승자 독식 사회에 저항하였지요.

그의 외침이 전 세계인의 가슴에 큰 울림을 준 것은 그가 바로 분노와 저항의 삶을 살아왔기 때문입니다. 그는 독일 유대인 가정에서 태어났습니다. 1937년 프랑스 국적을 취득했고, 2차 세계대전 때 독일 나치에 맞서 레지스탕스로 활동하다가 체포되어 수용소에 수감되었습니다. 세 곳의 수용소를 전전하며 그는 사형당할 위기에 처했지만 유창한 독일어 실력 덕분에 극적으로 살아남았다고 합니다. 전쟁 후에는 외교관으로 일하며 유엔에서 세계인권선언문 작성에 참여하는 등 인권과 환경 등 사회운동가로 활약했습니다.

무엇에 분노할지, 어떻게 저항할지

에셀은 자신이 목숨을 걸고 나치에 항거한 것은 평화와 인권을 지키기 위함이었다면서, 그렇게 수많은 사람들이 목숨을 바쳐가며 지켜왔던 세계가 또다시 폭력에 의해 짓밟히고 있다고 분개합니다. 신자유주의로 대변되는 세계경제 질서 속에서 글로벌 금융자본가들의 돈놀이로 인해 수많은 사람들의 삶이 무너지고 있다고 질타합니다. 소박한 꿈마저 자본과 경쟁의 이름으로 짓밟히고 있는 지금의 세계에 분노하고 저항하는 방법으로 그가 제시한 것은 바로 참여입니다. 지도자를 뽑는 투표만으로는 부족하다고 그는 말합니다. 분노하고 저항하려면 단체를 만들거나 가입하여 조직적으로 목소리를 내야 한다고 강조합니다. 각자의 진지를 구축하고 자신이 가장 잘할 수 있는 방법으로 저항하라는 것이지요.

미국발 서브프라임이 터지고 제 주변 사람들은 실직을 하고 월가에서는 연일 시위가 벌어지던 2010년, 이 책을 만난 후 제 독서에도 변화가 생겼습니다. 큰 어른을 만나 깨우침을 얻었다고나 할까요? 그때부터 사회학자들의 책에 자주 손길이 갔습니다. 독서가 개인의 취향이나 교양 쌓기에만 머물러서는 안 되겠다는 생각이 들었습니다. 세상의 불의에 눈을 돌리고, 목소리를 낼 줄 알려면 세상 돌아가는 것에 관심을 가져야 한다는 신념이 강해졌지요.

헬조선이니 흙수저니 하면서 희망이 없다고 말하는 청소년들과 젊은이를 만나면 저는 심히 부끄럽습니다. 희망이 없다고 느끼게 하는 세상이 만들어진 것에 저 또한 책임이 있기 때문입니다. 일터에서나 가정에서 선배와 어른 역할을 맡게 된 지금, 점점 고민이 깊어집니다. 힘을 가진 위치에 있을수록 그 힘을 잘 써야 하기 때문입니다. 무엇에 분노할 것인지는 혼자 책을 읽고 사유할 수 있지만 어떻게 저항해야 할지 생각하는 건 여럿이 해야 합니다. 앞에서도 말했듯이 '교육을 생각하는 독서모임'이나 '과학기술의 미래를 생각하는 독서모임' '집을 생각하는 독서모임' 등 사회, 조직의 선배들부터 다양한 분야의 독서모임을 만들어 사회를 공부하고 목소리를 내면 어떨까요.

외국에서 편찬된 '커리어코칭'에 관한 책을 보다가 놀란 적이 있습니다. 청소년들과 진로탐색프로그램을 진행하면서 진로설계를 할 때 "너는 어떤 시민이 되고 싶니?"라는 질문을 한다고 합니다. 한 사람의 시민으로서 갖추어야 할 소양과 실천할 점을 인식하고, 인생 계획안에 그것을 넣는다는 점이 신선하게 다가왔습니다. 시민이라는 말 대신에 '어른'을 넣어 생각해보면, 중년의 우리가 세상 속에서 어떤 마음가짐으로 살아야 할지 알 수 있지 않을까요?

읽을 책

《분노하라》
스테판 에셀 지음, 임희근 옮김,
돌베개, 2011.

행복의 두 가지 수식어
'홀로'와 '더불어'

조르주라는 이름의 한 남자가 있었습니다. 그 남자는 끔찍이 불행한 남자였습니다. 그의 어머니는 소박한 가정부였습니다. 어느 날 그녀가 시중들던 노인이 죽으면서 그가 어머니에게 전 재산을 남겼습니다. 그 노인의 상속인이 없었기 때문입니다. 어머니는 갑자기 부유해졌습니다. 그런데 양심 없는 한 남자가 어머니에게 흑심을 품고 접근했고 어머니는 그에게 속아 결혼을 했습니다. 곧 아들이 태어났는데 그가 바로 조르주입니다. 아버지는 돈을 흥청망청 써대며 방탕한 생활을 했고, 어머니를 괴롭혔습니다. 조르주는 기숙사가 있는 학교에 보내졌는데 방학 때 그가 집에 오면 어머니는 이렇게 말하곤 했습니다. "얘야, 서랍 안에 그자의 권총이 있단다. 언젠가는 꼭 나의 복수를 해다오."

스무 살이 되어 조르주는 사랑하는 여자를 만나 약혼을 했습니다. 그런데 아버지와 아버지의 정부가 재산을 노리고 그의 약혼을 방해했습니다. 약혼녀에게 끔찍한 편지를 보내 결혼을 포기하게 만들었지요. 조르주는 그것도 모른 채 결국 아버지가 소개한 다른 여자와 결혼해 딸도 낳았습니다. 그런데 그는 뒤늦게 아버지의 음모를 알게 되었습니다. 조르주는 아버지의 정부를 찾아가 권총을 쏘았는데 그 총알에 아버지가 죽었고, 조르주는 무기징역을 선고받게 됩니다. 15년 뒤 조르주는 불 속에 뛰어들어 사람을 구한 일로 특별 사면을 받게 됩니다. 하지만 집에 가 보니 몇 달 전에 출감한 감방 동료가 자신의 아내와 함께 살고 있었고, 아내는 동료의 아이를 임신한 상태였습니다. 게다가 열다섯 살의 딸은 아버지를 보고 실망하여 아버지를 혐오하였습니다. 결핵에 걸린 데다 인생 낙오자가 되어 돌아온 아버지를 외면한 것이지요. 더 이상 살 희망도 의지도 잃은 조르주는 자살을 기도합니다. 바로 그 무렵 인근에 살던 피에르 신부는 자살을 기도한 그 남자의 소식을 듣고 그를 만나러 갑니다. 신부는 그를 어떻게 도와주어야 할지 몰랐습니다.

"당신 이야기는 정말이지 기가 막힙니다. 하지만 나로서는 당신에게 해줄 게 아무것도 없습니다. 내 가족은 부유했지만 수도원에 들어올 때 나는 모든 유산 상속을 포기했습니다. 매달 많은 사람들이 내게 와 울면서 비참한 상황을 호소합니다. 그들에게 작은 집이라도 세워주다 보면 그 일에 내 월급을 모두 쓰게 되었고 지금은 빚까지 지고 있는 형편입니다. 한데 당신은 죽기를 원하니 거치적거릴 게 아무것도 없지 않습니까? 집이 다 지어지기만을 기다리는 사람들을 생각해서라도 이 집짓기가 빨리 끝날 수 있도록 죽기 전에 나를 좀 도와주지 않겠소?"

조르주는 신부의 간청을 받아들여 가난한 사람들을 위한 집짓기에 참여합니다. 그 경험이 그의 인생을 바꾸었습니다. 나중에 그는 이렇게 말합니다. "신부님께서 제게 돈이든 집이든 일이든 그저 베푸셨더라면 아마도 저는 다시 자살을 시도했을 겁니다. 제게 필요한 것은 살아갈 방편이 아니라 살아야 할 이유였기 때문입니다"라고요. 그는 그 후 자신보다 더 가난하고 불행한 사람들을 도우며 살았습니다.

이 이야기는 《단순한 기쁨》에 나오는 이야기입니다. 이 책은 피에르 신부가 90세에 쓴 것이지요. 그는 이렇게 말합니다.

"우리는 모두 같은 목표, 즉 행복을 추구한다. 진짜 문제는 어떤 방법을 선택하느냐이다. 모든 인간은 그가 어떤 시대, 어떤 조건, 어떤 문화 속에서 생활하건 두 가지 길 가운데 선택하기 마련이다. 타인들 없이 행복할 것인가 아니면 타인들과 더불어 행복할 것인가. 혼자 만족할 것인가 아니면 타인과 공감할 것인가. 매일 아침 새롭게 다짐해야 할 이 선택은 그 무엇보다 근본적인 것이다. 그 선택이 우리 삶의 실체를 결정짓고 우리를 만든다."

이 얼마나 멋진 말인가요? 그는 신앙심 깊은 최상류층 가정에서 태어났지만 모든 상속을 포기하고 수도원에 들어갔습니다. 그는 2차 세계대전이 터지자 레지스탕스가 되어 나치의 박해를 받는 유대인들을 숨겨주고 도피시키는 일을 했습니다. '피에르 신부'라는 이름도 레지스탕스로 활동할 때 그가 사용했던 암호에서 비롯된 것입니다. 전쟁 후에 그는 6년간 국회의원을 하다가 그만두고 가난한 사람들을 위해 집을 지어주는 '엠마우스' 단체를 운영했습니다.

그의 단체는 종파와는 무관합니다. 그는 누구에게도 "교회 다니세요? 우파세요, 좌파세요? 투쟁가세요, 협력가세요?"라고 묻지 않았습니다. 처음 오는 사람에게 그저 이렇게 물었습니다. "배고프세요? 졸리십니까? 샤워를 하시겠습니까?" 이게 그의 질문의 전부입니다.

우리를 살게 하는 힘

《단순한 기쁨》은 오래도록 저에게 울림을 주었습니다. 가장 큰 울림은 그의 인간에 대한 깊은 이해와 사랑입니다. 피에르 신부는 2차 세계대전 때 자신에 대한 정보를 독일군에게 제공한 친구를 용서했습니다. 그 친구 때문에 독일군에게 잡혀 사형을 당할 뻔했다가 간신히 도망쳐 목숨을 구했던 피에르 신부는 전쟁 후 전범 재판에서 그를 위해 변호를 합니다. 판사가 어떻게 자신을 죽음으로 내몬 사람을 위해 변호할 수 있냐고 묻자, 그는 "저는 이 사람을 원망하지 않습니다. 그는 자신의 행동을 뼈저리게 뉘우치고 있고, 처음엔 열정 때문에 그렇게 되었고, 그 뒤로는 두려움 때문에 덫에 빠지게 된 것이니까요"라고 답변했다고 합니다.

《단순한 기쁨》에서 신부님은 말합니다. 타인을 사랑할 때, 내면에서 기쁨이 솟아올라오고, 그 순간이 바로 신을 만나는 순간이라고 말이지요. 가난한 사람, 약한 사람, 고통받는 사람에게 관심을 갖고 공감하며 도움을 줄 때, 삶의 의미와 보람을 느끼게 된다는 것이지요. 명품을 소비하고 맛난 것을 찾아다니며 편리함만을 찾아 사는 삶은 뭔가 불안함을 감추고 있습니다. 그 자체로는 죄가 될 것이 없으나, 이런 삶을 살게 되면 항상 돈을 벌어야만 지금의 삶을 누릴 수 있다는 강박증에 사로잡힐 수 있습니다.

제가 고등학교 다닐 때 잠시 허무주의에 빠진 적이 있었습니다. 봄이면 새잎이 나고 여름이면 찬찬한 신록을 자랑하던 나뭇잎도 가을이면 허망하게 떨어져 땅속에서 썩어갑니다. 사람도 언젠가는 죽어서 자연의 일부가 될 터인데 왜 열심히 살아야 하는지 의문이 생겼지요. 저는 수녀님들이 운영하는 여학교에 다녔는데 국어를 가르치던 수녀님에게 제가 물었습니다. "수녀님, 어차피 죽으면 모든 게 그만인데 살아야 할 이유가 뭐예요?" 그러자 곰곰이 생각에 잠긴 수녀님이 이렇게 대답하셨습니다. "지금 네가 들고 있는 연필을 누가 어떤 마음으로 만들었을지 생각해보아라. 연필 한 자루에도 사랑이 담겨 있단다. 의미 없는 물건은 없고 의미 없는 삶도 없단다."

수녀님이 해주신 말씀이 지금까지 제 기억에 남아 있는 이유는 아마도 수녀님의 대답이 제가 기대했던 것과는 달리 다소 엉뚱했기 때문입니다. 연필 공장에서 연필을 만드는 사람은 연필을 만드는 일을 통해 자신은 물론 가족의 생계를 잇고 있겠지요. 연필 만드는 일이 싫은데도 어쩔 수 없이 먹고살기 위해 일을 하는 사람도 있겠지만, 대부분은 연필 만드는 일에 자부심을 갖고 있을 것입니다. 누군가 이 연필로 열심히 공부를 하고, 글을 쓰고, 밑줄을 긋고, 건축 설계를 하고, 스케치를 할 거라고 상상하면서 뿌듯해할 것입니다. 또 좋은 연필을 만들기 위해서는 연필을 쓰는 사람들이 어떤 연필을 좋아하는지도 알아야만 합니다. 이렇듯 우리가 무엇을 하든 사람에 대한 애정과 관심 없이는 어떤 일도 할 수 없습니다.

준비할 건, 가까운 풍경과 사람뿐

그러므로 타인을 돕고 타인과 더불어 행복하게 산다는 게 반드시 복지관이나 무료급식소, 병원에서 자원봉사를 하는 일을 뜻하는 건 아닙니다. 빵을 구울 때 그것을 맛있게 먹을 사람을 생각하고, 세탁소를 하면서 깨끗한 옷을 입을 사람을 상상하면서 일을 하는 것이 바로 사랑의 행위라고 저는 생각합니다. 밥을 푸면서 흥얼거리는 엄마, 청소를 하면서 춤을 추는 엄마는 상상만 해도 기분이 좋아집니다. 제가 만난 어느 마사지숍의 여자 사장님은 늘 이렇게 말합니다. "저는 평생 수많은 사람들의 몸을 마사지해주고 있는데, 이 일을 정말 좋아합니다. 제가 사람들의 몸을 만져주면 모두 행복해합니다. 행복해하는 사람들의 표정을 볼 때마다 저도 행복해진답니다."

이렇게 말하는 분들은 훌륭한 철학자들과 같습니다. 이미 행복하게 사는 법을 알았으니 그가 바로 훌륭한 한 권의 철학책인 것이죠. 사랑을 하려고 어떤 특별한 곳이나 사랑할 대상을 찾아갈 필요가 없습니다. 자신의 일터에서, 하고 있는 일 속에서, 우리가 만나는 사람 속에서 일의 의미와 가치를 찾는 것이 바로 진정한 사랑의 행위이니까요.

읽을 책	《단순한 기쁨》 아베 피에르 지음, 백선희 옮김, 마음산책, 2001.

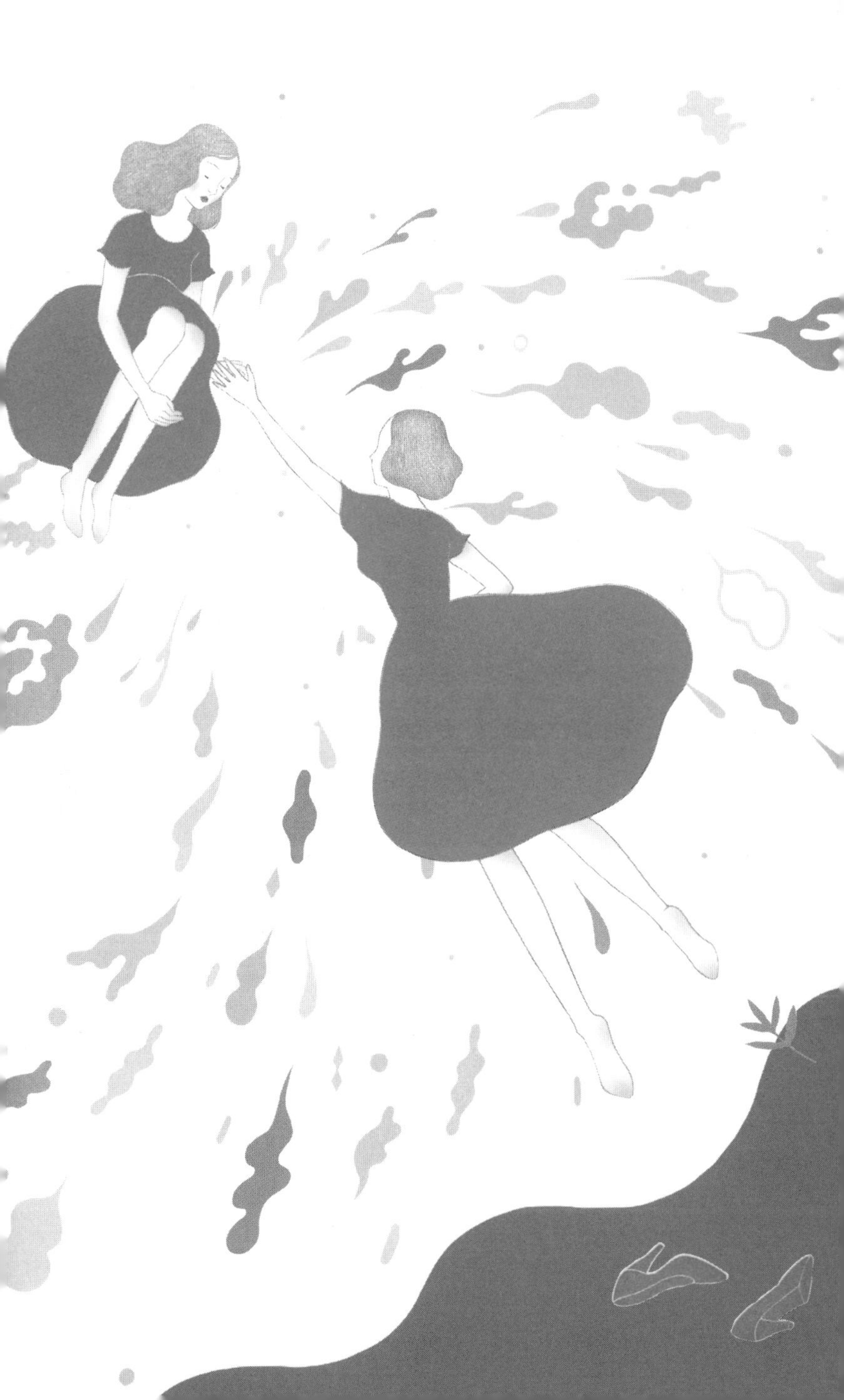

경쟁과 공존, 우리가 바라는 건강한 합주

얼마 전 텔레비전에서 중국의 부자들이 사는 모습을 보았습니다. 부자들은 모두 집 주변에 자신의 농지와 농장을 갖고 있었습니다. 채소나 곡식, 과일들은 자기 농지에서 기르고 거기에서 수확한 것을 먹습니다. 점심 식사 전에 요리사가 농장에서 닭을 잡아서 닭요리를 합니다. 중국 부자들이 사는 모습을 보면서 '아, 나도 어릴 때 저렇게 살았는데' 하는 생각이 들었습니다.

어릴 적 끼니때가 되면 어머니가 제게 심부름을 시켰습니다. 텃밭에 가서 고추랑 가지, 호박을 따오라고 말입니다. 집 뒤쪽 밭에는 온갖 먹을거리가 있었습니다. 보리, 콩, 깨, 감자, 고구마, 옥수수, 가지, 호박, 고추, 토마토, 수박, 오이 등 모두 직접 가꾸어 먹었습니다. 시장에서 사먹은 것은 생선이나 미역, 멸치 등 바다에서 나오는 것들뿐이었지요. 그것들도 가끔 근처 바다에 사는 이웃들이 갖다 주거나 다른 채소와 바꾸어 갔습니다. 온갖 가축들도 길렀습니다. 소, 염소는 물론 돼지, 토끼, 닭, 오리, 거위, 칠면조까지 길러본 적이 있습니다. 가축에게 밥을 주고, 들로 데려가 풀을 뜯기는 것은 모두 아이들의 몫이었습니다.

어릴 때 기억으로, 웬만한 사오십 대 남자들은 스스로 물건을 만들 줄 알았습니다. 맘만 먹으면 대나무로 바구니도 짜고 짚으로 가마니와 소쿠리며 집안에 필요한 여러 도구들을 만들었습니다. 평상이며 개집, 선반, 헛간, 닭 우리는 물론이고 집도 지을 줄 알았습니다. 동네 사람들이 힘을 모아 집을 짓고 지붕을 얹는 모습을 흔하게 볼 수 있었습니다. 십대 후반만 되면 온갖 모양의 연과 팽이도 만들 줄 알았고 장갑과 스웨터도 뜨개질하여 입었지요. 웬만한 옷과 한복, 이불과 베개 같은 침구류도 만들었습니다. 된장, 간장, 젓갈, 나물들도 만들 줄 알았습니다. 실제로 먹을 것, 입을 것, 자는 것은 모두 자급했습니다. 오늘의 관점에서 볼 때 그건 대단한 일입니다. 정말로 놀라운 능력이지요.

당시에 사람들이 돈을 벌어야 하는 가장 큰 이유는 자식

교육이었습니다. 자식 교육을 위해 목돈이 필요했기 때문이지요. 이 때문에 70년대에 들어서 논밭에 농약이 살포되었습니다. 일단 곡식이 자라는 데 방해가 되는 해충들을 죽이자 수확량이 늘었습니다. 그렇게 농약을 뿌려서 수확한 곡식들은 나라에서 수매가를 정해서 구입했습니다. 농민들은 가을이 되어서야 쌀을 팔아서 약간의 목돈을 손에 쥐었습니다. 물론 그 돈은 다시 농약 구입비와 인건비, 종자구입비 등으로 쓰이고, 돈이 떨어진 농민들은 농협에서 다시 돈을 빌려서 농사를 지었습니다. 그러다 빚을 갚지 못한 사람들은 땅을 팔아야 했습니다. 이웃끼리 빚보증을 섰다가 한밤중에 도망간 이웃 때문에 대신 논밭을 팔아 빚을 갚아주어야 하는 농민들도 속출했습니다. 그로 인해 자살한 사람도 많았지요.

그렇게 70년대부터 많은 농부들이 농촌을 떠났습니다. 대부분 도시의 공장에 취직해 노동자가 되었습니다. 초등학교만 졸업하고 도시로 간 아이들은 주로 여자아이였습니다. 집안 경제를 일으키거나 남자 형제들의 학비를 대기 위해서였지요. 그 시절 농촌은 '공부를 잘해서 도시로 나가 성공해야 한다'는 신념에 차 있었습니다. 마치 시골에 살면 사람 구실 못하는 낙오자가 될 것 같은 분위기였습니다. 공부를 잘해서 서울의 유명 대학에 들어가는 게 성공이라고 생각했습니다. 그래서 자식 교육을 위해서 조상 대대로 물려받은 논밭을 팔아야만 했습니다. 세월이 한참 흐른 후에 정신을 차리고 생각해보니 그것은 일종의 광풍이었습니다. 농부들을 도시로 불러들이려는 거대한 산업화 작전에 말려든 것이나 다름없었습니다.

농부들이 도시 노동자가 되고 한 세대가 사라진 후 이제 사람들은 점점 스스로 살아가는 자급 능력을 잃어버렸습니다. 집을 짓는 능력, 된장이나 간장을 만들 줄 아는 능력, 농약 없이 농사지을 줄 아는 능력은 이제 그 분야를 전공한 사람만이 아는 전유물이 되었습니다. 이제 도시 노동자가 된 사람들은 그토록 바라던 윤택한 생활을 하고 있을까요? 무엇보다 그들은 자신들이 물려받았던 삶의 기술들을 아래 세대에 전수하지 못하게 되었습니다.

도시 노동자들은 자신이 원하는 것을 얻으려면 돈을 주고 사야 합니다. 심지어 살아가는 데 꼭 필요한 것이 아닌데도 단지 폼 내고 과시하려고 비싼 물건을 사기도 합니다. 그러다 보니 밤이고 낮이고 돈벌이를 해야 합니다. 소비하기 위해서이지요. 편리함에 길들여진 사람들은 모든 것을 의존합니다. 돈이 없으면 아무것도 할 수 없다고, 계속 돈타령을 하며 자신이 불행하다고 여깁니다. 점점 더 기업에 의존하고 공공사업과 국가에 의존합니다. 개인이 성취해서 얻을 수 있는 기쁨은 점점 줄어들고 있습니다. 개인의 능력은 왜소해지고 패배의식과 우울함을 느낍니다. 우리가 시스템에 의존할수록 불안은 커지고 다툼과 갈등은 점점 많아집니다.

실현 가능한 희망의 방식들

우리가 우선적으로 관심을 갖고 논의를 해야 하는 것은 복지입니다. 좋은 복지란 무엇일까요? 그걸 고민하던 중에 저는 《따뜻한 경쟁》이라는 책을 발견했습니다. 이 책은 스위스 특파원으로 일했던 저자가 본 스위스의 복지제도에 대한 내용입니다. "생산력과 소비에 대한 지식이 늘어난다고 해서 현재 우리가 겪는 어려움이 해결되지는 않는다. 내 생각에 문제 해결을 위한 자연스러운 치유법은 다음과 같다. 실업을 없애기 위해 산업 부문별로 차등화된 노동시간 감축을 법률로 보장하고, 여기에 대중의 구매력을 유지시키기 위한 최저임금제를 결합해야 한다." 이런 주장을 한 사람은 누구일까요? 놀랍게도 정답은 알베르트 아인슈타인입니다.

중년의 아인슈타인이 쓴 에세이를 모은 책 《내가 바라본 세상 그리고 사람들》에는 노동시간 단축과 최저임금제, 여성의 정치 참여, 이스라엘 건국과 아랍 세계, 군비 축소, 종교 등 온갖 주제가 들어 있습니다. 이런 주장의 글을 그가 1920년대에 썼다는 사실이 너무 놀랍고 신선했습니다. 100년이 지난 지금도 그가 주장한 것들은 미완인 상태입니다. 더구나 아인슈타인이 스위스를 안정된 공동체 국가의 모델로 제시했다는 점도 이 책을 통해 처음 알았습니다.

이 책에서 가장 인상 깊었던 부분 중 하나는 스위스에서는 작물과 가축을 기르는 농민들에게 국가에서 연간 수천만 원씩 보조금을 지급한다는 사실이었습니다. 가구당 연평균 5,000~6,000만 원 정도를 준다고 하니 이것은 웬만한 한국의 중견 기업 과장급 연봉 수준입니다. 스위스가 이렇게 보조금을 나눠주는 이유는 농민들이 작물 생산 외에도 다른 가치를 창출하고 있다고 여기기 때문인데, 이것은 농업 외에 관광업도 잡으려는 이유입니다. 예를 들면 스위스 농가의 창턱에 늘어져 있는 화사한 꽃조차 공짜가 아니라고 합니다. 집주인이 세입자에게 지원금을 줘가면서 창가를 꽃으로 장식하도록 권장을 한다고 합니다. 이런 것들이 고스란히 관광객을 끌어들이는 볼거리가 되기 때문이지요. 스위스에서 농업 정책을 설계하는 정부 담당자는 국토라는 큰 화폭에 조화로운 그림을 그리는 화가나 넓은 공원에 다양한 꽃과 나무를 심는 정원사와 같다고 저자는 말합니다.

2016년 스위스는 전 국민에게 기본 소득 300만 원을 보장하자는 국민투표를 실시했다가 23퍼센트만 찬성하여 부결된 적이 있었습니다. 복지국가의 모델이었던 스위스가 국민들에게 기본소득을 보장하는 법안을 내놓은 이유가 무엇일까요? 산업화 사회가 지나가고 인공지능을 기반으로 하는 4차산업혁명 시대에 돌입하면서 아마도 새로운 복지 시스템을 도입할 필요성을 느끼고 있기 때문일 것입니다.

복지에 대한 이야기를 하면, 왜 정치 이야기를 하냐며 대화를 거부하는 분들이 꽤 있습니다. 하지만 기술이 변화하면 사회 구조도 바뀌고 그로 인해 사람들의 삶의 질도 영향을 받기 마련입니다. 우리나라보다 복지제도를 먼저 도입하고 여러 실험을 거친 유럽의 나라들이 최근 들어 기본소득제 같은 제도를 적극적으로 논의하고 있는 것도 사회 변화와 관련이 깊다고 할 수 있습니다. 전문가들은 우리 사회가 이미 인공지능 시대에 들어와 있으며, 20년 안에 더 급변할 것이라고 진단합니다. 물론 아직 누구도 인공지능시대가 어떤 사회를 만들지 정확히 예측하는 사람은 없습니다. 다만 새로 생겨나는 직업보다 없어지는 직업이 더 많을 거라는 전망에 대해서는 일치된 견해를 보이고 있지요.

일하고 싶어도 일할 기회를 얻지 못한다면 우리는 어떻게 살아야 할까요? 이런 변화 속에서 우리는 어떤 마음으로 살아야 하고, 우리의 후손들을 어떻게 교육해야 할까요? 이제 그 고민과 대안을 찾아야 하는 시점입니다.

읽을 책

《따뜻한 경쟁》
맹찬형 지음,
서해문집, 2012.

‘소유할 것’과 ‘버릴 것’, 바꾸어 생각해보기

복지 다음으로 우리가 논의해야 할 것은 ‘소비’의 문제가 아닐까 합니다. 거대한 자본 시스템의 구속을 덜 받으려면 기술을 가진 장인들이 진정한 자영업자가 되어야 합니다. 《따뜻한 경쟁》에 보면 스위스에서 대형마트는 도시에서 30킬로미터 밖에 짓도록 한다고 합니다. 골목 시장의 자영업자를 보호하기 위한 법이지요. 이와 같이 자영업을 살리기 위한 국가적 차원의 제도 마련도 중요하지만, 저는 소비자로서의 각성과 함께 소비자의 마음을 움직이는 생태운동이 병행되어야 한다고 생각합니다.

오늘날 과도한 소비는 많은 문제를 일으키고 있습니다. 다국적 기업이나 대기업들은 값싼 노동력을 얻을 수 있는 가난한 나라의 하청 회사에 원자재와 기술을 제공하면서 제품을 싼값에 납품하도록 요구합니다. 하청 회사는 대기업의 요구에 맞추기 위해 노동자들의 임금을 낮출 수밖에 없습니다. 결국 우리가 싼 물건을 구입할 때마다 노동자의 임금이 깎이거나 일자리가 없어질 수도 있습니다.

특히 과도한 소비가 지구온난화의 주범이라는 사실은 이미 모두가 아는 사실입니다. 예를 들어 신선한 살구, 딸기, 블루베리가 뉴질랜드에서 영국으로 항공 수송되고, 캐나다에서 재배된 아스파라거스가 영국으로 항공 수송됩니다. 이때 국내에서 재배한 과일채소를 수송하는 데 드는 에너지의 아홉 배를 소비하게 됩니다. 이런 글로벌 푸드의 문제를 해결하는 방법은 간단합니다. 가장 가까운 곳에서 재배된 제철 과일과 채소, 즉 로컬 푸드를 구입하면 됩니다. 로컬 푸드는 신선하고 맛있고 건강에도 이롭지요. 이 과일을 먹는 것은 지역의 가족 농가를 지원하여 지역 경제 발전에도 기여합니다. 생산자와 소비자로 구성된 먹을거리 공동체를 만들 수 있고, 글로벌 푸드가 일으키는 환경 피해 등에 사용되는 세금도 아낄 수 있습니다.

먹을거리를 자체생산하는 방법도 있습니다. 조사결과 캐나다 밴쿠버 시민들의 56퍼센트가 자신의 먹을거리 일부를 직접 생산하고 있다고 합니다. 시민들은 주택에 딸린 텃밭이나 시가 임대해준 공동체 텃밭에서 먹을거리를 재배합니다. 이런 도시농업은 음식물 쓰레기 등을 순환시켜 도시 환경을 개선하고 위생 시설 유지비를 줄이며 신선한 먹을거리를 공급한다는 이점이 있습니다.

제가 아는 어떤 예술가는 서울 근교의 마을에 삽니다. 작은 농가를 구입해서 직접 농사를 지어 식량을 얻습니다. 된장, 간장도 직접 만들고, 김치를 비롯한 웬만한 음식들은 스스로 만들어 먹습니다. 생활에 필요한 도구들은 모두 알뜰 시장에서 중고로 산다고 합니다. 그밖에 필요한 돈은 주말에 도시 아이들을 초대하여 만들기 체험을 하고 그 체험 비용을 받아서 해결합니다.

소비의 문제가 중요하다는 인식을 갖고 있더라도 일상에서 그것을 실천하기란 쉽지 않습니다. 그러니 분위기나 문화를 만드는 게 중요합니다. 예를 들어 한 동네에 사는 열 명의 주민이 모여 텃밭을 가꾸는 모습이 사람들에게 알려지면, 주변에 동참하는 사람들이 늘어납니다. 반려견을 키우는 사람이 많아지면서 우리 사회에 '동물복지'에 대한 관심이 커졌듯이 말이지요. 그래서 앞의 장에서 여러 번 제안했듯이 우리 사회에 작은 모임들이 많이 생기면 좋겠습니다. 미국의 사회학자 로버트 D. 퍼트넘이 《나홀로 볼링》이라는 책에서 말했듯이 사람들이 모여 활발하게 교류하고 서로 연대하는 것은 사회적 자본이 됩니다.

이제는 귀향 또는 귀촌을 하거나 마을공동체에 들어가 활동하는 사람들도 많아졌습니다. 그런데 좋은 마음으로 시작했다가 마음에 상처만 입고 다시 도시로 돌아온 분들도 적지 않습니다. 작은 마을에서 서로 친하게 격의 없이 지내다가 어느 순간 작은 문제로 마음이 틀어져서 원수지간이 되어버리는 일이 생겨서 그렇습니다. 공동체가 좋다는 것은 다 알지만 진정한 공동체를 이루기 위해서는 성숙하고 노련한 처신이 필요합니다. 함께 모여 산다고 해서 바로 공동체가 되는 것은 아닙니다. 공동체는 사적인 것과 공적인 것의 조율이 중요합니다. 또 함께 살아가기 위해 필요한 능력과 공동체의 가치에 대해서도 계속 서로 배우고 토론하면서 살아야만 합니다.

우리가 꿈꾸는 아름다운 혁명

아름다운 이야기를 하나 소개하려고 합니다. 1985년, 어느 젊은이가 인도 북서부 라자스탄 자이푸르 시에 공무원으로 부임합니다. 그곳에서는 수많은 아이들이 영양결핍으로 고통받고 있었습니다. 가장 큰 이유는 바로 물 부족이었습니다. 비가 내려도 지하수층에 물이 채워지지 않은 바람에 전체 땅의 3퍼센트만 물을 채울 수 있었습니다. 어떻게 하면 물 부족을 해결할 수 있을까 고민하던 젊은이는 어느 날 귀가 번쩍 뜨이는 정보를 얻게 됩니다. 옛날에는 빗물을 땅 속에 스며들게 하려고 초승달 모양의 진흙 제방을 쌓아 '조하드'라는 일종의 저수지를 만들었다고 했습니다.

젊은이는 '이게 답이구나!'라고 생각하고 주민들을 설득했지만, 주민들의 반응은 시큰둥했습니다. 하는 수 없이 젊은이는 이것을 혼자 해보기로 합니다. 그는 매일 열 시간씩 땅을 팠습니다. 첫 조하드를 만드는 데 3년이 걸렸지요. 조하드를 만들었지만 이를 연결할 수로가 필요했습니다. 그는 다시 주민들을 끈질기게 설득했고 이번에는 주민들과 함께 1년 동안 50개의 조하드를 만들 수 있었습니다. 그로부터 30년 후 그 지역은 600개의 수원을 확보하게 되었고, 인근 1,000여 개 마을 70만 명의 주민들에게 물을 공급할 수 있게 되었습니다. 메말랐던 강 다섯 개에 물이 흐르고 농작물 수확량도 늘었으며, 아이들의 영양실조도 역시 사라졌습니다. 여자들은 학교에 가서 교육을 받았고 그 덕택에 지역의 소득은 올랐으며, 당연히 인구도 늘었습니다.

한 편의 동화처럼 가슴 벅차고 아름다운 이 이야기는 실화이며, 《백만 개의 조용한 혁명》이라는 책에 실려 있습니다. 이 책은 가난, 성차별, 환경, 인권, 에너지, 식량, 주거, 의료, 금융 등 각 지역의 문제들을 정부나 기업이 아닌 평범한 시민들이 연대하여 해결한 사례들을 소개하고 있습니다. 한마디로 이들은 더 좋은 세상을 만들어가는 조용한 혁명가들, 말하자면 소셜 디자이너social designer들입니다. 우리는 이런 소셜 디자이너들의 말에 귀를 기울이고 적극적으로 동참해야 합니다. 이소이 요시미쓰가 쓴 《동네도서관이 세상을 바꾼다》도 작은 독서모임들이 모여 개인의 삶이 변하게 되고 사회 분위기까지 바뀔 수 있음을 보여줍니다.

두 명의 평화운동가가 쓴 《평화 만들기 101》라는 책에도 감동적인 사연이 나옵니다. 1981년 미국이 영국 그린햄 커먼 공군기지에 쿠르즈 미사일을 배치했을 때 서른여섯 명의 여성들이 웨일즈에서 그린햄까지 120마일을 걸으면서 시위를 했습니다. 이들은 기지 울타리 주변에서 체인으로 몸을 감고 평화캠프를 열었습니다. 전 세계에서 수많은 여성들이 캠프에 참여하기 위해 찾아왔고 많은 지원이 쏟아졌습니다. 시위대는 미사일 훈련이 있는 날이면 도로를 봉쇄하고 미사일 호송을 방해했습니다. 그리고 종종 한밤중에 미사일 수송 트럭을 따라갔고, 트럭이 멈추면 조용히 미사일에 평화를 상징하는 꽃 그림을 그렸습니다.

이 지역 의회가 평화캠프를 퇴거시키려고 했을 때, 의원들 앞으로 전 세계에서 퇴거 반대 편지와 카드, 청원서들이 쏟아졌습니다. 의회가 기지를 허용한다고 결정하자 영국, 유럽에서 3만 명의 여성들이 몰려와 기지를 둘러싼 채 서로 손을 잡고 지속적인 항거의 원을 만들었습니다. 이들은 울타리에 장난감과 꽃, 거대한 퀼트 깃발을 걸기도 했습니다. 깃발에는 '어머니가 지켜보고 있다'라고 쓰여 있었지요. 수백 명이 울타리를 무너뜨렸다는 이유로 체포되고 수감되었지만 오히려 시위 여성들은 재판을 통해 세계인의 주목을 받게 되었고, 이것을 자신들의 의지를 알릴 기회로 삼았습니다. 마침내 1993년, 국방 장관이 그린햄 기지가 더 이상 필요 없음을 선언했습니다. 하지만 기지가 완전히 사라진 것은 2001년 1월 1일이었습니다. 20년간 계속된 이 평화 운동은 이후 페미니스트 항거의 상징이 되었습니다.

저는 오늘날 여성운동이 소비운동, 평화운동이 되었으면 합니다. 밀집가축사육으로 인해 발생하는 가축들의 고통과 전염병 등 여러 문제들의 원인 밑바닥에는 돈벌이 경제가 있고, 더 깊이 들어가면 과다한 고기 소비에 근본적인 원인이 있습니다. 평화를 해치는 여러 문제들도 깊이 들어가면 나와 다른 인종이나 약자들을 부정적으로 바라보는 시선과 가치, 그리고 선진국의 소비 방식에 그 원인이 있습니다. 지구의 절반이 굶주림에 시달리는 것도 거대한 자유 시장 경제 체제에서 비롯되지만 이를 해결하는 방법은 가난한 나라에서 만드는 물건을 선진국 사람들이 사주면 쉽게 해결이 됩니다. 그래서 세계소비자연맹에서는 "산다Live는 것은 사는buy 것이고, 사는buy 것은 권력이고, 권력에는 의무가 따른다"고 강조합니다. 잘 소비하는 것이 바로 우리의 평화를 만드는 길인 것이지요.

읽을 책

《백만 개의 조용한 혁명》
베네딕트 마니에 지음,
이소영 옮김,
책세상, 2014.

《동네도서관이 세상을 바꾼다》
이소이 요시미쓰 지음,
홍성민 옮김,
펄북스, 2015.

《평화 만들기 101》
기 도운시, 메리 와인 애슈포드 지음,
추미란 옮김,
동녘, 2011.

Chapter 5

흠집이 난다 해도 멋스럽게 남기기로 했다

: 이제까지와 다른 새로운 삶 준비하기

목적이 있는 삶, 희망 있는 일에 투신하기

엘제아르 부피에. 그의 나이 쉰다섯. 그는 한때 농장을 소유하고 성실하게 살았으나 아들을 잃었고 아내마저 잃은 후 혼자 살고 있습니다. 마을은 오래전에 버려져 빈집만 남아 있습니다. 샘도 말라버리고 성당의 종탑도 무너져내리고, 언뜻 봐서 이곳은 황무지 같은 마을입니다. 그곳에서 그는 양을 치며 홀로 살고 있습니다.

그가 매일 하는 일이 있습니다. 그것은 나무를 심는 것이지요. 그는 나무가 없어서 이곳이 죽어가고 있다고 생각했습니다. 그래서 나무를 심기로 결심했습니다. 그는 밤마다 도토리를 세면서 좋은 도토리를 골라내고, 낮에는 쇠막대기로 땅에 구멍을 파고 도토리를 넣은 다음 흙을 덮는 일을 계속합니다. 그 땅이 누구 소유의 땅인지는 그에겐 중요하지도 관심조차 없습니다. 이미 3년 동안 도토리 10만 개를 심었는데, 그중 2만 개가 싹이 텄습니다. 그는 그곳을 찾아온 젊은이에게 목숨이 살아 있는 날까지 계속 나무를 심을 거라고 말합니다.

그 젊은이는 1차 세계대전에 참가했다가 전쟁이 끝난 후 다시 그곳을 찾습니다. 그곳은 이제 제법 울창한 숲을 이루었는데, 가장 넓은 곳은 11킬로미터나 뻗어 있었습니다. 엘제아르 부피에의 정성으로 피어난 나무들이 생명이 물결치는 아름다운 숲을 이루고 있었지요. 심지어 말라 있던 도랑에는 물이 흐르고 있었습니다.

처음 부피에를 만난 지 20년 후부터 젊은이는 해마다 그곳을 찾아갑니다. 울창해진 숲을 찾아온 사람들은 숲이 저절로 만들어졌다고 신기해하지요. 하지만 일흔다섯 살이 된 부피에는 사람들의 시선이나 말에 개의치 않고 묵묵히 나무를 심습니다. 다행히 2차 세계대전 중에도 숲은 지켜질 수 있었습니다. 전쟁 물자로 많은 목재가 쓰였지만 숲이 도로에서 너무 멀리 떨어져 있어서 경제적으로 수지가 맞지 않았기 때문이지요.

젊은이가 부피에 노인을 마지막으로 만난 것은 노인이 여든일곱 살 때, 놀랍게도 그곳은 이제 마을을 이루고 있었습니다. 젊은 부부들이 집을 짓고 아이를 키우고 텃밭을 가꾸는 희망의 터전이 된 것이지요. 젊은이는 이 놀라운 변화에 감동하면서, 샘가에 심어 놓은 보리수를 '부활'의 상징이라고 말합니다.

건강하고 여유 있는 공간, 행복하고 안락하게 살아가는 사람들, 젊음과 활기와 모험 정신이 살아난 마을에 축제가 열립니다. 이 모두가 부피에 노인 덕분임을 그는 알지요. "위대한 영혼으로 오직 한 가지 일에만 일생을 바친 고결한 실천이 없었다면 이런 결과를 낳을 수 없었을 것이다. 그는 신과 다름없는 일을 훌륭히 해낸 사람이다. 배운 것 없는 그 늙은 농부에 대한 크나큰 존경심에 사로잡힌다"라는 말로 소설은 끝을 맺습니다.

이 책은 1953년에 발표되어 그동안 열세 개 언어로 번역되어 읽힐 만큼 세계인에게 널리 알려진 책입니다. 책 뒤에 소개한 것처럼 작가 장 지오노는 작가 자신의 체험을 바탕으로 이 책을 썼다고 합니다. 장 지오노는 오트 프로방스의 산지를 여행하다가 특별한 사람을 만났는데, 그 사람은 혼자 사는 양치기로 날마다 나무를 심어 황폐한 땅을 숲으로 바꾸어 가고 있었습니다. 작가는 큰 감동을 받아 작품을 쓰기 시작했고 그 후 20여 년 동안이나 원고를 다듬어 책으로 펴냈지요. 단편소설 한 편을 20여 년에 걸쳐 쓰다니, 작품에 대한 작가의 열정이 얼마나 대단한지를 알 수 있습니다.

장 지오노의 삶을 들여다보면 그가 왜 이런 소설을 썼는지 짐작할 수 있습니다. 장 지오노는 1895년 프랑스 남부 오트프로방스에서 태어났는데, 그의 아버지는 가난한 구두수선공이었습니다. 가난으로 인해 교육을 제대로 받지 못한 그는 16세에 은행에 들어가 18년 동안 일합니다. 책에 나온 젊은이처럼 1차 세계대전에 참가하기도 하지요. 그는 독학으로 많은 고전을 읽고 습작을 하면서 작가가 되었습니다. 그는 1970년 세상을 뜨기까지 약 30편의 소설과 에세이, 시나리오를 써서 프랑스의 가장 뛰어난 작가 중 한 사람이 됩니다.

《나무를 심은 사람》은 애니메이션으로 제작되어 더욱 널리 알려졌는데, 그림을 그린 사람은 캐나다 작가 프레데릭 백입니다. 그는 이 책을 읽고 감동을 받아 애니메이션을 만들기로 결심했는데, 5년에 걸쳐 2만 장의 그림을 그릴 만큼 정성을 들였다고 합니다. 이 애니메이션을 본 캐나다 사람들이 큰 감동을 받았고 그 후 나무 심기 운동을 전국적으로 벌여 약 2억 5천만 그루의 나무를 심었다고 합니다. 홀로 산에서 나무를 심은 양치기도 훌륭하고, 나무를 심는 양치기를 소재로 소설을 써서 수많은 사람들에게 영감을 준 장 지오노도 훌륭하고, 또 소설을 탁월한 영상 예술로 재탄생시킨 프레데릭 백도 정말 멋집니다.

희망이 있는 일을 향해 달려갈 것

작가가 살아온 과정을 알고 작품을 읽으니 평생 가난한 구두수선공으로 살면서 가족을 부양하였던 작가의 아버지와, 생계를 위해 은행원으로 일하면서도 작가가 되기 위해 매일 습작을 계속했던 작가의 삶이 나무를 심은 엘제아르 부피에의 삶과 닮아 있다는 걸 느낍니다. 그 노인이 좋은 도토리를 골라내어 쇠막대기로 구멍을 뚫고 그곳에 일일이 도토리를 넣어 흙을 덮는 일을 매일 40년 가까이 반복하였듯이 장 지오노의 아버지는 매일 신발을 고쳤을 것이고, 작가 자신도 매일 책을 읽고 습작하고 또 습작하였을 테지요. 또한 그 작품을 애니메이션으로 재탄생시킨 프레데릭 백은 어떤가요. 그 역시 작품의 완성도를 위해 무려 2만장의 그림을 크레용으로 그렸다고 합니다. 5년간을 말이지요.

처음부터 의도한 것은 아니었지만 엘제아르 부피에가 수십 년간 나무를 심은 것은 결국 신이 할 일을 대신한 것입니다. 책에서도 나왔듯이, 그는 신과 다름없는 일을 한 것입니다. 아내와 아들을 다 잃고 절망 속에서 그가 선택한 것은 다시 생명을 키우는 일이었습니다. 그는 거창한 가치를 추구하겠다고 마음먹은 게 아니라, 자신이 산 속에서 가장 잘할 수 있는 일을 찾아 나무를 심기 시작한 것이지요. 하지만 그는 나무를 심기 시작하면서 스스로 행복해지는 방법을 발견하였고, 마침내 그는 마을을 생명의 물결이 넘치는 공간으로 만들었습니다.

그러므로 매일 반복되는 일상의 노동이 살아 숨 쉬는 생명의 공간이 되려면 그 노동에 희망이라는 가치가 들어 있어야 합니다. 희망이 없는 일을 하게 되면 그 일은 메마르고 건조하며 쉽게 지치지요. 수많은 부모들이 자식을 키우고 자식에게 희망을 걸고 열심히 일합니다. 또 많은 노동자들은 자신이 하는 일이 사회의 공익에 도움이 된다는 생각으로 일합니다. 우리가 희망을 품고 매일 기쁘게 일을 한다면, 그것은 책 속의 엘제아르가 매일 한 그루 한 그루의 나무를 심고 가꾼 것과 같은 행위가 됩니다.

누구는 나무를 심고, 누구는 소설을 쓰고, 누구는 그림을 그립니다. 자신이 가장 좋아하는 방법으로 자신은 물론 이웃과 사회에 도움이 되는 일을 매일 성실하게 실천할 때, 우리는 고결한 정신을 지닌 위대한 영혼이 될 수 있는 게 아닐까요?

읽을 책

《나무를 심은 사람》
장 지오노 지음, 프레데릭 백 그림, 햇살과나무꾼 옮김,
두레아이들, 2002.

흐름대로 받아들이는 '삶의 실험'

"삶이 우리에게 주려는 것이 우리가 스스로 얻어낼 수 있는 것보다 더 많을 수도 있지 않을까?"

《될 일은 된다》를 쓴 마이클 A. 싱어는 영성가이자 작가입니다. 그가 쓴 《상처받지 않는 영혼》은 뉴욕타임즈 종합 1위에 오른 책이기도 합니다. 《될 일은 된다》는 제목만 봐서는 흔한 자기계발서로 보일 수도 있겠지만 실로 놀라운 영감을 주는 책입니다. 그가 얻은 깨달음은 중년 이후 삶의 태도를 성찰하는 데에 도움을 줍니다.

이십 대 후반의 어느 날 그는 문득 이런 생각을 합니다. '내 머릿속에서 끊임없이 말하는 목소리로부터 벗어나고 싶다'. 예를 들면 이것은 강의 중에 교수님의 말은 경청하지 않고, 교수님이 다음에 무슨 말을 할 것인지 말하고 있거나, 내 차례가 되면 무슨 말을 할 것인지 궁리하고 있는 내면의 목소리를 말합니다. 이것이 쉬지 않고 떠들고 있는 내 안의 목소리인 것이지요. 그런데 갑자기 그의 내면 깊은 곳 무엇이 그 입을 다물게 하고 싶어졌습니다. 어떻게 하면 그 목소리가 잠잠해지고 내적 평화를 이룰 수 있을까 궁리하던 그는 명상을 해봐야겠다고 생각합니다. 무작정 명상에 관한 책을 읽은 후 그는 돗자리를 들고 산 속으로 들어가 가부좌를 틀고 앉아 명상을 시작합니다.

처음부터 잘될 리가 없지요. 그래도 꾸준히 시도한 끝에 드디어 그는 명상의 기쁨을 알게 되었습니다. 그리고 평생 명상가로 살고 싶다는 생각을 하게 되었지요. 누구의 방해도 받지 않고 명상을 하고 싶어 그는 산 속에 오두막을 짓고 살기 시작합니다. 그러던 어느 날 그에게 한 가지 깨달음이 찾아왔습니다. 바로 우리의 활동 대부분이 호불호를 중심으로 돌아간다는 점이었지요. 마음은 좋아하거나 싫어하는 것을 발견하면 그것에 대해 왁자지껄 떠들기 시작합니다. 이 '좋다, 나쁘다'야말로 끊임없이 우리의 마음을 주절거리게 만드는 주범인 것이지요.

그리하여 그는 실험을 시작합니다. 이제 개인적인 좋고

나쁨을 둘러싼 마음의 수다에는 귀를 닫겠다고 결심을 합니다. 대신 삶이 자연스러운 흐름을 통해 자신에게 가져다주는 것을 그대로 수용하는 것에만 의지를 발휘하리라고 결심하지요. 예를 들면 비가 오는 날을 생각해봅시다. '왜 하필 오늘 비가 내리는 거지? 비는 꼭 내리지 말았으면 하는 때에 내리더군. 다른 날 놔두고 왜 하필 이날이야. 이건 불공평해' 이렇게 생각하는 대신 '참 아름답구나, 비가 내리네' 하고 생각하는 거지요.

나에게 좋고 나쁨을 기준으로 판단하는 것이 아니라, 삶이 이끄는 대로 수용하겠다는 실험은 그의 삶을 놀랍고 경이로운 길로 안내하였습니다. 그는 어떤 일이 생길 때마다 삶의 흐름을 존중하겠노라고 스스로에게 약속한 대로 행했습니다. 그는 삶이 이끌어온 상황에 자신을 맡기는 것 말고는 선택지가 없다는 사실을 깨달을 때마다 마음은 고요해지고 평화로워졌습니다. 그러자 그는 처음에는 평생 명상가로 살고 싶었지만 삶은 그를 건축업자로, 컴퓨터 프로그래머로, 기업의 경영자로 키웠습니다. 그가 삶의 흐름을 탄 이후부터 거듭거듭 목격한 것은 적재적소에 딱 맞는 사람이 나타나는 일이었습니다. 처음에는 대재앙처럼 보였던 것이 결국에는 긍정적인 결과를 낳기도 했습니다. 지금 불어 닥치는 폭풍우에 잘 대처하다 보면 결국 그것이 큰 선물을 불쑥 가져다준다는 사실을 그는 수차례 경험합니다.

불행이나 고난을 내맡기기만 하면 무조건 긍정의 선물로 바뀌는 걸까요? 그는 폭풍우를 만날 때 이를 변성의 전조로 보았습니다. 어쩌면 변화는 일상의 관성을 넘어설 이유가 충분히 있을 때만 발생하는 것일지도 모른다는 생각을 한 것이지요. 힘든 상황은 내면의 변화를 일으키는 데 필요한 힘을 창조하기 때문입니다. 문제는 우리가 변화를 일으키기 위해 끌어올린 이 모든 에너지를 대개는 변화에 맞서 저항하는 데에다 써버리고 마는 점입니다. 그는 우짖는 폭풍우의 한가운데에 고요히 앉아서 '지금 내게 요구되는 건설적인 행동은 무엇인가?'라고 묻고 그 상황을 지켜보곤 했습니다. 즉 힘든 일이 닥쳤을 때, '우리는 그 힘을 자신의 변화를 위해 기꺼이 사용할 수 있는가?'라고 자신에게 질문을 던져보라는 것입니다. 그리하여 힘든 상황이라는 변화의 순간을 더 깊은 차원에서 소화해낼 수만 있다면 심리적 상처를 받지 않을 수 있다고 그는 말합니다.

삶이 우리를 위해 준비한 것

삶이 가끔 변화를 위해 우리를 구렁텅이에 밀어 넣는다는 그의 말대로 그는 엄청난 회오리바람을 인생에서 만나게 됩니다. 그때 그는 직원을 2,300명을 둔 기업의 최고경영자였습니다. 어느 날 그의 회사에 FBI가 급습해 모든 서류들을 챙겨갑니다. 그와 회사 중역들이 회사 돈을 빼돌렸다는 혐의였습니다. 하루아침에 그는 뉴스의 주인공이 되었습니다. 그는 공개적으로 망신을 당한 적이 없었기 때문에 이 일이 그의 내면을 흔들었습니다. 그의 내면의 목소리는 이 일이 자신과는 전혀 관련 없다는 것을 계속해서 설명하고 싶어 했습니다. 많은 매체들이 달려와 그의 말을 듣고 싶어 했습니다. 하지만 오랜 세월을 머릿속의 목소리를 잠재우는 데 시간을 바쳐온 그는 자신의 목소리에 귀를 기울이는 것은 불난 집에 부채질하는 것과 별다를 게 없다는 사실을 이미 알고 있었습니다.

그는 편안히 이완하면서 자신을 변호하고 싶은 그 강렬한 욕구가 지나가기를 기다렸습니다. 그는 평소처럼 자기 일을 했습니다. '아무 잘못도 하지 않았는데 왜 내가 이 일에 영향을 받아야 하는가? 시간이 지나면 일은 저절로 해결되리니, 그동안 나는 내면 깊은 곳에 자리한 큰 기쁨과 평화가 어떤 식으로

든 영향을 받지 않도록 깨어 있을 것이다'라고 생각했습니다. 어떤 대가를 치르더라도 '나로부터 해방되는 것', 그것이 그의 인생 여정의 전부였으니까요.

지루하고 긴 법적 다툼은 무려 7년이나 지속되었습니다. 결국 이 모든 사단은 내부 고발자를 자인하며 FBI에 들어가 고발장을 냈던 머리 좋은 직원의 사기행각이었음이 드러났습니다. 그 직원은 수년간 교묘하게 거액의 뇌물을 받아 챙기다가 처벌받을 위기에 처하자 거대한 사기극을 꾸몄습니다.

불명예의 오명을 뒤집어쓰고 뭇사람의 손가락질을 받고, 재수가 안 좋으면 감옥에 갈 수도 있었던 상황에서 저자가 놀라우리만치 내적 평화를 이룬 이유는 삶의 흐름에 자신을 맡기고 정화의 힘을 기꺼이 받아들이기로 결심했기 때문입니다. 아마 그는 억울하게 감옥에 갔을지라도 그것마저도 자신의 성장을 위한 계기로 받아들였을 게 틀림없습니다.

삶은 선택이 아닌 사는 것

《될 일은 된다》를 읽고 나서 저는 〈The Way〉라는 영화가 떠올랐습니다. 아내를 잃은 중년의 남자에게 대학생 아들이 대학을 중퇴하고 스페인 산티아고 길을 가겠다고 합니다. 남자는 아들에게 "삶에서 선택은 매우 중요하단다. 선택을 잘해야 해"라고 말합니다. 그러자 아들은 "아빠, 삶은 선택이 아니라 사는 것이에요"라고 하지요. 얼마 후 아들은 산티아고 길에서 폭풍을 만나 목숨을 잃게 됩니다. 아버지는 아들의 시신을 수습하기 위해 스페인으로 가고, 그곳에서 아들을 화장한 후 배낭에 유해를 넣고 산티아고 길을 걷습니다.

이 영화를 보고 삶은 선택이 아니라 사는 것이라는 말이 오래도록 제게 남았습니다. 《될 일은 된다》에서 저자가 전달하고자 하는 말과 통한다고 느꼈기 때문입니다. 우리는 좋아하고 싫어하는 것, 옳고 그른 것, 유명하다고 믿는 것, 우리가 배웠던 것들을 기준으로 선택을 하며 살아가는 것을 인생이라고 생각합니다. 하지만 저자는 다른 관점에서 삶을 바라보았고, 선호나 선택이 아닌 삶이 손을 내미는 곳으로도 가보았지요. 그랬더니 놀라운 선물들이 그를 기다리고 있었습니다. 혹시 지금까지 자신이 믿은 신념대로 또는 전략대로 살아왔다면 이제는 삶이 이끄는 대로 따라가보는 것도 괜찮을 것입니다. 그것은 아주 사소한 것에서 시작해볼 수 있습니다. 예를 들어 지금까지는 깔끔하게 정돈된 것을 중요하게 여기고 살았다면, 이제부터는 조금 지저분한 곳에서도 지내보고, 그런 사람들과도 어울려보는 것입니다. 나쁜 일, 죄짓는 일만 아니라면 기회가 왔을 때, 누군가 권했을 때 기꺼이 그 일을 해보겠다고 하는 것입니다. 그곳으로 갔을 때 무엇이 기다리고 있든지 그것도 삶의 경험이고, 선물이 될 것이라고 믿으면서 말이지요.

읽을 책

《상처받지 않는 영혼》
마이클 A. 싱어 지음, 이균형 옮김, 라이팅하우스, 2014

《될 일은 된다》
마이클 A. 싱어 지음, 김정은 옮김, 정신세계사, 2016

과거의 성공한 자아가 나에게 하는 말

앞에서 소개한 책 《될 일은 된다》는 삶을 살아가는 관점과 태도에 대한 이야기입니다. 저자가 책에서 말했듯이 그는 사회적으로 남이 알아주는 결과를 얻거나, 인기를 얻거나, 큰 돈을 벌기 위한 목표를 정하고 산 게 아니었습니다. 그는 처음에 산속의 명상가로 살고 싶었지만 건축가로, 프로그래머로, 큰 기업의 대표가 되기도 했지요. 그 무엇이 되었건 그에게는 '어떠어떠한' 직업이 중요하지 않았습니다. 자신에게 맡겨진 일을 통해 자신의 삶을 성장시켰다는 점이 중요하지요. 제가 그에게 놀랐던 점은 무슨 일을 선택할 때, 기존에 자신이 갖고 있는 기호나 가치관에 따라 일을 선택한 것이 아니라, 자신에게 다가온 일을 삶이 자신에게 뭔가 도움을 주고자 손을 내미는 것으로 여겼다는 점입니다.

중년기에 직업을 바꾸거나 새로운 일을 시작하는 사람들에게 《될 일은 된다》의 저자가 주는 메시지는 '내 뜻대로 하려고만 하지 말고 삶에게 나를 내어 맡겨보라'일 것입니다. 즉 이제부터는 지금까지 살아온 것에 연연하지 말라는 뜻입니다. 이는 지금까지 경험한 것들을 무시하고 새로운 지식만을 받아들이라는 뜻이 결코 아닙니다. 과거의 것은 고리타분하고, 새로운 것은 참신하다는 차원의 말도 아닙니다. 우리 주변에는 젊어서 뛰어든 사업이 잘 되어 소위 대박을 터뜨린 사람도 있고, 오랫동안 끈질기게 매진하여 그 분야의 전문가가 된 사람도 있습니다. 그런데 중년 이후 새로운 사업에 뛰어들었다가 크게 망하여 고생한 사람도 적지 않습니다. 무리한 신규 투자이거나 경영 문제인 경우도 있지만, 경영자 자신의 '고집' 때문에 실패한 경우도 많습니다. 중년기에 조심해야 할 이 '고집'의 정체는 무엇일까요?

젊어서 누구나 한 번은 읽어보았을 법정 스님의 《무소유》라는 책이 있습니다. 여기서 무소유란 어떤 뜻일까요? 스님이 쓰셨으니 아마 물질에 대한 소유 욕망을 자제하라는 게 아닐까 하고 생각한 사람도 많겠지만, 여기서 무소유는 반드시 그런 뜻만은 아닙니다. 제가 생각하기에 무소유는 고집스럽게 갖고 있는 어떤 생각덩어리, 또는 관습처럼 익숙해진 관념이나 방식이라고 여겨집니다. 고집은 자기가 옳다는 것을 유지하려는 태도입니다. 고집은 살아오면서 자신이 했던 경험과 사고습관에 의해 형성된 것이지요.

문제는 중년기에 이르러 이 고집이 문제가 될 수 있다는 것입니다. 과거의 성공한 자아를 자신의 것으로 소유하고 그것을 통해 세상을 바라보고 판단하다가 우리는 실수를 하게 됩니다. 과거의 어느 시기에 성공을 이룬 것은 순전히 자신의 능력과 영리한 판단력 덕분만은 아니기 때문입니다. 그때는 그 사업이 세상의 요구에 부응하였거나, 혹은 사람들의 호기심을 끌만한 일이었기에 성공할 수 있었지만, 현재는 아닐 수도 있습니다. 세상은 끊임없이 변합니다. 시대가 바뀌면 기술도 바뀌고 사람들의 생각도 바뀌기 마련이어서 옛날의 방식은 더 이상 통하지 않습니다.

회사 중역이나 대표 자리에 오른 사람들은 자신이 몇 십 년 동안 경험한 것을 보석처럼 간직합니다. 젊은 사원이 패기 있게 의견을 내면, 그거 내가 다 해봤는데 소용없다면서 묵살하곤 합니다. 자신이 젊었을 때에는 그 아이디어가 통하지 않았지만 지금 시대에는 잘 맞을 수도 있는데 말이지요. 회의 시간에 젊은 사원이 요새는 빅 데이터에 의한 통계가 나와 있어서 참고할 만하다고 말하면, 그런 데이터 다 소용없다, 이제까지 경험해본 내가 더 정확하다고 큰소리를 칩니다. 이런 일이 반복되면 회의 시간에 소신 있게 발언하는 사원은 없어지게 됩니다. 특히 화려했던 과거의 열정과 실적을 내세우며 요새 젊은이들은 헝그리 정신이 부족하다고 탓하는 중년의 사업자들이 많습니다. 그러다 보니 젊은이들은 오래 버티지 못하고 회사를 떠나게 됩니다.

사실 성공의 요인은 기술력이나 홍보만으로도 설명할 수 없는 것들도 아주 많습니다. 우연이라고밖에 설명할 길이 없는 신기한 예가 아주 많지요. 그날 그 시간에 나타난 행운의 어떤 사람 덕분에, 또는 엉뚱한 길로 접어들었다가 일어난 일 때문에 대박이 터지기도 합니다. 노벨경제학상을 받은 심리학자 대니얼 카너먼이 쓴 《생각에 관한 생각》에 보면, 주식전문가들이라고 해서 주식투자로 성공하지 않는다고 합니다. 현상을 예리하게 잘 분석한다고 해서 미래를 잘 예측하거나 투자에 성공하는 게 아니라는 말이지요. 왜 똑같은 실력과 조건을 갖춘 두 사람이 있는데 그중 한 사람만 성공하는 것일까요?

우리가 만나게 될 우연과 행운들

《실력과 노력으로 성공했다는 당신에게》라는 책을 쓴 저자 로버트 H. 프랭크는 이런 질문에 대해 '당신이 성공한 것은 경쟁에서 이길 만큼 실력을 갖추었거나 부지런히 노력한 덕분이 아니라, 행운이 작용했을 것이다'고 주장합니다. 물론 여기서 말하는 '행운'이란 아무 노력도 하지 않은 채 로또 당첨을 기다리다 벼락처럼 맞이한 그런 행운을 말하지 않는다는 걸 모두 알 것입니다. 이 책을 쓴 저자는 미국의 유명 대학에서 경제학을 가르치는 교수입니다. 그는 성공한 사람들이 훈장처럼 떠들고 다니는 노력과 실력주의의 신화에 일타를 날리면서, 성공한 사람들의 생각이 바뀌어야 한다고 강조합니다.

일단 경제학자가 이런 책을 썼다는 점이 매우 흥미롭고 놀라웠습니다. 그는 성공한 사람들이 노력과 실력으로 부자가 되었다고 굳게 믿음으로써 생기는 문제점을 말합니다. 자신의 실력으로 성공했다고 믿을수록 삶에서 얻은 '행운'을 감사하게 여기지 않게 되고, 이로 인해 그들이 사회에서 도움이 필요한 곳이나 공공부문에 투자를 덜하게 된다고 지적합니다. 다시 말해 그들이 자기 인생에서 얻은 행운을 믿는다면, 그는 사회를 위해 자신의 것을, 더 많은 것들을 내어놓을 것이기 때문입니다.

성공은 전적으로 개인의 선택과 개인의 책임에 의해 쟁취한 것이 아니라는 저자의 말에 저는 동의합니다. 인생이 얼마나 많은 우연과 복잡성으로 이루어져 있는지 아는 사람이라면 저자의 말에 백퍼센트 동감할 것입니다. 저자 자신도 미국 유명 대학의 교수가 되기까지 행운이라고밖에 말할 수 없는 일들을 여러 번 겪었음을 고백하고 있습니다.

태어나자마자 입양되어 자란 저자는 서른 살이 넘어 친어머니를 찾기 시작합니다. 수소문 끝에 친어머니가 사는 곳이 버지니아주 어디쯤이라는 것을 알게 되었지만 친어머니가 자기를 만나고 싶어 할지 어떨지 알 수 없어서 전전긍긍하고 있던 차에 앞집에 사는 여성을 길에서 만납니다. 그 여성을 만나 그는 자신의 친어머니 찾는다는 말을 하게 되는데 놀랍게도 그 여성의 고향이 친어머니와 같은 동네였고, 그녀는 친어머니가 낳은 여동생과 친구였습니다. 결국 그녀를 통해 그는 친어머니의 사정을 알게 되어 만남이 이루어질 수 있었지요.

성공의 이유가 노력과 실력만이 아니라, 행운 덕분이라는 말은 여러 면에서 논란과 토론을 일으킬 수 있습니다. 공부하는 학생들에게는 성공하려면 행운보다는 노력과 실력이 성공의 요인이라고 말하는 것이 성적 향상에 도움이 될지도 모릅니다. 또 뭔가에 실패한 사람에게 "당신은 실력과 노력이 부족해서 망한 게 아니라, 행운이 없었을 뿐이었다"라고 말하는 것과, "당신이 망한 것은 실력이 부족해서입니다"라고 현실적으로 진단해주는 것 중 어느 것이 더 나을까요? 실패한 원인을 진단해주는 것 자체가 깊은 상처가 될 수도 있겠지만 굳이 진단한다면, 실력과 노력 부족뿐 아니라, 행운이 따르지 않은 것도 충분한 실패의 이유가 될 것입니다. 삶에서 일어나는 여러 일들의 원인을 우리는 모른다는 것이 정답입니다. 그러므로 그 답을 알 수 없다면 자신에게 위로를 주는 쪽으로 해석하는 것이 현명하겠지요.

이 책은 중년을 살아가는 사람들에게 어떤 의미가 있을까요? 앞에서 《무소유》를 통해 말했듯이, 과거에 성공했던 경험을 철석 같은 믿음으로 간직한 채, 자신의 판단과 실력을 믿다가 낭패를 볼 수도 있음을 이제는 알아야 하겠지요. "내 판단은 늘 옳았다" "나는 된다" "행운은 늘 내 편이었다"는 믿음은 긍정적인 믿음과는 다릅니다. 그것은 자신이 스스로에게 심어놓은 내면의 '소유물'입니다. 성공한 자아를 소유함으로써 우월함을 유지하고 싶은 마음인 것이지요. "나 아직 안 죽었어"라는 마음처럼 말이지요.

사업에서 한두 번 성공한 경험을 가진 사람들을 보면 알 수 있습니다. 그런 분들은 주위에서 말려도 전혀 말을 듣지 않습니다. "예전에 주변에서 모두 반대한 일을 내가 해서 성공했어"라면서 말이지요. 이런 분들은 과거의 성공 신화가 자신의 자아가 되어버려서 그 성공 신화를 믿지 않으면 죽는 줄 압니다. 자신을 죽이는 일이라고 생각하는 것이지요. 그래서 자신의 성공 신화를 굳게 믿고 사업을 무리하게 확장하던 사람이 완전히 실패를 한 후 목숨을 끊는 예가 적지 않습니다. 이는 마치 도박을 하는 사람이 이제까지 실패한 것이 헛되이 되지 않게 하기 위해서 계속 도박을 하는 것과 다르지 않습니다.

나 자신을 완전히 확신하지 말기

이쯤해서, 지금까지 저자들이 한 말을 중심으로 중년기에 일을 대하는 자세에 대해 정리해보도록 하겠습니다. 첫째, 중년에는 일할 때 반드시 성공하고야 말겠다는 굳은 결심을 되도록 안 하는 게 좋습니다. '성공하려고 할수록 성공은 더 멀리 가 있다'는 말이 있습니다. 뭔가를 시도하여 열심히 한 끝에 얻은 성공은 모두 선물입니다. 수많은 사람들도 그 일에 도전하였지만 성공하지 못한 경우가 많았기 때문이지요. 반대로 원하는 대로 이루지 못했더라도 자책하거나 절망하지 않아야 합니다. 왜냐하면 성공의 여부는 실력과 노력에만 달려 있는 게 아니니까요. 어떤 결과든 받아들이고 수용하면 고통은 얼마 후 사라질 것입니다. 그리고 그 경험이 우리를 성장시킬 것입니다. 실패도 인생의 한 경험으로, 자기 삶의 스토리로 만들어 낼 수 있는 '의미 중심의 관점'을 가져야 합니다.

둘째, 중년에 시작하는 일이나 사업은 신중하고 현명하게 결정하는 게 좋습니다. 만약 실패할 경우 그에 따른 책임이 무겁기 때문입니다. 따라서 뭔가를 시도할 때는 주변의 의견과 정보를 충분히 활용해야 합니다. 과거 자신이 성공했던 경험으로 밀어붙여서는 낭패를 볼 수도 있습니다. 자영업을 하거나 중소기업을 운영하는 분들 중에는 젊은 직원들과 소통이 안 되어 심적 고생을 겪는 분이 매우 많습니다. '내가 젊어서는 저러지 않았다'는 식의 생각으로는 절대 경영에서 성공할 수 없습니다. 자신이 굳게 믿고 있는 관념을 깨야 하고, 변화하는 세상에 귀를 활짝 열어야만 합니다.

셋째, 중년부터는 사회의 어른으로서 후배들이 즐겁게 일할 수 있는 환경을 만들기 위해 노력해야 합니다. "오늘 누군가가 나무 그늘 아래서 쉴 수 있다면 다른 누군가가 오래전에 그 나무를 심었기 때문이다." 이 말은 워런 버핏이 한 말이라고 합니다. 성공은 결코 혼자 힘으로 이룬 게 아니라는 점을 잊어서는 안 됩니다. 교육 시스템과 제도, 사회적 인프라 덕분임을 잊으면 안 됩니다. 이 말은 역으로 성공한 사람들이 많이 나올 수 있도록 좋은 환경을 조성해야 한다는 말도 됩니다. 이는 이미 성공을 이룬 사람들, 힘을 가진 사람들이 사회를 위해 자신의 것 일부를 내어놓음으로써 가능해집니다. 더 많이 가진 자들, 힘 있는 자들의 의식혁명이 절실한 것이지요.

읽을 책

《실력과 노력으로 성공했다는 당신에게》
로버트 H. 프랭크 지음, 정태영 옮김,
글항아리, 2018.

이제, 인생이 현명해지는 기회의 시간

이 이야기는 마흔 후반의 한 남성 이야기입니다. 어느 날 그는 구조 조정의 대상이 되어 퇴사를 하게 되었습니다. 갑자기 직장에서 내쳐진 그는 심한 스트레스 때문에 불면증에 시달리고 기억력에도 문제가 왔습니다. 덜컥 겁이 난 그는 스스로 뇌신경과를 찾아갔습니다. 의사는 모든 게 스트레스 때문이라며 맘을 편하게 갖고 안정을 취하라고 그에게 처방해주었습니다. 그리고 6개월쯤 후에 그는 다시 그 병원을 찾아갔습니다. 문제는 그 남성이 6개월 전에 그 병원에 갔다는 사실을 잊어버린 것입니다. 의사가 말했습니다.

"6개월 전에 우리 병원에 오셨군요."

"아닙니다. 저는 오늘 처음인데요."

"여기 기록이 있는데요. 나이도 맞고."

"아니오. 저는 처음이에요."

그 남성은 계속 병원에 처음 온 거라고 우겼답니다.

"그래요? 무슨 일로 오셨나요?"

"아, 제가 요즘 기억이 가물가물하고 잘 잊어버려서요."

남성과 의사가 나눈 대화를 떠올리면 박장대소하며 웃을 일이지만, 중년이 되어 기억력에 문제가 생겼다고 호소하는 사람을 많이 만나게 됩니다. "아, 그거 뭐더라. 생각이 날 듯 말 듯 하네" 하는 사람을 흔하게 볼 수 있습니다. 어떤 사람을 떠올릴 때 그 사람의 이미지나, 행동은 떠오르지만 이름이 떠오르지 않아 난감한 적이 많았을 것입니다. 이것을 뇌 학자들은 '설단 현상'이라고 합니다.

특히 중년이 되면서 이런 형상이 빈번해지는 이유에 대해 뇌 과학자들은 뇌가 산만해졌기 때문이라고 설명합니다. 건망증이 심해지고 설단 현상이 심해지면 우리는 덜컥 겁이 납니다. 혹시 치매 전조 현상이 아닌가 하고요. 아직 뇌에 관한 비밀이 완전히 벗겨진 게 아니기 때문에 이런 현상이 치매로 이어지는 전조 현상인지 아닌지는 확신할 수 없습니다. 더구나 최근 들어 스마트폰 사용이 빈번해지면서 가족들 전화번호도 외우지 못하는 사람이 늘고 있습니다. 그러다 보니 과다한 인터넷 사용과 의존이 인간을 디지털 치매 환자로 만들고 있다는 비판도 많아지고 있습니다. 어떤 학자는 디지털 치매가 진짜 치매로 이어질 수도 있다고 경고합니다.

중년이 되면 왜 뇌가 산만해지는 걸까요? 《가장 뛰어난 중년의 뇌》에서 저자는 이를 뇌의 노화로 설명합니다. 중년이 되면 외부에서 들어오는 수많은 정보 가운데 선택적으로 주의를 집중하여 필요한 것만 기억하고 꺼내는 기능이 느려진다고 합니다. 처리 속도가 느려진다는 말이죠. 쓸데없이 들어오는 정보들을 억누르는 시간이 많이 걸려서 신경적 잡음을 더 많이 듣게 된다는 것입니다. 그리하여 지나치게 쏟아져 들어오는 정보들을 차단하고 뇌가 휴식을 취하려고 하는 것이지요. 물론 이런 일이 꼭 중년의 뇌에서만 일어나는 것은 아니지만 중년기에 더 빈도수가 많아진다고 합니다.

하지만 긍정적인 것은 중년에 뇌가 더 지혜로워진다는 것입니다. 이름 같은 것은 생각이 나지 않지만 그 사람의 인상이나 인성 등에 대한 정보는 더 잘 간직할 수 있다고 합니다. 그리하여 사람을 더 잘 판단할 수 있게 됩니다. 또 중년기의 견실하지 못한 주의력이 예술성을 낳을 수도 있다고 저자는 말합니다. 정보를 처리하는 속도가 느려진 덕분에 창의적인 아이디어를 발휘하기도 한다는 것이지요. “상황만 적절하면 주의가 산만해지는 중년기의 성향이 멋진 결과로 이어질 수 있습니다"라고 책에서 그는 설명합니다. 중년을 맞이하여 시인이나 화가로서 두각을 드러낸 사람들이 이를 증명해주는 게 아닐지요.

그런가 하면 중년기에는 외부의 부정적인 정보나 사건을 차단하고 긍정적인 것에 더 잘 반응함으로써 긍정화가 촉진된다고 합니다. 또 전체를 보는 지각력도 좋아집니다. 이것은 더 현명해질 수 있다는 뜻입니다. 우리가 나이를 먹어 더 행복해지는 이유는 우리의 뇌가 감정을 더 잘 통제할 줄 알게 되기 때문입니다. 이 말은 우리의 뇌가 중년이 되면 뇌를 재배선한다는 뜻입니다. 세상사를 다루는 법을 알게 된다는 것이지요. "어떻게 보면 뇌가 결심하는 거예요. 세계를 다르게 보기로 말이지요"라고 저자는 말합니다. 그러니 설단 현상이 일어나더라도 너무 비관할 필요는 없습니다.

이제부터 진짜 풍요로워지는 삶

결국 뇌는 변합니다. 이를 뇌의 신경가소성 원리라고 합니다. 중년의 뇌가 더 현명해지고 훌륭해질 수 있는 이유는 바로 뇌가 계속 변한다는 원리 때문입니다. 흔히 인생무상이라는 말을 잘못 이해하는 사람이 많습니다. 이 말은 인생에는 항상 같음이 없다는 말인데 이것을 인생에는 영원한 것이 없다는 허무주의의 시각으로 이해하는 분도 있습니다. 그렇지만 이 말은 오히려 희망적인 말이라고 생각합니다. 같음이 없다는 말은 늘 변화할 수 있다는 말이고 그것이야말로 희망이니까요. 우리가 무엇을 어떻게 보고 판단하고 주의를 기울이는가에 따라 얼마든지 우리의 삶이 바뀔 수 있다는 말이니까요.

중년이 되면 직장과 가정 안에서 그때그때 처리해야 할 일들이 정말 많아집니다. 많은 사람들을 만나야 하고 중요한 사람을 적재에 배치하려면 사람을 직관적으로 판단할 줄 아는 능력이 필요합니다. 그럴 때 우리가 어떻게 뇌를 이해하고 다루느냐에 따라 중년의 삶은 달라질 수 있습니다. 현재의 삶은 과거로부터 이어져온 것이므로 중년기 이전에 갖고 있던 가치관이나 일의 스타일, 능력이 지금의 '나'에게 영향을 주는 것은 당연지사입니다. 하지만 과거와 지금의 삶은 필요하다면 혁신을 일으킬 수 있다고 봅니다. 좀 더 현명해지는 쪽으로 뇌를 다스리는 방법을 배울 수 있다면 중년의 삶은 더 풍요로워질 것입니다.

물론 뇌가 저절로 변화하는 것은 아닙니다. 그 변화 앞에서 막연한 걱정과 불안에 젖어들 필요는 없습니다. 앞에서 말했듯이 중년기 뇌의 변화는 자연스러운 것이고 긍정적인 측면이 많습니다. 다만 지금 무엇이 변화할 필요가 있는지 사유하는 노력을 해야 합니다. 지금까지 자신이 갖고 있던 가치관이 어떻게 형성된 것인지 돌아보고 조용히 정리해보는 시간을 가져야 합니다. 상담자나 선배 어른을 찾아가 진실한 이야기를 나누는 것도 좋은 방법입니다. "제 이야기 좀 들어주시겠어요?" 이렇게 스스로 용감하게 다가가 조언 듣는 것을 두려워해서는 안 됩니다. 변화를 위해서는 용기가 필요합니다. 우리도 모르게 고정된 사고방식에 젖어 있을 수 있으니까요. "이렇게 하니까 되더라", "그렇게 하면 절대 안 된다" "그런 부류들은 원래 그러더라" "내가 겪어봐서 알아" 등 이런 사고방식들은 여러 가지 문제를 일으킵니다. 하지만 문제가 발생하는 것을 우리는 변화의 신호로 여겨야 합니다. 문제를 시작으로 변화하고 성장으로 전진하는 것이 우리가 중년에 할 일입니다.

자꾸 건망증이 생기는데 굳이 책을 읽을 필요가 있냐고 묻는 이들도 있지만 저는 그럴수록 독서가 필요하다고 생각합니다. 중년의 뇌가 정보를 처리하는 속도는 느려도 정보들을 연결 짓고 새로움을 창조하는 능력은 더 뛰어날 수 있기 때문입니다. 그러므로 이제 와서 책을 읽어서 뭐하나 하는 생각을 할 게 아니라 끊임없이 책을 읽어서 뇌를 활성화시켜야 합니다. 책을 읽고 밑줄을 긋고, 메모를 하고, 질문을 만드는 것뿐만 아니라 책의 내용을 정리하거나 다른 사람에게 전달하기, 의견 말하기와 같은 독서 활동으로 뇌를 더 건강하게 만들어야 합니다. 그래야 우리의 중년이 풍요로워질 테니까요.

읽을 책

《가장 뛰어난 중년의 뇌》
바버라 스트로치 지음, 김미선 옮김, 해나무, 2011.

《앞쪽형 인간》
나덕렬 지음, 허원미디어, 2008.

나답게 사는 길,
소명대로 사는 방법

중년에 접어든 사람들과 독서모임을 할 때 자주 듣는 말이 "이제 남은 인생의 절반은 나답게 살고 싶다"는 것입니다. 나답게 사는 건 무엇일까요? 미국의 사회학자이자 교육자인 파커 J. 파머가 쓴 《삶이 내게 말을 걸어올 때》는 나답게 사는 길을 묻는 책입니다. 저자는 유복하게 자라왔고 박사학위를 받아 교수로 살았지만 어느 날부터인가 삶의 의미를 잃고 무기력해지고 우울함에 빠지게 된 적이 있었습니다. 무엇이 그토록 자신을 힘들게 하고 탈진하게 만들었는지 모른 채 힘든 날을 보내던 그가 긴 우울의 터널에서 벗어난 것은 바로 '소명'에 대한 자각이었습니다. 파머는 누군가를 가르치는 일이 자기의 소명임을 깨닫고 긴 우울에서 벗어나 기쁨의 삶을 살기로 합니다.

그는 깨달았습니다. 내면에 소명이 없는 사람은 일을 할 때 쉽게 지치고 탈진된다는 것을 말이지요. 하고 있는 일에 대한 소명이 있는 사람은 계속 퍼주어도 탈진되기는커녕 더 풍요로워진다고 그는 말합니다. 그 이유는 소명을 사는 사람은 자신의 것을 타인에게 내어줌으로써 오히려 기쁨의 에너지가 솟아나기 때문이지요. 흔히 소명은 신의 부르심이라고 말하기도 합니다. 그가 쓴 책들, 《가르칠 수 있는 용기》《가르침과 배움의 영성》《비통한 자들을 위한 정치학》 등은 오늘날 많은 선생님들의 가슴에 울림을 주는 책입니다.

오늘날 자기가 하는 일을 신이 내린 소명으로 여기고 기쁘게 살아가는 사람들은 누구일까요? 수도자나 성직자에게서 그런 모습을 찾아볼 수도 있지만, 우리 주변에서도 그들을 찾을 수 있습니다. 보통 예술가나 장인들에게서 그런 모습을 느낄 수 있는데, 《가문비나무의 노래》라는 책을 쓴 독일의 바이올린 장인 마틴 슐레스케도 그런 사람입니다. 이 책은 그가 작업장에서 일을 하면서 길어 올린 생각들을 아름다운 사진들과 함께 엮어낸 책입니다.

그는 모든 인간은 저마다의 울림을 가진 악기라고 이야기합니다. 악기처럼 내면을 잘 조율한 사람은 겸손하면서도 당당하며 진실로 사랑할 줄 안다고 합니다. 그러면서 그는 인생의 중요한 과제로 정체성과 소명을 이야기합니다. "우리의 정체성은 소명의 강을 건너야 하고, 소명은 정체성 안에 정박해야 한다. 자기 정체성을 알지 못하는 사람은 내적 무게가 없어 침몰하고, 자기 소명을 알지 못하는 사람은 항해할 수 없다"라고 말합니다.

나의 소명은 어떻게 알 수 있을까요? 아마 타고난 재능이거나, 그냥 끌리는 것, 저절로 좋아지는 것, 늘 하고 싶은 것, 그것을 하면 기분이 좋아지고 에너지가 나는 것, 지치지 않고 오랫동안 할 수 있는 것, 자꾸 하고 싶어지는 것, 그런 것이 아닐까요? 신이 꿈속에 나타나 알려주지 않아도 삶의 경험을 통해 스스로 알고 있는 것이 바로 소명일 것입니다. 그런데 나의 소명이라고 여겨서 그 직업을 선택했는데 기쁘지도 않고 쉽게 탈진되는 이유는 무엇일까요? 아마도 소명에 대한 기대에 문제가 있기 때문이 아닐지요. 예를 들어 가르치는 일에 대한 소명을 갖고 교사로 일하고 있는데 전혀 기쁘지 않다면, 그 이유는 앞의 바이올린 장인이 말했듯이 내면의 '조율'을 제대로 못했기 때문이겠지요. 남에게 보이기 위해, 승진하기 위해, 업적을 남기기 위해, 혹은 교사의 위신과 권위를 지키는 데에 에너지를 쓰느라 지쳤을 수도 있으니까요.

그림책 《꿈의 궁전을 만든 우체부 슈발》의 주인공 우체부도 뒤늦게 자신의 할 일을 찾아서 놀라운 유산을 남긴 사람입니다. 이 이야기는 실화입니다. 슈발은 매일 먼 마을까지 우편물을 배달하면서 공상에 빠지곤 했습니다. 눈앞에 멋진 건물을 그려보곤 했지요. 그러던 어느 날 길에서 특이한 돌을 발견하고 그 돌들을 모으기로 합니다. 그리고 돌들을 쌓아 집을 짓기 시작했습니다. 집은 그가 76세가 되던 해에 완성되었습니다. 무려 33년이 걸렸습니다. 길이는 26미터, 폭은 12~14미터, 높이는 8~10미터로 한 사람이 지었다고는 믿기지 않을 만큼 큰 궁전이었습니다. 그가 지은 궁전은 1969년 프랑스 정부에서 지정한 문화재가 되었고 수많은 관광객들이 찾는 명소가 되었습니다.

삶을 충분히 즐기는 방법

또 한 명의 아름다운 사람이 있습니다. 숲 속 30만 평의 땅을 아름다운 꽃밭으로 만든 사람, 바로 타샤 튜더입니다. 그녀는 〈타샤의 정원〉이라는 다큐가 방영되어 많은 이들에게 알려졌지요. 그녀의 부모는 그녀가 어릴 때 이혼을 했습니다. 어머니는 화가였고, 아버지는 조선 기사로 당시 마크 트웨인, 헨리 데이비드 소로 등 유명한 작가들과 교류하던 사람이었습니다. 타샤가 그림책 작가가 된 것은 화가였던 어머니의 영향도 있었지만 생계를 잇기 위한 목적도 있었습니다. 1938년에 첫 그림책 《호박 달빛》을 낼 때 그녀는 책을 내기 위해 뉴욕의 출판사마다 찾아다녀야 했는데, 그때 받은 첫 인세가 75달러였다고 합니다.

그 뒤 2남 2녀를 출산한 타샤는 이혼을 하고 혼자 자녀들을 키웠는데 자녀들을 교육시키고 생활비를 벌기 위해 인형을 만들어 마을마다 돌면서 인형극을 공연하기도 했습니다. 42세 때 《1은 하나》로 가장 훌륭한 어린이 그림책에 수여하는 '칼데콧Caldecott Honor' 상을 수상하면서 비로소 그녀는 그림책 작가로서 인정을 받게 됩니다. 평생 그녀는 100여 권의 그림책을 냈으며, 작품 일부는 백악관에 걸려 있을 정도로 사랑을 받았지요. 그녀는 또 《비밀의 화원》《소공녀》 같은 책의 삽화를 그리기도 했고, 원본 그림책들은 소장 가치가 높은 작품으로 평가되어 미술관, 도서관, 전 세계의 많은 개인 수집가들이 그것을 소장하고 있다고 합니다.

그렇게 잘나가던 타샤는 쉰다섯 살이 되자, 그동안 모은 돈을 털어 버몬트 깊은 산 속에 30만 평의 땅을 매입합니다.

자신이 꿈꾸던 삶을 살기 위해서였죠. 그곳에서 그는 92세로 사망할 때까지 정원을 가꾸었습니다. 그는 그곳에서 물레로 실을 뽑아 베틀에서 옷감을 짜내어 옷을 만들어 입고, 양초와 비누를 만들고, 난방과 취사는 모두 장작을 지펴 해결했습니다. 염소를 길러 그 젖을 짜 아이스크림, 버터, 치즈를 만들어 먹었으며, 전기 제품을 싫어해서 주방엔 여러 가지 체, 버터제조기, 양철 그릇 등 골동품 조리도구를 갖추고 옛날 방식으로 음식을 조리했다고 합니다.

사람들이 타샤의 삶에 감동하는 이유는 무엇일까요? 아마 그녀가 자신이 소망하던 삶에 도전하여 그것을 창조해냈으며, 그런 삶을 충분히 즐기며 살았기 때문이 아닐까요. "요즘 사람들은 너무 정신없이 살아요. 카모마일 차를 마시고 저녁에 현관 앞에 앉아 개똥지빠귀의 고운 노래를 듣는다면 한결 인생을 즐기게 될 텐데." 그녀는 홀로 있음으로써 신나는 일을 할 수 있었다고 말합니다. 《행복한 사람, 타샤 튜더》의 마지막 장에서 타샤는 자신의 인생을 잘 살아왔다는 생각이 들지만 사람들에게 해줄 이야기는 없다면서, "자신 있게 꿈을 향해 나아가고 상상해온 삶을 살려고 노력하는 이라면, 일상 속에서 예상치 못한 성공을 만날 것이다"라는 철학자 헨리 데이비드 소로의 말을 인용해 자신의 인생관을 말하고 있습니다.

제 주변에도 타샤를 좋아해 중년에 자연주의 삶을 선택한 분들이 있는데, 한 번은 제게 이런 말을 들려주었습니다.

"매일 정원을 가꾸는 일은 힘들긴 해도 꽃들이 주는 기쁨에 비하면 그것은 아무것도 아닙니다. 어떤 날은 제가 꾸민 정원이 너무 아름다워 달빛 아래서 혼자 덩실덩실 춤을 춘 적도 있답니다. 누가 보면 미쳤다고 하겠지만요."

읽을 책

《삶이 내게 말을 걸어올 때》
파커 파머 지음, 홍윤주 옮김,
한문화, 2015.

《가문비나무의 노래》
마틴 슐레스케 지음, 유영미 옮김,
니케북스, 2014.

《꿈의 궁전을 만든 우체부 슈발》
오카야 코지 지음, 김창원 옮김,
진선북스, 2004.

《행복한 사람, 타샤 튜더》
타샤 튜더 지음, 공경희 옮김,
윌북, 2006.

즐겁게 일하며 조금 느릿하게 살기

나는 아무 의미도 없는 치열한 경쟁에 뛰어들고 싶지 않다. 나는 기계와 관료제의 노예가 되어 권태롭고 추악하게 살고 싶지 않다. 나는 바보나 로봇, 통근자로 살고 싶지 않다. … 나는 누군가의 일부분으로 살고 싶지 않다. 나는 내 일을 하고 싶다. 나는 좀 더 소박하게 살고 싶다. 나는 가면이 아니라 진짜 인간을 상대하고 싶다. 내겐 사람, 자연, 아름답고 전일적인 세상이 중요하다. 나는 누군가를 돌볼 수 있는 사람이 되고 싶다.

누구나 격하게 공감할 이 말을 한 사람은 《굿 워크》의 저자 E. F. 슈마허입니다. 그는 일의 즐거움이 없다면 삶의 즐거움도 없다고 말합니다. 슈마허는 독일에서 태어났지만 대부분의 생을 영국에서 보냈습니다. 그는 경제학을 공부했는데 히틀러가 선거에서 승리를 거두자 크게 실망하고 전쟁이 터질 것을 예견하였습니다. 그는 독일을 떠나 영국 국적을 얻습니다. 그는 한때 마르크스주의에 깊이 빠진 적도 있었습니다. 그는 1955년 불교 국가 미얀마를 방문하면서 새로운 전환점을 맞이합니다. 그는 거기서 서구 문명의 한계와 모순을 절실히 깨닫습니다. 나아가 1964년 인도를 방문하면서 기술 사회가 낳은 비인간적 노동의 문제를 고민하게 됩니다.

《굿 워크》에서 그는 '불안이 아닌 기쁨이 삶의 본질이 되고 고통이 아닌 활력이 노동의 본질이 될 때 좋은 삶이 이루어질 것'이라고 믿었습니다. 그는 각자가 어떤 재능을 받았는지와 무관하게 마치 '선한 청지기가 여러 방법으로 신의 은총을 나눠주듯' 자신이 가진 재능을 다른 사람을 위한 일에 써야 한다고 말합니다. 인간이 자기중심주의에서 벗어나 자연을 보살피고 다른 사람들과 협력해 자기 삶을 아름답게, 격조 높은 하나의 예술품으로 완성해가는 게 그가 생각하는 좋은 노동의 참모습입니다.

그는 평생 흙과 함께 육체노동을 하며 살아가는 농부가

첨단 지식을 갖춘 전문가들보다 세상 이치를 더 잘 아는 지혜로운 사람이라고 높이 평가했습니다. 그는 산업사회와 자본주의 시스템 아래서 한낱 사고파는 상품으로 전락한 나쁜 노동, 죽은 노동, 거짓 노동으로는 인간의 위대함에 다다를 수 없다고 말했습니다. 그는 좋은 노동, 산 노동, 참된 노동으로 좋은 삶을 빚어낼 때 비로소 자유와 해방의 꽃을 피울 수 있고, 그것이 인간의 위대함이라고 말했습니다.

슈마허의 책을 읽으면서 《시골빵집에서 자본론을 굽다》라는 책이 떠올랐습니다. 이 책의 저자는 기차역에서도 두 시간이나 더 차를 타고 들어가야 하는 시골 작은 마을에 있는 빵집 주인입니다. 그것도 일주일에 사흘은 휴무, 매년 한 달은 장기 휴가로 문을 닫습니다. 그래도 먹고사는 데 지장이 없을까요? 혹시 그가 상속받은 재산이 많아서 재미삼아 시골에 빵집을 연 사람은 아닌지 묻고 싶겠지요. 하지만 그렇지 않습니다. 이 가게의 경영 이념은 이윤을 남기지 않기랍니다. 이쯤 되면 엄청 궁금합니다. 대체 이 가게의 주인은 무슨 마음으로 이런 일을 하게 된 걸까요?

영혼이 있는 노동을 위하여

시골빵집 이야기의 주인공 '와타나베 이타루'는 고등학교를 졸업 후 하루살이 아르바이트로 7년을 보낸 다음 뒤늦게 대학에 들어가 졸업장을 받았습니다. 그리고 작은 유기농산물 도매회사에 취직을 했습니다. 하지만 회사 생활은 결코 즐겁거나 보람차지 않았습니다. 유기농 회사였지만 직원이나 생산자들은 농산물을 그저 사고파는 물건으로밖에 보지 않았습니다. 유기농은 인간의 삶을 자연과 조화시키려는 농사법인데, 오히려 비리와 부패로 그의 몸은 망가질 지경이었습니다. 결국 회사를 그만 둔 저자는 문득 빵집을 해야겠다는 생각을 합니다. 그리고 서른한 살의 나이에 어렵게 빵집에 취직을 합니다. 그런데 빵 만드는 기술을 배운다는 이유로 그는 새벽 두 시에 작업을 시작하여 하루에 열다섯 시간이 넘도록 일을 해야 했습니다. 그는 매일 녹초가 되었습니다.

그런 고생 끝에 그가 드디어 빵집을 엽니다. 그런데 2007년 미국에서 시작된 금융위기가 전 세계 곡물 시장에 영향을 주면서 제분 가격이 치솟았습니다. 곡물 가격이 춤출 때마다 빵집 운영도 힘든 곡예를 거듭해야 했지요. 점점 지쳐갈 무렵 학자인 그의 아버지가 《자본론》을 읽어보라고 그에게 권합니다. 그 유명한 카를 마르크스가 쓴 《자본론》 말이지요. 말로만 듣던 《자본론》을 읽은 후 그는 깜짝 놀랍니다. 마르크스가 살았던 시대의 노동자나 지금의 노동자의 삶은 본질적으로 크게 달라지지 않았다는 것을 책을 읽고 깨달았기 때문입니다.

이 책의 저자 이타루 씨는 《자본론》을 읽고 나서 깨달았습니다. 자본가에게는 자신이 고용한 노동자의 노동력이 상품이라는 것을요. 노동력도 상품인 이상 정당한 가격에 산 노동력을 자본가가 얼마나 오래 쓰건, 노동력을 사용해서 어떤 식으로 돈벌이를 꾀하건 간에 노동자는 그 어떤 불만도 제기할 수 없게 됩니다. 자신의 노동력을 자본가에게 넘긴 노동자는 자본가에게 호되게 부려 먹힐 운명에 몸을 맡긴 셈이지요. 노동자가 자신의 노동력을 떼어 팔기 싫으면 자기 소유의 생산수단을 가지면 됩니다. 즉 빵집 노동자가 아닌 직접 빵을 만드는 기계를 갖추어 빵집을 운영하는 것입니다. 또 곡물을 생산하는 농가와 계약을 맺어 불안정한 시장에 좌우되지 않고 재료를 구하면 됩니다. 이타루 씨가 《자본론》을 읽고 나서 한 일이 바로 이것입니다. 빵집을 직접 운영하되 자본에 의해 돌아가는 시장의 구조 밖으로 나가는 것이지요. 어떻게 그게 가능했을까요?

이타루 씨는 남들과 반대로 해보기로 합니다. 이윤을 내지 않는 빵집을 열기로 한 것이지요. 그가 정착한 곳은 깨끗한 물과 자연 속에서 농사를 짓고 200년이 넘은 양조장과, 죽세공, 천연염색을 하는 사람들이 있는 동네였습니다. 그는 그곳에서 나는 자연재배 밀을 받아 직접 제분을 하고 자연 효모로 빵을 만들었습니다. 그의 빵은 달걀, 버터, 우유, 설탕이 들어가지 않는 빵입니다. 인근 숲에서 자란 나무를 구매해 화덕에서 빵을 굽습니다. 이 빵은 먹을 때 자극적이지 않고 속이 더부룩한 경우도 없다고 합니다. 도시보다 가격이 비싼 빵이지만 주민들은 아침부터 빵을 기다립니다. 멀리서도 찾아옵니다.

함께 일하는 사람은 모두 열 명인데 모든 직원은 매주 화요일·수요일 쉬고 1년에 한 달은 장기 휴가를 갈 수 있습니다. 그는 찾아오는 사람들에게도 기꺼이 그가 터득한 기술을 전수해주고 있답니다. 그는 한 사람 한 사람이 기술을 가진 장인이 되는 것만이 자본주의의 고약한 시스템에서 자유로워지는 길이라고 말합니다.

이타루 씨는 어쩌면 운이 좋은 사람일 수 있습니다만, 그렇다고 그가 맹목적인 이상주의자는 아닙니다. 과연 그의 실험을 따라해볼 용기가 우리 안에 있을까요? 우리는 어쩌면 용기가 없어서 자본의 논리 안에 갇혀 살아가는 것은 아닐까요?

"노동을 하지 않으면 삶은 부패한다. 그러나 영혼 없는 노동을 하면 삶은 질식되어 죽어간다"라고 알베르 까뮈가 했던 말을 떠올리면서 산다는 것과 일한다는 것의 의미를 다시 헤아려봅니다.

읽을 책

《굿 워크》
E.F. 슈마허 지음, 박혜영 옮김, 느린걸음, 2011.

《시골빵집에서 자본론을 굽다》
와타나베 이타루 지음, 정문주 옮김, 더숲, 2014.

우리는 꼭 무엇이 되어야만 할까?

이제 마지막으로 제가 침대 머리맡에 두고 자기 전에 펼쳐보는 책을 소개하려고 합니다. 세계적인 영성가였던 데이비드 호킨스가 생의 마지막에 쓴 《놓아 버림》이라는 책입니다. 이 책은 심오하기도 하고 때로는 저자의 의도를 다 이해하지 못할 때도 있지만 모르면 모르는 대로 천천히 읽어나가면 많은 힘을 얻게 되는 책입니다.

저자는 우리 마음의 본성은 자신의 삶을 진품으로 인식하는 경향이 있지만 '그런 것은 없다'고 충격적인 말을 던집니다. 즉 인생은 경험 그 자체일 뿐이라는 것이지요. 인생에 특별한 의미를 부여하고 '대단한 인생이어야 한다'고 믿는 그 의식이 우리를 괴롭힐 수 있다는 것이지요. 우리는 우리가 경험해온 것들로 자기만의 인생 조각품을 만들어왔다고 자부심을 갖습니다. 그리고 자기 인생 스토리를 하나의 책처럼 간직합니다.

하지만 그것에 어떤 실체가 있는 것은 아닙니다. 우리는 자기의 경험들을 하나의 소유물로 간직하기까지 하는데 그것이 곧 '자아'가 됩니다. 내가 경험한 것들이 '나'라고 굳게 믿는 것이지요. 그러다 보니 누군가 '나(소유물)'를 건들면 자존심이 몹시 상하고 맙니다. 나를 이뤄왔던 가족과 친구들, 살았던 고향과 학교, 자신이 쓴 논문에 대해 누군가 부정적으로 말하면 마치 자신의 삶을 부정당하고 무시하는 듯해서 화가 나지요. 이건 나의 자존심을 건들었기 때문입니다. 자존심이 상하면 불끈 화가 납니다.

우리가 살아오면서 만들어낸 '자아'는 진짜 '나'라고 말할 수 없습니다. '나'는 어떻게 개념화할 수 있는 것이 아니기 때문입니다. 앞에서 소개한 《삶으로 다시 떠오르기》도 같은 말을 하고 있었지요. 저는 에크하르트 톨레도 데이비드 호킨스도 예수, 부처, 노자도 모두 같은 말을 하고 있음을 알게 되었습니다. '참나'를 살라고 말이지요. 물론 그 '참나'는 존재함 그 자체입니다. 그러므로 뭔가 이루어야 한다는 생각, 이렇게 무의미하게 인생을 마칠 수 없다는 생각, 내 인생은 왜 이럴까와 같이 자조할 필요는 없습니다. 인생은 경험이니까요. 매일매일 그 순간의 경험이 인생이니까요.

살아가면서 생기는 낯선 것, 변화, 사건들은 우리에게 경험이라는 기회를 제공합니다. 우리는 그 경험들을 수용하고 즐기면 되지요. 원하지 않은 경험들이 왔다고 해서, 뜻밖의 사건이 생겼다고 해서 원망하거나 한탄할 일이 아닙니다. 살아가면서 생기는 일들은 일단 내 선택의 결과로 일어납니다. 그때는 내가 선택했던 일이므로 내가 받아들이는 게 책임감입니다. 그런데 선택한 적도 없는데 생긴 사건이나 불행들은 그 원인을 모릅니다. 우리는 때로 아무 죄도 없이 날아 들어온 돌멩이에 맞기도 하고 여행 중 묵고 있던 호텔에 갑자기 불이 나서 화상을 입기도 합니다. 누군가 방화를 해서 불이 났다고 해도 왜 하필 그 일이 나에게 벌어졌는지는 설명할 길이 없습니다.

인생에서 일어난 대부분의 일들이 내 선택과 의지와 상관없이 벌어진 것이라면 우리는 지나치게 자기 인생에 책임감을 가질 필요는 없을 겁니다. 나도 잘 모르는 일 때문에 괴로워할 필요가 없으니까요. 물론 명확하게 인과관계가 드러난 일들도 있겠지요. 하지만 조금만 성찰해보면 그렇게 명확하게 잘잘못을 따질 일은 그리 많지 않습니다. 몇 년 전 동창회에 나갔다가 저는 45년 만에 어릴 적 친구를 만났습니다. 어릴 때 그 친구는 정말 꾀죄죄한 옷차림에 땟물이 흐르고 늘 코를 훌쩍거리며 다녔습니다. 저는 그 친구에 대한 기억이 좋지 않았습니다. 매일 제 머리를 잡아당기고 툭하면 저를 괴롭혔으니까요. 선생님도 그 친구를 힘들어했지요.

그런데 동창회에서 그 친구로부터 어린 시절 이야기를 듣게 되었습니다. 그는 네 살 무렵 부모님이 이혼해 시골 할머니 손에 자라게 되었다고 했습니다. 농사일에 바쁜 할머니는 손자를 제대로 씻기지도 입힐 수도 없었습니다. 어린 그는 부모님이 그리울 때마다 심통을 부렸습니다. 특히 저를 괴롭힌 이유는 우리 부모님이 젊었고 교육에 열성적이었기 때문입니다. 치맛바람까지는 아니었지만 엄마는 선생님들과 친했고 항상 나를 단정하고 예쁘게 해서 학교에 보냈습니다. 그 친구는 그런 내가 부러웠던 것입니다. 그 친구가 나에게 그렇게 한 것은 분풀이라도 해야 했던 약한 자아 때문이겠지요. 어린 시절에는 자신의 나쁜 행동을 돌아보고 성찰할 역량이 부족하니까요.

우리가 이해해야 하는 것들

데이비드 호킨스 박사는 어떤 사건에 대해 갖고 있는 자신의 '의식'을 돌아보라고 말합니다. 그 친구에 대해 갖고 있던 불쾌한 기억은 다른 누구 때문이 아니라 바로 우리 자신이 획득한 감정입니다. 만약 그 친구의 처지를 그때 알았다면 저는 그토록 나쁜 감정은 갖지 않았을 것입니다. 결국 사건 그 자체보다 그 사건을 이해하고 수용하면서 갖게 된 감정이 문제인 것이지요. 우리는 외부의 일로 인해 생긴 감정에 대해 그것이 '진짜'이고 '옳다'는 생각을 갖고 있습니다. 때로는 아주 오랫동안 그 감정을 반복적으로 재생하면서 인생의 특별한 스토리 한 장으로 간직하며 살아가는 것이지요. 일종의 '신파극'을 만들어내는 것이지요. '눈물로 얼룩진 인생 길' 같은 걸 만듭니다. 이런 감정 수용은 때로 건강에도 영향을 준다고 호킨스 박사는 말합니다.

데이비드 호킨스 박사의 이런 생각은 중년 이후의 일에 대해 우리가 가져야 할 새로운 태도를 말하고 있습니다. 일단 일터에서 만나는 사람들의 행동이나 가치관에 대해 더 이상 판단하거나 비난하는 것을 멈추어야 합니다. 우리는 그동안 살면서 알게 된 온갖 정보와 가치 기준을 사람들에게 적용합니다. 자연히 자기 기준에 어긋나는 사람을 만나면 불편하고 그를 비난하고 싶어집니다. 그로 인해 나의 내적 평화가 무너집니다. 그러면 이렇게 불평이 시작되지요. '저 인간 때문에 출근하기 싫어'라고요.

하지만 그런 태도는 내 일상의 기분이나 감정의 원인을 외부의 '그 인간'에게 내맡기는 꼴이 됩니다. 이건 너무 억울한 일이지요. 내 일상의 행복이 '그 인간의 행동'에 달려 있다니요. 그러므로 내적 평화를 이루려면 외부의 그 무엇 때문이 아니라, 그 외부의 사건을 이해하는 내 방식을 돌아보아야 합니다. 외부의 사건이나 사람이 내게 영향을 주고 내 감정을 건들 수는 있지만 그것에 휘둘리지 말아야 합니다. 그래야만 일에 온전히 에너지를 집중할 수 있습니다. 자기 일을 거뜬히 해내는 사람들의 비결이 바로 그것입니다. 그들은 불필요한 감정을 쓰느라 에너지를 소모하지 않습니다. '어떻게 저럴 수 있지?'가 아니라 '내가 이해하지 못하는 뭔가가 있겠지'라는 태도를 지녀야 합니다. 적극적으로 상대방을 이해하려고 하면 그 사람의 처지와 입장을 수용하게 되고 마음은 편해집니다. 이는 자신의 일터에서 너그러운 중년이 되는 비결이기도 합니다.

다시 앞에서 말한 호킨스 박사의 '참나'를 생각해보겠습니다. 우리가 자주 감정의 폭풍에 휘말리는 것은 내가 옳다고 믿는 '자아'라는 어떤 덩어리 때문입니다. 그 자아가 자주 타인을 판단합니다. 타인을 비난하는 순간 미움이라는 감정이 생성되고, 미움의 에너지가 온몸에 퍼집니다. 그런 미움은 가장 먼저 자신을 힘들게 합니다. 남을 미워하면 가장 먼저 내가 힘들어집니다. 가장 어리석은 사람은 자기를 괴롭히는 사람입니다. 자기를 사랑할 줄 아는 사람이 가장 멋진 사람이지요. 그러므로 자기 자신을 위해서 타인을 미워하는 일을 멈추어야 합니다. 불의를 보고 어떻게 분노하지 않을 수 있냐고 물을 수 있습니다. 분명 불의를 보고 분노함으로써 행동하게 되고, 세상은 좀 더 정의로워집니다. 하지만 분노를 태우는 것과 불의에 저항하는 것은 다릅니다. 분노로 인해 자신의 몸이 망가져서는 안 됩니다. 자신을 분노하게 하는 대상보다 내면의 '나'에게 말을 걸어보면 어떨까요?

읽을 책

《의식 혁명》
데이비드 호킨스 지음, 백영미 옮김, 판미동, 2011.

《놓아 버림》
데이비드 호킨스 지음, 박찬준 옮김, 판미동, 2013.

삶이 이끄는 대로 따라갔을 때

앞에서 소개한 책 《될 일은 된다》를 읽으면서 저는 내내 놀라움과 벅차오름에 전율을 느꼈습니다. 왜냐하면 제가 살아온 삶의 태도와 비슷했기 때문입니다. 그간 걸어왔던 길을 가만히 떠올리면 인생에서 일어난 일들은 제가 처음부터 계획하고 원했던 것들이 아니었습니다. 인생길에서 만난 사람들은 누구나 처음엔 모르는 사람이었고, 하던 일들도 처음엔 늘 낯선 일이었습니다. 그런데도 지금 와서 보면 그것들은 마치 그래야만 했던 것처럼 이어진 길입니다.

이제는 말할 수 있을 것 같습니다. 불행마저도 성장을 위한 변화의 기회였고, 인생은 날실과 씨실이 만나 엮어낸 양탄자와 같다는 것을요. 그것들은 내가 원했던 것들과, 전혀 원하지 않았지만 삶이 나를 이끈 것들로 이루어졌음을요. 고등학교 2학년 때 문득 어떤 깨달음이 내면에서 있었습니다. 뭐라고 설명하기 힘든, 거역하기 힘든 내적 목소리였다고 생각됩니다. '내 삶을 이끄는 어떤 존재가 있다'는 강력한 느낌이었지요. 저는 그 힘이 바로 신이라고 생각했고, 학교 방과 후 교리 시간에 들어갔습니다. 그리고 가톨릭 신자가 된 후 신에게 내 삶을 맡기는 기도를 자주했던 것 같습니다. '저를 당신이 원하는 대로 이끌어 주십시오'라고 말이지요. 대학에 가면 좋겠다고 생각하긴 했지만, 부모님이 대학에 보내줄 것인지 확신할 수 없었습니다. 그냥 일단 대학에 갈지도 모르니 공부를 열심히 해두자는 마음으로 했지요.

대학 시험을 치른 후 저는 평생 잊지 못할 꿈을 꾸었습니다. 제가 수백 년 된 나무를 껴안고 있었는데 그때 표현하기 힘든 아름다운 기운이 나무 주위를 에워싸면서 돌았습니다. 황홀한 무지개빛이었지요. 너무 좋아서 꿈을 깨고 나서도 취한 듯 정신을 못 차렸습니다. 어쩌면 그 빛줄기는 '너는 이제 새로운 세상을 만날 것이고, 그것은 매우 아름답고 찬란한 삶일 거야'라고 말하는 듯했습니다. 그 후 저는 서울에 있는 대학에 다니게 되었고, 종종 어려움이 있었지만 무사히 대학을 졸업할 수 있었습니다.

그런데 시련이 닥쳤습니다. 대학 졸업 후 치른 임용시험(그 당시 순위고사)에 떨어진 것입니다. 순위고사 실패는 제 삶에 엄청난 충격이었습니다. 왜냐하면 어려서부터 제 내면에는 '가르치는 사람'이 존재했기 때문입니다. 그것은 누가 알려주지 않아도 소명처럼 주어진 일, 가장 나다운 일로 여겼던 일이었습니다. 사범대학에 들어왔으니 당연히 선생님이 되어야 한다고 생각했는데 떨어지다니, 그렇다면 이제껏 삶이 나를 이끌고 있다고 믿었던 것은 순전히 허망한 느낌에 불과했던 것인가? 꿈속에서 본 무지개빛은 대체 무엇일까? 교사가 아니라면 삶이 나를 어디로 이끌고 가려는 걸까?

그렇게 방황하고 있을 때 아는 분의 소개로 작은 신문사에서 3년간 기자로 일하게 되었고, 결혼 후에는 프리랜서로 여러 잡지에 글을 쓰고, 회사 사외보를 만들었습니다. 그렇게 10년이 흐른 후 1999년에 주변의 권유로 교육대학원에 진학을 했습니다. 대학원에 들어가 무얼 해보겠다는 꿈이 있었던 건 아닙니다. 단지 공부를 하고 싶다는 열망 때문이었습니다. 아마 그때도 삶이 저를 이끄는 대로 따라가보자는 마음이었던 것 같습니다. 그렇게 독서교육계에 발을 디딘 지 20년이 되었습니다. 그동안 삶은 제게 많은 선물들을 안겨주었습니다. 저는 대학원에서 만난 사람들과 스터디를 하면서 교재를 만들어 출판했고, 개인적으로도 여러 책들을 출

간했습니다. 강의 요청도 점점 늘었습니다. 가끔 강의 중에 이런 질문을 받곤 합니다. "가정에서 엄마로 아내로 며느리로 할 일들이 많은 텐데 어떻게 공부도 하고 강의도 하고 글도 쓰세요?"

대부분이 그렇듯 우리 모두에겐 바쁜 가정사가 있고, 챙겨야 할 여러 일들이 있습니다. 일상의 여러 일을 벗어버리고 사는 사람은 아무도 없지요. 해야 할 일과 하고 싶은 일 사이를 잘 '조율'하면서 살아갈 뿐입니다. 그 과정에서 갈등을 겪기도 하고 상처도 입지만, 따뜻한 도움을 받기도 합니다.

강의를 다니면서 놀랍고 신기한 경험도 많이 했습니다. 강의를 마치고 나면 많은 분들이 고맙다고 제게 인사를 옵니다. 무언가 중요한 것을 결정해야 했는데 제 강의를 듣고 결심을 하게 되었다는 사람도 있고, 자신이 나쁜 사람이 아니어서 다행이라고 생각하게 되었다는 분도 있습니다. 심지어는 마음이 씻기는 것 같았다고 눈물을 글썽이는 분도 있습니다. 다행히 제 강의를 듣고 화가 났다거나 기분이 안 좋았다고 항의하는 분은 없었습니다. 강의 때 만난 분 중에는 강의를 듣고 동기 유발이 되어 대학원에 진학하고, 직업을 바꾸고, 책을 낸 분도 적지 않습니다.

제가 독서교육을 시작한 후 일어난 그 많은 사연들, 때로는 기적 같았던 일들을 소개하자면 아마 또 한 권의 책이 나올지도 모르겠습니다. 제가 임용시험에서 떨어진 지 정확히 20년 후인 2007년, 대학원 지도 교수님이 저에게 교육대학원에서 강의를 해 달라고 하여 깜짝 놀랐습니다. 박사학위도 없는 제게 강의를 맡기다니, 파격적인 제안에 어리둥절했습니다. 두려움도 있었지요. 하지만 저는 다시 한 번 삶에 저를 맡겨보기로 했습니다. '가르치는 것이 내게 부여된 삶의 소명이라면, 삶이 알아서 나를 이끌어주겠지' 하면서 말입니다. 그저 제가 할 일은 열심히 하는 것뿐입니다. 마이클 A. 싱어가 그랬듯이 만약 삶이 나를 구렁텅이로 밀어 넣는다면 그것 또한 내가 겪어내야 할 삶의 일부이고, 그 경험이 나를 성장시킬 것이라고 믿기로 했으니까요.

그러다 어느 날 번뜩 아, 이거였구나! 하는 생각이 들었습니다. '삶이 나를 위해 준비한 것은 학교에서 학생들을 가르치는 일이 아니라, 그 학생들을 가르치는 교사들을 가르치는 일이었구나'

하고 말이지요. 지난 20년 동안의 경험들, 신문사에서 기자 일을 하고, 잡지를 만들고, 평생교육원에서 아이들을 가르친 경험들은 모두 '가르침'이라는 소명을 살기 위해 나를 훈련시킨 과정이었습니다. 그리고 그 여정에서 만난 수많은 사람들은 모두 삶이 제게 준 선물이었던 것이지요. 이것들은 정말이지 제가 원하고 바랐던 것이긴 하지만, 제가 계획하거나 상상했던 방식은 아니었습니다. 삶은 제가 상상했던 방식이 아닌 다른 방식으로 저를 이끌었고, 사실 돌아보면 그것은 아주 멋지고 훌륭했습니다.

만일 임용시험에서 떨어졌을 때, 슬픔과 좌절에 빠져 허우적대며 세월을 보냈더라면 저는 어떻게 되었을까요? 학교 선생님이 아니면 안 된다는 생각만 갖고 있었다면 삶이 준비해놓은 다른 가능성들을 맛보지 못했을 수도 있겠지요. 저는 지금도 매일 수많은 어린이, 청소년과 함께 책을 읽고 이야기를 나누고 글을 씁니다. 모든 것이 삶이 준 은총이고 기적이라고밖에 설명할 방법이 없습니다. 앞으로도 삶이 무엇을 준비해놓고 기다릴지는 모르지만, 이제까지 그랬듯이 삶이 이끄는 대로 살아가야겠지요.

담요와 책만 있다면

© 임성미, 2018

초판 1쇄 인쇄 2018년 12월 15일
초판 1쇄 발행 2018년 12월 25일

지은이 | 임성미
펴낸이 | 이상훈
편집인 | 김수영
본부장 | 정진항
기획편집 | 허유진 오혜영 이미아
마케팅 | 조재성 천용호 박신영 조은별 노유리
경영지원 | 이해돈 정혜진 이송이

펴낸 곳 | 한겨레출판(주) www.hanibook.co.kr
등록 | 2006년 1월 4일 제313-2006-00003호
주소 | 서울시 마포구 효창목길 6(공덕동) 한겨레신문사 4층
전화 | 02) 6383-1602~3 **팩스** | 02) 6383-1610
대표메일 | happylife@hanibook.co.kr

ISBN 979-11-6040-218-6 03810

• 책값은 뒤표지에 있습니다.
• 파본은 구입하신 서점에서 바꾸어 드립니다.